PORQUE ELA PODE

BRIDIE CLARK

PORQUE ELA PODE

Tradução de
MARCELO MENDES

EDITORA RECORD
RIO DE JANEIRO • SÃO PAULO

2009

CIP-Brasil. Catalogação-na-fonte
Sindicato Nacional dos Editores de Livros, RJ.

Clark, Bridie
C543p Porque ela pode / Bridie Clark; tradução de Marcelo Alves Mendes. – Rio de Janeiro: Record, 2009.

Tradução de: Because she can
ISBN 978-85-01-08027-1

1. Editores e edição – Ficção. 2. Relações trabalhistas – Ficção. 3. Romance americano. I. Mendes, Marcelo Alves. II. Título.

08-5551 CDD – 813
CDU – 821.111(73)-3

Texto revisado segundo o novo Acordo Ortográfico da Língua Portuguesa

Título original inglês:
BECAUSE SHE CAN

Impresso no Brasil

ISBN 978-85-01-08027-1

PEDIDOS PELO REEMBOLSO POSTAL
Caixa Postal 23.052
Rio de Janeiro, RJ – 20922-970

PRÓLOGO

POSTAIS DO DESATINO*

Dia do meu casamento. Duas horas para a hora H.

Minha melhor amiga, Beatrice, ajuda-me a passar o vestido pela cabeça, sorrindo ao ouvir o farfalhar do tecido, ao abotoar a delicada sequência de botões na parte de trás. *Deus abençoe a Bea*, penso pela milésima vez no dia. Ambas olhamos para a noiva no espelho, uma noiva exemplar: cabelos negros presos num elegante coque sobre a nuca, maquiagem perfeita, pele de porcelana, brilhantes gotejando dos lóbulos.

Viro o tronco um pouquinho, para ver se a Noiva Exemplar no espelho faz a mesma coisa — e é claro que faz. Depois examina a cauda espetacular, desenhada por ninguém menos que Vera Wang e bordada na Maison Lesage, onde uma dúzia de costurei-

***Postcards from the edge*: romance de Carrie Fisher, publicado e adaptado para o cinema no Brasil com o título de *Lembranças de Hollywood*. (*N. do T.*)

ras haviam pregado minúsculos diamantes que davam o efeito de uma névoa mágica.

— Você está linda, Claire — diz Bea. O que mais ela poderia dizer diante de uma obra-prima daquelas? Ainda olhamos para minha imagem no espelho. Nenhuma de nós se dá ao trabalho de sorrir.

Alguém bate à porta da suíte do hotel, trazendo-nos de volta à realidade.

— Está aberta! — grita Bea, e eis que surge Lucille Cox, minha iminente sogra, o rosto severo de um Dobermann, o corpo franzino de um garoto de oito anos.

— Vim trazer um presente do noivo! — ela exclama para nenhuma de nós em particular. O que lhe falta em tamanho sobra em decibéis. Hoje parece menor e mais estridente que de costume, embrulhada num Oscar de la Renta vermelho que vale três vezes o carro de minha mãe. Ansiosa com o casamento, ela havia abandonado a dieta espartana em favor de outra, provavelmente etíope. Os pombos do Central Park se alimentavam melhor.

— Ah, Claire, *querida*, você está... — Lucille interrompe a frase e pressiona a mão coberta de joias sobre o colo do peito, esquelético e sardento. Um gesto, presumo eu, mais valioso do que qualquer sequência de adjetivos carinhosos. Depois de alguns segundos ela termina o pensamento: — Você está igualzinha à sua mãe!

Parem as máquinas! Será que ouvi direito? Lucille Cox finalmente dizendo a coisa certa? Uma mulher que costuma morder a própria língua como se fosse um bife? Pois ela não poderia ter escolhido elogio melhor, o meu favorito, e ainda por cima sincero:

Lucille tinha mamãe como ídolo desde os tempos de Vassar, onde elas haviam estudado juntas.

Sinto uma repentina onda de gratidão, e Lucille, antecipando-se a qualquer manifestação melosa de afetividade, despeja em minhas mãos uma caixa de veludo preto.

— Abra — ela ordena.

Obedeço sem questionar, um mau hábito recentemente adquirido. Abro o fecho da caixa e levanto a tampa com certo esforço em razão das dobradiças rígidas. Sobre uma almofadinha de veludo repousa um maravilhoso colar carregado de diamantes: decerto a joia mais cara que já vi na vida, seguramente a mais cara que já segurei nas mãos.

— Meu Deus! — exclama Lucille, admirando o colar como se estivesse diante do primeiro neto. — Vintage Bulgari. Uma *coisa*. — Visto o colar, e nós três nos viramos para o espelho mais uma vez. Perfeito. Absolutamente espetacular. A secretária do meu noivo tem excelente gosto para joias.

"Ah, eu já ia me esquecendo — continuou Lucille, com a estridência de sempre. — Consegui um exemplar antecipado do jornal de domingo. — Ela abre a bolsinha Judith Leiber e me entrega um recorte de jornal.

Claire Truman,
Randall Pearson Cox III

Claire Truman, filha de Patricia e do finado Charles Truman, de Iowa City, Iowa, e Randall Pearson Cox III, filho de Lucille e Randall Cox II, de Palm Beach, Flórida, casam-se hoje na Igreja Episcopal de Saint James em Nova York.

> A Srta. Truman (27) trabalha como editora na Grant Books. Formou-se *summa cum laude* em literatura inglesa pela Princeton. Sua mãe é artista plástica, e seu pai, além de poeta, era professor da Universidade de Iowa.
>
> O Sr. Cox (31) é um dos diretores executivos do banco de investimentos Goldman Sachs em Nova York. Também formou-se em Princeton, com MBA em Harvard. Sua mãe é membro do conselho do Flagler Museum e da Palm Beach Historical Society. Seu avô era presidente do McCowan Trust, onde seu pai ocupou a vice-presidência até se aposentar no ano passado.

— Você está bem, Claire? — pergunta Lucille, olhando para baixo. Seguindo seu olhar, vejo que minhas mãos estão tremendo violentamente, como se segurassem uma marreta. Por sorte, minha sogra é tão dispersa quanto uma mosca e logo se distrai com a chegada de nosso maquiador, Jacques, que a conduz até uma cadeira para os retoques de última hora. — E sua mãe? — ela pergunta, procurando o vermelho perfeito na coleção de batons de Jacques. — Onde foi que ela se meteu?

— Deve chegar daqui a pouco. — Confiro a hora no relógio, pedindo a Deus que o tempo parasse pelo menos um pouquinho para que eu pudesse recuperar o fôlego. Em vão. Ao longo do último mês o tempo não tem feito outra coisa além de me atropelar.

— Não sei que brincos usar — reclama Lucille. — Queria o conselho dela.

Bea levanta os olhos, incrédula. Bem, é mesmo difícil de acreditar que Lucille Cox, dama da sociedade e proprietária de uma vasta coleção de vestidos de alta-costura novinhos em folha, precise do conselho de minha mãe riponga para saber que par de brincos Harry Winston usar com seu Oscar de la Renta recém-saído das passarelas de Paris. Minha mãe, que nunca usou outra joia senão a aliança de casamento. Minha mãe, cuja ideia de luxo burguês se resume a um banho quente e uma sessão de aromaterapia orgânica administrada por sua melhor amiga de Iowa: uma fazendeira lésbica, colega de artes plásticas, que produz o próprio sabão. Minha mãe, cujo guarda-roupa se limita a moletons, jeans e tie-dye.

Difícil de acreditar, mas mamãe e Lucille eram tão próximas nos tempos da universidade quanto irmãs. Lucille (que cresceu num buraco do Kansas, cada vez mais próximo de Chicago sempre que lhe perguntam) passou quatro anos crivando mamãe (descendente de uma tradicional família de Boston) com perguntas sobre etiqueta, estilo e sofisticação. Suponho que mamãe não visse nenhum mal nos desvairados sonhos de ascensão de Lucille. Talvez os considerasse até mesmo um tanto engraçados. Não se importava com o mundo de onde vinha a ponto de ter ciúmes ou frustrar o desejo obsessivo de alguém de fazer parte dele. E os conselhos de mamãe se revelaram de grande valor quando Lucille fisgou Randall Cox II, um charmoso sangue-azul jogador de polo. Ele namorava cinco garotas de Vassar ao mesmo tempo, mas elegera Lucille como esposa. O casal mais badalado do campus, como ela gosta de contar.

O marido fisgado de Lucille, também conhecido como meu futuro sogro, revelou-se tão infiel quanto bem-sucedido (*muito* infiel e *muito* bem-sucedido). Mas, até onde sei, Lucille jamais se importou com as aventuras nada discretas do marido, contentando-se com a mansão de Palm Beach, as viagens de jatinho, as joias, o "bangalô" de sete quartos em Southampton, os desfiles em Paris e Milão, o apartamento de Manhattan, o *entourage* de cozinheira, massagista e secretária. Enfim, o estilo de vida da Sra. Randall Cox II.

Mamãe, por sua vez, trocou a vida de privilégios de sua família por meu pai maravilhoso — o amor de sua vida, um poeta sem eira nem beira que apesar disso nos deu uma vida de riquezas incomparáveis. Nosso orçamento sempre foi apertado: papai dava aulas na universidade, mamãe vendia suas aquarelas nas lojinhas da cidade para ajudar e eu dei um duro danado para conseguir a bolsa de estudos em Princeton. No entanto, relembrando minha infância, eu não mudaria uma vírgula sequer.

Cresci numa pequena casa de fazenda branca, tipo cartão-postal, incrustada nos milharais verde-esmeralda de Iowa. Filha única, vivia em meio à brilhante roda de poetas, estudantes, dramaturgos e romancistas que gravitava em torno da famosa Oficina de Criação Literária da universidade. Lá pelos meus 10 anos, comecei a ser convidada para ler e avaliar os trabalhos desse círculo familiar estendido. Ter minha opinião considerada era o máximo para uma incipiente devoradora de livros como eu (tudo bem, incipiente nerd), que passava tardes inteiras trancafiada no quarto escrevendo minuciosas cartas com suas ideias e sugestões. Era bem possível que aquelas pessoas estivessem apenas sendo gentis comigo, mas trabalhar com escritores tão brilhantes, escrever meus primeiros "pareceres", sentir o gostinho das primeiras colaborações criativas, tudo isso constituía o estranho conjunto de prazeres juvenis que inspiraria o futuro bacharelado em literatura e a subsequente carreira no mundo editorial.

Talvez seja este o meu problema: minha vida tem sido uma sucessão de escolhas fáceis, sem grandes margens para a dúvida. Nunca dei a isso seu devido valor, pelo menos até o dia de hoje. Ao contrário de quase todo mundo que conheço, nunca tive de arrancar os cabelos para decidir que caminho tomar.

Olho novamente para o anúncio no *Times* e sinto as lágrimas brotarem de súbito.

— Tudo bem com você? — Bea afaga meus ombros e depois segura minha mão ainda trêmula.

— Um cigarro — suplico baixinho. Ela assente à maneira de um soldado obediente. *Deus abençoe a Bea.*

Dez minutos depois, Bea e eu estamos escondidas nas escadas, dividindo o segundo Marlboro contrabandeado e bebendo Veuve Clicquot no gargalo, com os degraus forrados com um cobertor para que meu vestido não se suje. Tenho a sensação de que sou uma fugitiva e sei que estou correndo contra o tempo.

— Não dou nem dois minutos para que Mandy mande sua patrulha atrás da gente — ironiza Bea. Mandy é a chefe de cerimonial, neurótica e severa, que Lucille me empurrou goela abaixo assim que Randall e eu ficamos noivos. (Deixo aqui um pequeno conselho: jamais confie seu casamento a uma organizadora solteira e com mais de 35 anos; Mandy já passou dos 40 e nunca pôs uma aliança no dedo.)

Mandy e Lucille têm as habilidades diplomáticas de um trator. De início, resisti educadamente aos planos que elas conceberam para a festa, mas logo fui vencida, e a reuniãozinha íntima na fazenda de meus pais acabou se desdobrando numa *soirée* de gala no St. Regis Hotel, com 600 dos nossos amigos "mais chegados". Isto é: uns 300 integrantes do *jet set* de Palm Beach, uns 250 colegas de trabalho de Randall e apenas um punhado de amigos meus e de minha família.

Mas não tenho do que reclamar. A família Cox está arcando com todas as despesas. Mamãe jamais teria cacife para financiar o tipo de festa que Lucille insistiu em fazer.

— Toma — diz Bea, entregando-me o champanhe. Bebo de um só gole, e as borbulhas vão direto para minha cabeça. Dou outro gole.

Os últimos dois meses têm sido um verdadeiro inferno. Minha chefe, a famosa sociopata Vivian Grant, tem mostrado suas garras com fúria implacável. Tenho trabalhado quase 24 horas por dia... sem exagero nenhum. Se Mandy e Lucille não tivessem entrado no jogo, eu mal teria tido um minuto para cuidar dos detalhes do casamento. Quase não tenho tido tempo para ver Randall desde que ficamos noivos, três meses atrás.

Lucille chegou ao ponto de marcar a data para nós, num prazo assustadoramente curto: não queria que nosso casamento "se perdesse" na mixórdia de casamentos importantes agendados para o outono.

Uma porta se abre em algum ponto do corredor, o chão range, Bea e eu trocamos um rápido olhar.

— Claire... — ela começa a dizer, mordendo a unha do mindinho como sempre faz quando não encontra as palavras certas. (Depois de uma década de amizade, aprendemos direitinho a interpretar a linguagem corporal uma da outra, algo que às vezes beira a telepatia.)

— Não precisa falar nada — digo, interrompendo-a. — Todas as noivas têm esse frio na barriga. — Mas não posso cair fora agora. Talvez Julia Roberts possa fugir do altar algumas vezes sem perder o glamour, mas isto aqui não é um filme de Hollywood. É a minha vida. Depósitos já foram pagos e... *Que piração é essa agora?* Não posso cair fora porque Randall é um cara legal, quer dizer, é um homem *extraordinário*, e eu seria maluca se não quisesse me casar com ele.

Enquanto dou o último trago no cigarro, sou surpreendida por uma lembrança que surge do nada, um problema cada vez mais frequente. Lembro-me da noite anterior ao casamento de Beatrice com Harry, uns três anos atrás. Uma das primeiras de nossa turma a se casar, ela optou por uma cerimônia simples no jardim da casa dos pais. Passamos a noite inteira tentando cozinhar algo remotamente parecido com um bolo de casamento, sentadas em torno da mesa grande da cozinha, lambendo os dedos sujos de massa. "Está ficando nervosa?", uma das madrinhas perguntou a Bea. Ainda hoje me lembro da calma e da sinceridade com que ela respondeu: "Animada, sim. Nervosa, não."

Então penso em meu bolo de casamento. Que noiva *não* ficaria de queixo caído com um escultural bolo de 12 andares confeitado com íris e botões de rosa botanicamente perfeitos (polvilhados com açúcar colorido para produzir um efeito de pólen), sem falar nos desenhos de glacê combinando com os bordados de meu vestido *e* com o serviço de porcelana? Que importância tem esse bolo ter custado mais ou menos o equivalente a um ano de mensalidades numa universidade? Um bolo literalmente perfeito. Uma obra-prima de Sylvia Weinstock. Que mais eu poderia querer?

A porta corta-fogo das escadas se abre com estrépito, quase nos matando de susto. Os perdigueiros nos encontraram.

— Claire, minha flor! Meu doce de coco! Procurei por todos os lugares! Daqui a uma hora temos de sair para a igreja! — Mandy, vermelha e claramente precisando de um calmante, ajuda-me a levantar e a desamassar o vestido. — Vou pedir à equipe de maquiagem e cabelo para fazer um retoque.

"Inacreditável" é o que ouço ela sussurrar enquanto nos conduz de volta ao quartel-general. Sem dizer palavra, vou me arrastando atrás dela feito uma detenta recolhida do pátio da prisão.

— Claire! — Mamãe corre a meu encontro assim que dobramos o corredor rumo à suíte, arranca-me das garras de Mandy e oferece exatamente o tipo de abraço de que tanto necessito. Sinto os ombros derrearem, o pescoço relaxar. Puxa, como é bom ser abraçada *de verdade*... Respiro fundo, inalando o suave perfume de eucalipto do xampu que ela usa. Mamãe me aperta ainda mais forte. — Tenho uma coisa para você, querida — ela diz, tirando um saquinho de veludo de dentro da bolsa. — O colar de pérolas de sua avó. Sei que você sempre gostou dele, então achei que poderia ser seu "algo velho" para dar sorte.

— Ah, mãe... — eu suspiro, passando os dedos sobre as pérolas frias e cintilantes. Quando menina, adorava vestir este colar durante as visitas à vovó nas férias de verão. — É muito lindo. Puxa, muito obrig...

— As pérolas são lindas, Tish — interrompe Lucille —, mas Randall acabou de surpreender Claire com *esse* colar. Fabuloso, não acha?

Mamãe dá um passo para trás e só então repara no fio de diamantes em torno de meu pescoço.

— Meu Deus! — ela diz. — É... é uma maravilha. Quanta generosidade de Randall... Bem, Claire, você pode usar as pérolas de sua avó em outra ocasião. Elas agora são suas. — Mamãe põe o colar de volta no saquinho de veludo. É de cortar o coração o esforço que ela faz para sorrir.

— Ou então... — digo eu, mesmo sabendo que ninguém vai me dar ouvidos — quem sabe eu não uso o colar de Randall em outra ocasião?

Como previsto, Lucille explode imediatamente.

— Como é que é? Usar em outra ocasião o colar que seu noivo lhe deu? Ora, Claire, isso deixaria Randall *arrasado*! Esse colar é o presente especial de casamento! Você tem de usar, *tem* de usar!

Mamãe sacode a cabeça em sinal de concordância. E depois me aperta num segundo abraço.

Por favor, não me abandone, é o que penso, aparentemente de volta aos 7 anos de idade. No calor desse abraço, sinto o nó do estômago se dissipar pelo menos um pouquinho.

— Tish, por favor, preciso urgentemente de sua ajuda com os brincos — intervém Lucille, afastando mamãe de mim. Senti-la desfazer o abraço é pior do que ouvir o despertador tocar depois de uma noite de insônia. Fico ali, sem saber o que fazer. Estou velha demais para cair de joelhos e me agarrar a suas pernas, mas preciso reunir forças para não fazer justamente isso.

E então, quando acho que já cheguei ao fundo do poço, afundo mais.

Porque acabo de ouvir a voz dela. Uma voz inconfundível: profunda, gutural, poderosa, *cruel*. A voz que tem ricocheteado entre as paredes de meus pesadelos durante os últimos onze meses.

E essa voz terrível parece estar caminhando a passos largos pelo corredor, vindo em minha direção.

— Claire!... *Claire!* Ah, até que enfim te encontrei!

Se eu fosse uma gazela, essa voz seria os faróis do carro que vem pela estrada. Fico completamente paralisada toda vez que a ouço.

Será possível?, penso. *Mais um pesadelo?*

— Porra, Claire, deixei mais de dez mensagens no seu celular e na sua casa! Finalmente consegui falar com uma parenta sua, uma retardada que só depois de *muita* hesitação resolveu me dizer onde você estava. I-na-cei-tá-vel, Claire. Preciso saber onde você está a cada minuto, nas 25 horas do dia, nos 8 dias da semana, já falamos sobre isso mais de um milh...

Respire, penso freneticamente, sem virar para trás, as mãos começando a suar. *Só pode ser mais um pesadelo. Isso não está acontecendo.*

Com muito esforço, dou meia-volta. E lá está ela. A supracitada chefe dos infernos: a inclemente, poderosa e elegantérrima Vivian Grant. Um metro e sessenta de altura: um minúsculo furacão. Quadris sacudindo de impaciência, rosto vermelho de fúria, bloquinho aberto na mão.

Não, não, não!, berro mentalmente. *Não acredito* que essa mulher invadiu minha suíte com essa expressão no olhar que só pode significar uma coisa...

— Preciso de dez minutos para passar a você algumas das ideias que tive para a semana que vem.

Bea cruza os braços e arregala os olhos. Parece pronta para despedaçar a mulher da cabeça aos pés. Mamãe e Lucille reaparecem à porta, perplexas. A ousadia de Vivian conseguiu silenciar até mesmo a velha Luce.

— Vivian — eu digo, bem devagar —, vou me casar daqui a uma hora. Adiei minha lua-de-mel só para cumprir com minhas responsabilidades. Será que isso não pode esperar até segunda-feira?

Vivian olha torto para mim, as sobrancelhas nas alturas. Era *exatamente* isso que ela queria ouvir. A deixa de que precisava para proferir uma de suas tiradas preferidas.

— Fico feliz em saber que a *minha* agenda deve se adaptar à *sua*, Claire! Só estou pedindo míseros dez minutos. Você por acaso não seria generosa o suficiente para dar um tempo nisso tudo — ela abana a mão num gesto de desprezo que encampa toda a suíte, inclusive mamãe, Lucille e Bea, todas boquiabertas — para cuidar de algo tão frívolo e tão insignificante quanto a sua *carreira*?

Por um momento, penso em correr até a janela da suíte e...

— Eu esperava mais de você, Claire — ela continua, implacável. — Achei que você fosse das minhas. Mas agora que vai *se casar*...

Sei que a mulher não bate muito bem, que o elevador dela não chega ao último andar. Ainda assim ela consegue exercer um poder quase patológico sobre mim... e sobre todas as outras pessoas que trabalham com ela.

— Cinco minutos — eu digo (rispidamente, pelo menos para mim). Dou um gole profundo no champanhe e tomo o bloquinho de suas mãos.

— Isso é uma maluquice — sussurra Bea depois que Vivian passa por ela. — Você é uma editora, Claire, não chefe de Defesa do Estado. O que pode ser tão urgente assim para que essa mulher venha infernizá-la logo no dia do seu casamento? Não faz sentido! Por que essa perua está fazendo isso com você?

Por que Vivian Grant faz *qualquer coisa* que ela faz? Reflito um pouco sobre a pergunta.

— Porque ela pode — respondo afinal.

De repente me dou conta de uma coisa terrível: por mais ridícula que seja a situação, sinto certo alívio pela oportunidade de esquecer um pouco o casamento que está por vir.

Pelo menos por alguns instantes vou poder parar de pensar naquela longa caminhada até o altar. Na vida que está à minha espera, ou na vida que vou deixar para trás. No homem maravilhoso com quem vou me casar, ou no motivo da minha falta de entusiasmo com esse casamento.

Mais que tudo, vou poder parar de pensar no homem que beijei seis semanas atrás.

UM ANO ANTES

CAPÍTULO 1

UM BOM HOMEM É DIFÍCIL DE ENCONTRAR

No dia 26 de junho, exatamente um ano antes de meu casamento, eu estava esparramada no sofá com uma pizza grande de calabresa, um maço semivazio de Marlboro Lights, o cobertor mais aconchegante do mundo e muitas horas de televisão.

Fossem outras as circunstâncias, eu teria adorado a programação. Noutra noite qualquer, o maço de cigarros estaria semicheio. Mas, naquele dia, mesmo a perspectiva de ver Kiefer Sutherland salvando o mundo por seis horas seguidas não me parecia lá muito animadora.

Para início de conversa, ainda estava recolhendo os cacos de uma briga feia com meu namorado James, projeto de rock star. (Já que estamos lavando roupa suja: essa foi a última de uma sequência de quatro brigas, cada uma delas mais claramente necessária do que a outra.) Isso tinha me abalado.

Mas o que tinha me *derrubado* era uma crise profissional. Naquela mesma tarde eu havia recebido a terrível notícia de que Jackson Mayville, meu adorável chefe na Peters & Pomfret (editora topo de linha de Nova York), meu mentor profissional durante os cinco anos desde a formatura, penduraria as chuteiras naquele verão. Ele e a mulher se mudariam para a Virgínia a fim de ficarem mais próximos dos netos.

Eu deveria ter me antecipado a isso, mas nunca fui boa em prever as coisas. Portanto, quando Jackson me deu a notícia, logo fiquei de olhos marejados: um mico, eu sei, mas um mico absolutamente sincero.

— Ah, deixa disso... A gente vai continuar se falando, minha querida — ele havia dito naquele seu sotaque de Bill Clinton, tentando me consolar com um carinho nos cabelos e um lenço para enxugar as lágrimas. Depois puxou-me para um constrangido abraço, a testa crispada de preocupação paternal.

Nada disso, desnecessário dizer, serviu para aplacar meu choro. Tentei sorrir e recobrar uma postura mais ou menos profissional, mas não consegui. Eu estava arrasada. Jackson tinha sido muito mais que um chefe: fora um segundo pai desde a morte do primeiro, cinco anos antes. Do mesmo modo que papai, ele irradiava gentileza e inteligência. Ambos eram altos, magros e elegantes (mas não exatamente bonitos), tinham uma bela cabeleira grisalha e quase nunca perdiam a oportunidade de dar uma alfinetada no status quo. Ambos tinham uma inabalável adoração pelo trabalho que faziam. Ambos eram generosos, emotivos, sinceros. Ambos adoravam suas esposas.

E ambos me faziam sentir... amada. Foram muitas as noites de sexta-feira em que Jackson, vendo que eu ainda estava no escritório, arrancava-me do trabalho e arrastava-me para jantar com sua mulher, Carie, e os dois filhos adolescentes, Michael e Edward, os dois caçulas de uma prole de cinco. Sentada à mesa daquela cozinha, aconchegante e aquecida pelo forno em que ela quase sempre deixava queimar a lasanha, eu ficava com a impressão de que havia encontrado um lar de verdade em Nova York.

— Não precisa se preocupar comigo — solucei, o rosto ainda afundado no paletó de tweed de Jackson.

Foi no finzinho de meu último ano de faculdade que nos conhecemos, quando fui procurá-lo em busca de emprego: com o currículo em punho e tremendo nas bases, entrei na sala dele e me acomodei no mesmo surrado sofá de couro em que cinco anos depois eu o abraçaria chorando. Faltavam apenas algumas semanas para a formatura. Eu já contava com uma oferta de emprego de outra editora grande — resultado de muitas viagens a Nova York na combalida perua da Bea —, mas quando soube que o lendário Jackson Mayville se dispusera a me receber, informei ao RH da outra empresa que precisava de mais tempo para avaliar minhas opções. Afinal, tinha uma entrevista marcada com ninguém menos que Jackson Mayville, que havia publicado algumas das mais importantes vozes literárias do século e estava num patamar bem acima dos demais editores.

Desde menina eu sabia que queria ser editora. No ensino médio, adorava ler a seção de agradecimentos de meus romances prediletos, sonhando que um dia, talvez, algum escritor brilhante pudesse ver em mim a pessoa que "tornou este livro possível" ou "abrilhantou estas páginas com sua incomparável sagacidade editorial". Seria eu o Maxwell Perkins de algum futuro Hemingway

Fitzgerald ou Wolfe? Ter Jackson Mayville como mentor me parecia um excelente primeiro passo.

E de fato foi. Os cinco anos com Jackson haviam passado num estalar de dedos, e com ele eu havia aprendido muito mais do que poderia ter imaginado.

Claro, esses cinco anos não haviam sido um constante mar de rosas, nem profissional nem pessoalmente. Foram anos de muita luta para pagar as contas no fim do mês, de sucessivos fracassos amorosos, de muitas dúvidas ao ver minhas amigas se acomodando na estabilidade doméstica enquanto eu ainda tinha de comer sopa enlatada na maioria das noites da semana. Mas também foram anos de muito aprendizado ao lado de um mentor inteligente e generoso, de muitas realizações, de uma prezada e bem-vinda independência. No fim das contas, portanto, um lado compensava o outro.

Mas agora a balança estava prestes a se desequilibrar outra vez. Jackson ia se aposentar.

E, para falar a verdade, minha vida amorosa também não vinha ajudando muito. James tinha sido uma experiência chata, cansativa, mas a maioria de meus relacionamentos recentes também não havia sido lá grande coisa. Já fazia um bom tempo que eu precisava fazer um esforço para me convencer de que o cara ao meu lado não era: a) um debiloide (*E daí que ele não gosta de ópera? Nem de museus... nem de jornais... nem de ler sem mexer os lábios...*); b) um bunda-mole (*E daí que ele está desempregado há dez anos? Não é ligado em coisas materiais. É tão seguro de sua masculinidade que não se importa que eu pague todas as contas*); c) um babaca mal-educado (*E daí que ele me deixou esperando no restaurante quase duas horas?*).

Depois de adiantar a TV para mais um episódio de *24 horas*, pensei com meus botões: *Quer saber? Um dia como este requer muita pizza.* Liguei para um serviço de entrega. Algumas pessoas praticam ioga, outras correm para a terapia — eu, por minha vez, prefiro afogar as mágoas numa suculenta calabresa.

Naturalmente, não era só o baque emocional de perder o contato diário com Jackson que me incomodava. Havia também problemas de ordem prática. Jackson mais de uma vez havia mexido os pauzinhos a meu favor: fosse convencendo Gordon Hass, o editor-chefe, a dar ouvidos a *algumas* das propostas que eu apresentava, ou brigando por minhas promoções, ou infernizando a turma do RH por apreciadíssimos aumentos salariais. Que impacto poderia ter a aposentadoria de Jackson em minha carreira na P&P? Eu não corria o risco de perder o emprego, pelo menos isso ele me garantira, mas não havia dúvida de que a ausência de um forte aliado como Jackson representava um obstáculo em minha trajetória. Algo nada animador, já que eu levara cinco anos para escalar a pirâmide editorial até o posto de editora-assistente, um prazo considerado curto pelos parâmetros da empresa.

Acendi o oitavo cigarro da noite e tentei concentrar a atenção em Kiefer Sutherland — mas estranhamente não consegui.

O problema era que, mesmo antes, eu mal conseguia marcar uma reunião com o chefão Gordon, ou seja, era dificílimo conseguir a aprovação e os recursos financeiros necessários para dar lances em um livro. Como poderia ser promovida a editora caso não pudesse demonstrar a habilidade para comprar bons títulos e o talento para editá-los? Eu sabia que muitos de nós, iniciantes, tínhamos de lidar com esse mesmo dilema. Com tantos editores mais graduados disputando a atenção de Gordon e fatias de seu orçamento, era quase impossível conseguir uma promoção, mesmo com os valiosos empurrõezinhos de Jackson.

Ao longo dos últimos meses eu havia deixado escapar diversos títulos bastante promissores simplesmente porque não conseguira arrancar uma resposta de Gordon a tempo. Mas a culpa desse congestionamento não era dele: embora simpático e bem-intencionado, Gordon trabalhava nos limites de sua capacidade e fazia o que podia para dar espaço a todos.

Mesmo assim eu me sentia frustrada. Tinha fome de mais responsabilidades. O que me levara a entrar nesse ramo era o trabalho conceitual e criativo que um editor pode realizar com os autores, não a oportunidade de fazer fotocópias de originais durante cinco horas todos os dias.

Pois era neste ponto que eu estava um ano antes do casamento: nenhuma perspectiva romântica e uma carreira que parecia empacada num eterno modo de espera. Uma rotina "de endoidecer gente sã".

Eu já me preparava para atacar a segunda pizza quando o telefone tocou: Beatrice, chamando para a inauguração de uma galeria qualquer.

Sem chance, pensei. Na verdade, é bem possível que tenha falado em voz alta. Podia imaginar o tipo de festinha que me aguardava pela frente. Uma turba de nova-iorquinos fazendo poses, sorrindo de orelha a orelha, enchendo a cara, puxando conversa, jogando charme a torto e a direito. Socialites que haviam passado a tarde inteira escolhendo o modelito da noite. Homens de gel esquadrinhando o salão ao mesmo tempo que conversam com a gente. Burguesinhos de nariz empinado e sobrenomes ridiculamente compridos com suas louraças a tiracolo. Hippies de butique nascidos em berço de ouro. Flashes de paparazzi por todos os lados. Vinho de quinta. Conversa fiada. Mesmo as pessoas mais interessantes se deixavam levar pelas trivialidades depois de algum tempo no circuito.

Admito que estava sendo um tanto cínica. Mas com certo conhecimento de causa. Ainda que perifericamente, vinha participando dessa cena por cinco anos — sobretudo porque Bea, decoradora de interiores, precisava rodar bolsinha nesses ambientes a fim de aumentar a clientela —, e a essa altura já sabia mais ou menos o que esperar.

Fazia pouco tempo, por exemplo, que ela havia me arrastado para um coquetel na Soho House, lançamento da primeira coletânea de contos de uma jovem e talentosa escritora. Fiquei ali, observando o circo. Um grupinho de ratazanas de festa, todas de primeiro time, havia se posicionado junto a uma das estantes de livros. Patrick McMullan, fotógrafo de uma badalada coluna social, rondava por perto, mas as garotas habilmente fingiam não notar a enorme câmera pendurada em seu pescoço. Mas só até os flashes começarem a espocar. Uma das ratazanas, ex-modelo, tirou um livro qualquer da prateleira e começou a ler. Outra fez a mesma coisa. Uma a uma, todas foram assumindo ares de intelectual, apertando as pálpebras como se meditassem sobre alguma mensagem profunda, franzindo a testa — muito ligeiramente — numa afetada expressão de seriedade acadêmica. Patrick parecia estar amando tudo aquilo. Uma das meninas segurava o livro de cabeça para baixo, mas ninguém se importava com isso. Tratava-se de uma inofensiva sessão de fotos, eu sabia, mas foi o que bastou para que eu largasse a taça de vinho e buscasse a saída mais próxima.

De qualquer modo eu não estava a fim de sair. Principalmente naquela noite. Estava preocupada demais com minha situação no trabalho, e ainda tinha pela frente pelo menos uma semaninha a mais de dor-de-cotovelo. (Quem, lá no âmago de seu ser, não adora terminar uma relação? Ou pelo menos a oportunidade de deixar a culpa de lado e fumar um cigarro atrás do outro, comer baldes de sorvete, passar uma tarde inteira no sofá ou se permitir qualquer outro clichê dessa natureza? Eu não tinha a menor intenção de abrir mão de tudo isso.)

Disse a Bea que meu moletom estava com síndrome do pânico e não poderia ser abandonado naquela hora tão difícil, mas ela insistiu. Depois implorou.

E, antes de se dar por derrotada, arriscou:

— Será que James também está em casa arrastando correntes?

— Te vejo daqui a uma hora — resmunguei, levantando do sofá. Verdade seja dita: minha amiga mandou bem. Tanto ela quanto eu sabíamos que, naquele mesmo instante, James provavelmente estaria de papo com uma fanzoca de indie rock que o havia crivado de caras e bocas durante o show. Sua fraqueza por esse tipo de predadora havia sido um dos catalisadores de nossa separação.

— Você não vai se arrepender, Claire — disse Bea, animada. — Ah, usa aquele seu vestido vermelho, OK?

O vestido vermelho? Ela desligou antes que eu pudesse cair fora, tendo sentido no ar o inconfundível cheirinho de uma armadilha.

Chegando à galeria por volta das 21h, localizei Bea e tracei uma reta na direção dela.

— Vai, diz logo quem é — disparei, sorrindo com visível desânimo. Só então a cumprimentei com dois beijinhos e pesquei uma miniquiche da bandeja de um garçom que passava por perto.

Harry surgiu atrás de mim, fumando um charuto fedorento que só ele tinha o direito de fumar. Carinhosamente pousou a mão nos ombros de Bea e abriu um sorriso de raposa na minha direção.

— Cuidado, homens de Nova York — disse, inclinando-se para um beijo. — A Srta. Truman está de volta à caça.

Observação: eu amo, amo, amo meu amigo Harry, uma das pessoas mais discretas, inteligentes e engraçadas que já conheci, dessas que te fazem sorrir só de estar por perto. Mas ele também sabe rodar a baiana quando necessário: na qualidade de assistente da Promotoria Pública, tem um monte de histórias de máfia para contar. Entrou em minha vida desde que Bea aceitou um convite seu para sair, no segundo ano de faculdade. Ainda bem que ela viu a luz, pois não havia naquele campus ninguém que tivesse cavado um encontro com mais persistência do que ele. Na verdade é disto, além do charme inquestionável, claro, o que mais gosto em Harry: o grande amor que ele dedica à minha melhor amiga. Bea é uma deusa aos olhos dele — e aos meus também.

Mas não somos apenas nós que achamos isso. Bea é um escândalo. Naturalmente magra, ninguém suspeita do horror que ela sempre teve à alimentação "saudável", sobretudo às verduras, nem de sua dieta à base de filé com fritas e nuggets. Tem uma beleza clássica, um rosto sadio, e sempre dá a impressão de que acabou de chegar de uma partida de lacrosse com as amigas do country club. Os cabelos fartos e dourados são de dar inveja a qualquer garota-propaganda de xampu, e os olhos enormes são tão azuis quanto o mar da Sardenha. No quesito aparência, Bea é páreo duro para qualquer Charlize Theron — e todo mundo sabe disso, menos ela própria.

Ainda por cima é casada com esse homem maravilhoso que até hoje lhe manda cartas de amor sem motivo, que tirou um ano sabático na escola de direito apenas para estudar culinária na França, que chega em casa todas as sextas-feiras com um vasinho de violetas para a mulher. Como se isso não bastasse, tem uma carreira em franca ascensão como decoradora, trabalho que lhe permite dar vazão à criatividade que ela tanto preza, sem a rigidez de horários fixos.

Isso mesmo. Se eu não amasse Bea feito a irmã que nunca tive, seria obrigada a odiá-la.

Acontece que adoro essa mulher. Sempre adorei, desde o dia em que ela se sentou algumas fileiras à minha frente durante uma das avaliações que fomos obrigadas a fazer na primeira semana em Princeton. Para dar sorte, nós duas tínhamos prendido os cabelos com uma fita colorida, um desses detalhes que a gente só percebe quando passeia os olhos pela sala durante um aborrecidíssimo teste de raciocínio quantitativo de quatro horas. Terminado o teste, comentamos uma com a outra sobre nossas superstições malucas, e ali se deu o primeiro passo para uma longa e profunda amizade.

— Você ainda vai me agradecer por ter te arrancado de casa esta noite — sussurrou Bea, apertando-me pelo cotovelo a fim de conquistar minha inteira atenção. — Você nunca vai adivinhar quem está aqui.

Rapidamente esquadrinhei a galeria, mas não identifiquei ninguém que pudesse justificar o entusiasmo de minha amiga.

— Pabst Blue Ribbon — informou Bea, escandindo as sílabas.

Arregalei os olhos, que ficaram tão grandes quanto os dela.

— Está *brincando*.

— E eu brincaria com uma coisa dessas? Ele está aqui. E acho que ficou ainda mais bonito do que já era nos tempos da faculdade, se é que isso é possível. — Ela acenou com a cabeça ligeiramente para a esquerda e olhou para trás como quem não queria nada.

Randall Cox.

Lá estava ele, do outro lado do salão. Eu mal acreditava no que estava vendo, mas não havia dúvida: o porte esguio de remador, o castanho avermelhado dos cabelos, o azul cortante dos olhos, a maneira absolutamente segura de se comportar — só uma pessoa reunia todas essas qualidades.

— Me segura se eu desmaiar — instruí Bea, brincando, mas nem tanto.

Um breve histórico: Randall Cox era o homem mais atraente do planeta. O padrão-ouro do charme. Em nosso primeiro ano de faculdade, Bea e eu costumávamos passar sem *nenhuma* pressa diante do prédio em que ele morava (fora do campus), apenas na esperança de vê-lo por uns míseros segundos. Randall já estava no quarto ano de Princeton, um ícone de beleza com uma namorada igualmente bonita.

Depois de alguns meses, Bea e eu já tínhamos estabelecido uma intricada rede de espiãs para nos manter informadas sobre a presença dele nas festas e nos bares locais. E depois nos plantávamos nesses lugares, torcendo para que o milagre se desse duas vezes na mesma semana. Quando nossas preces por fim eram atendidas, fingíamos não notar a presença dele. Tais eram os rituais de acasalamento que permitia a maturidade de nossos 18 aninhos.

Certa vez, Bea viu Randall saindo de um dos prédios da universidade e fingiu tirar uma foto minha no mesmo lugar. Essa foto, com a figura difusa de Randall no fundo, decoraria nosso quarto no dormitório durante muitos anos.

Em outras palavras, nós o perseguíamos. Implacavelmente.

— Você tem de ir lá falar com ele — disse Bea, examinando meus dentes à procura de algum restinho de miniquiche. — *Tem* de ir. Se não for, nunca mais lhe dirijo a palavra. — Perplexo, Harry sabiamente tomou isso como deixa para que saísse pela tangente e fosse buscar uma bebida.

Déjà vu. Duas semanas antes da formatura de Randall (desnecessário dizer, um evento traumático em nossas juventudes), Bea e eu o tínhamos visto pela janela do Annex, um dos bares mais procurados pelos estudantes. Tremendo nas bases, limpamos nossas pífias contas bancárias para molhar a mão do leão-de-chácara.

— Essa é sua última chance — disse Bea, enquanto nos dirigíamos ao balcão onde Randall esperava por um chope. Àquela altura o príncipe encantado era mais meu do que dela: Bea começava a ceder aos encantos de Harry, que a vinha perseguindo sem tréguas durante todo o ano.

Estacionadas no balcão, dando as costas para Randall e fazendo o possível para não trairmos nossa ansiedade, cogitávamos algum plano, algum jeito de puxarmos conversa com ele. Dizer olá? Simplório demais. Uma garota não podia ser tão prosaica ao se dirigir a um deus grego.

Depois de uns vinte segundos de hesitação, Bea fez o impensável. Fingindo tropeçar em alguma coisa, jogou-se para frente e me empurrou na direção de Randall, que me amparou pelos braços, segurando-os com firmeza. Por um breve e adorável instante, pude sentir o peito forte dele pressionando minhas costas.

Olhei para o alto e me deparei com Randall olhando de volta para mim, aparentemente se divertindo com a situação. Eu, por minha vez, estava paralisada. Catatônica. Mal conseguia respirar. Ele sorria — gentilmente, devo acrescentar, já que eu o havia feito encharcar a camiseta de rúgbi com o chope recém-servido.

— Posso lhe comprar um outro chope? — ofereci, chocada e ao mesmo tempo orgulhosa por ter conseguido juntar as palavras diante dele.

— Hmm. Será que pode? — ele retrucou, apontando para a carteira de identidade que eu equilibrava entre os dedos. Uma falsificação de quinta categoria. A garota na foto tinha cabelos loiríssimos e encaracolados, o rosto coberto de sardas. Quanto a mim, tenho a pele morena que herdei de papai e, como a maioria das meninas à época, usava os cabelos, também morenos, cortados *à la* Rachel do seriado *Friends*. Em vez de sardas, as bochechas se cobriam com um blush muito vermelho, borrado quase até o pescoço, um verdadeiro horror.

Eu não conseguia despregar os olhos de Randall. Emplacar uma conversa inteligente? Impossível. Subitamente me vi incapaz de juntar as sílabas para formar palavras.

— Não esquenta, vai — ele disse por fim, talvez se dando conta de que eu havia perdido todo o jeito logo na primeira frase. Pediu ao bartender que lhe trouxesse outro chope, além de uma latinha de Pabst Blue Ribbon, que depois entregou a mim. Murmurei um "muito obrigada", e ele se despediu com uma piscadela, voltando à companhia dos amigos reunidos em torno da mesa de sinuca.

Esse foi sem dúvida o momento mais vibrante de toda a minha vida até então. Fiquei tomada de alegria, tonta de emoção. Na verdade, tonta demais para cortar os pulsos em razão de minha total incapacidade de puxar conversa com as pessoas. Depois de saborear cada gota da cerveja que ele havia me dado, guardei a latinha na bolsa, óbvio, e fui embora na companhia de Bea. Ainda com a cabeça nas nuvens, voltamos para o dormitório e desabamos no futon dela para analisarmos cada detalhe do episódio.

— Acho mesmo que ele gostou de você — sussurrou Bea antes de cair no sono, fortalecendo ainda mais nossos laços de amizade.

Semanas depois, visitando mamãe em Iowa, repeti toda a história durante um bate-papo na cozinha.

— Randall Cox? — ela perguntou ingenuamente. E depois falou de sua antiga amizade com a mãe dele, Lucille. Por que ela não me disse isso *antes*? Esse seria o assunto *perfeito* para uma conversa naquele dia fatal.

E as páginas da história teriam sido reescritas de forma bem diferente: a sucessão de relacionamentos fracassados e decepções amorosas que me aguardaria nos anos seguintes teria sido evitada, e aos 18 anos eu teria começado a ser feliz para sempre.

Pois bem, lá estava a segunda chance pela qual eu vinha esperando por mais ou menos uma década. A adolescente bobona havia se transformado numa mulher segura e articulada. *Vou falar com ele*, pensei.

Ainda tentava me convencer disso quando vi a expressão no rosto de Bea mudar.

— Olá, meninas — exclamou alguém atrás de mim. Virei o rosto. E lá estava Randall, infernalmente lindo, estendendo a mão para ser cumprimentado. Eu podia ouvir meu coração bater como um bumbo. — Acho que frequentamos Princeton na mesma época. Randall Cox — ele disse. Beatrice cumprimentou-o e se apresentou.

— Claire Truman — eu disse com surpreendente calma, abafando os tambores que rufavam internamente. — Acho que você já estava no último ano quando ainda éramos calouras, certo? — *É, tenho uma vaga lembrança*, era o que meu tom de voz dava a entender. Mal sabia ele que eu havia guardado por três semanas um frasco de detergente que ele havia usado. Nem que ainda lembrava da cor das cortinas do quarto dele, visíveis do lado de fora do prédio. Nem que sabia o tamanho dos sapatos que ele usava. Nem que ainda guardava, no fundo de um armário qualquer, aquela fotografia roubada no campus.

— Isso mesmo. Vocês duas parecem bem crescidinhas — disse Randall, olhando para mim. Uau. *O vestido vermelho*. Geralmente os homens fecham o zoom em Bea, e ela tem de desviá-los para mim. Nunca mais tiraria aquele vestido. A não ser, claro, que Randall pedisse.

— Vou buscar mais um drinque — disse Bea, os olhinhos cintilando. — Querem alguma coisa, vocês dois?

— Não, obrigado(a) — Randall e eu dissemos juntos. Depois rimos. Falar em uníssono? Existe coisa mais bonitinha do que isso?

Tão logo Bea se afastou, passamos naturalmente aos assuntos obrigatórios em todos os coquetéis de Nova York: onde morávamos, em que trabalhávamos. Com Randall, até mesmo esse tipo de conversa era uma delícia. Ou talvez fosse o prazer de poder olhar diretamente em seus olhos a uma distância tão curta.

— Voltei para o Goldman depois de terminar o MBA — ele relatou depois de ouvir minha sinopse bem menos impressionante — e moro na Quinta Avenida com a 82.

— Essa é a quadra do Metropolitan, não é?

Randall sorriu com modéstia.

— Meu terraço dá direto para o museu. Infelizmente não paro em casa o bastante para aproveitar a vista. Praticamente tenho morado no escritório.

Vista, terraço, museu... Nada disso me interessava de verdade. Em minha cabeça fervilhava a pergunta mais importante de todas, ainda não respondida. Ele estava solteiro? Seria possível que um cara lindo daqueles, tanto no papel quanto em pessoa, estivesse disponível?

Claro que não, respondi a mim mesma. *Com certeza tem uma mulherzinha qualquer rondando por aí.*

Sem querer ir direto ao assunto, decidi comer a sopa pelas beiradas:

— Você namorava Alexandra Dixon, não namorava? — perguntei. Alexandra era a *femme fatale* da universidade.

— Namorei, sim. Sua memória é ótima. Você conhecia a Alex?

— Fizemos algumas matérias juntas. Ela era *uma graça.* — Admito que floreei um pouquinho. Tudo bem, floreei muito. Alex Dixon e eu fizemos uma única matéria juntas, e ela nunca me dirigiu a palavra. Eu não tinha nenhuma evidência sólida de que ela era *uma graça*, mas de que era, sim, absurdamente bonita, inteligente, elegante e poliglota. Juro que nunca ouvi a mulher falar a mesma língua duas vezes. Já que não estava disposta a lembrar Randall de nenhum *desses* atributos, recorri a uma expressão banal e inócua. Uma graça.

— Ela está ótima. Ficou um ano trabalhando como modelo em Milão e depois voltou para estudar medicina. Hoje é neurocirurgiã, dá para acreditar numa coisa dessas?

Claro que dava.

— Uau! — foi o que consegui dizer. — Suponho que não existam muitas modelos capazes de fazer uma transição dessas. Vocês ainda se falam?

— Não. Faz anos que a gente não se vê, infelizmente. Agora ela mora em Chicago, com o marido e dois filhos. Incrível, né?

— Dois filhos? — repeti, mais animada. A modelete neurocirurgiã estava definitivamente fora do páreo.

— E você? — perguntou Randall, os olhos focados em mim. — Casada? Filhos?

— Ainda não. — Eu podia sentir as bochechas queimarem. — Tenho me dedicado muito ao trabalho.

— Entendo. — Randall novamente olhou para mim de um jeito que fez meus joelhos tremerem. — Ano passado terminei um relacionamento longo. A garota era ótima, mas por algum motivo eu não me via casado com ela. Então achei melhor terminar.

Meu coração deu cambalhotas de alegria. Com todo respeito ao infortúnio da garota.

— Bem, suponho que você não vá ter dificuldade para encontrar alguém.

— Encontrar alguém como *você* é muito mais difícil do que parece — ele disse. — Alguém assim, sabe... inteligente, bem-sucedida, e ainda por cima bonita!

Não. Só podia ser um sonho. Eu? Recebendo a coroa tríplice de Randall Cox? Inteligente, bem-sucedida e bonita? Será que ouvi direito?

— Olha, Claire, sei que o coquetel está só começando, mas... que tal a gente dar uma escapulida para comer alguma coisa? Esses canapezinhos não estão com nada.

Muita calma nessa hora, pensei. *Respira. Não vá meter os pés pelas mãos.*

— Eu adoraria — respondi.

Randall sorriu. E dali a pouco já estávamos deslizando rumo à porta, a mão firme dele em minhas costas. Despedi-me de Bea com um adeuzinho, e ela respondeu com uma piscadela discreta.

— Você está calada, Claire. Acho que estou falando demais do meu trabalho, não estou? — desculpou-se Randall, colocando mais vinho em minha taça.

Tratava-se de uma experiência quase sobrenatural: eu ali, jantando na companhia da minha grande paixonite de todos os tempos. Como se estivesse diante de uma megacelebridade, fazendo de tudo para disfarçar a excitação de estar cara a cara com alguém que até então eu só vira nas telas de cinema, nos outdoors da vida, nas revistas ou nos jornais. O rosto de Randall havia frequentado meus sonhos durante anos, temporariamente substituído por casinhos menores, mas nunca inteiramente esquecido. Portanto, nada mais natural que eu me sentisse assim, meio aturdida por estar com ele num jantar à luz de velas no Il Cantinori, um dos lugares mais descolados da cidade para um *tête-à-tête* romântico.

— De jeito nenhum — retruquei. — Estou impressionada com tudo que você conseguiu realizar em tão pouco tempo. — E estava mesmo, embora pudesse ter dado a impressão de estar rasgando seda. Randall tinha um currículo fenomenal para alguém de sua idade. Além do MBA em Harvard, ele havia se tornado o mais jovem diretor executivo de toda a história do Goldman Sachs, um banco de investimentos conhecido não exatamente por contratar burocratas sem nenhuma ambição. E conseguira isso numa conjuntura econômica que não havia contribuído em nada.

— Sabe, gosto de desafios — ele disse sem nenhuma empáfia. Já ia dizendo algo mais quando o BlackBerry apitou e ele conferiu a tela. — Desculpe, Claire, é o Greg de novo. As coisas andam meio malucas no escritório. Preciso falar com ele, prometo que não vou demorar.

Greg já havia ligado três vezes desde que saíramos da galeria. Conferi as horas no relógio: eram 22h45. Puxa, a que horas essa criatura descansava? Coitado. Embora eu sempre implicasse com Bea quando estávamos juntas e ela se pendurava no celular, esperei pacientemente enquanto Randall passou a seu colega de trabalho uma série de instruções indecifráveis.

Na verdade, fiquei impressionada com a dedicação dele, especialmente em se tratando de alguém que poderia levar a vida na flauta, se quisesse. A família Cox era riquíssima, segundo mamãe havia contado, e portanto Randall poderia ter escolhido uma ocupação bem menos árdua, alguma coisa como colecionador de bússolas, ator desempregado, sei lá. Que ele tivesse optado pelos rigores e desafios de uma carreira estressante deixava bem claro o tipo de homem que realmente era.

— Do que mesmo estávamos falando? — ele disse dali a pouco, o incêndio já apagado. — Me conte mais sobre o *seu* trabalho. Que tipo de livro você edita?

— Bem, tenho a impressão de que tudo vai mudar daqui para frente. Jackson Mayville, meu chefe desde o início, acabou de comunicar que vai se aposentar, e não sei direito como vão ficar as coisas para o meu lado na Peters & Pomfret.

— Conheço o Jackson. Jogamos squash no mesmo clube. É um ótimo sujeito. Péssimo jogador, mas ótimo sujeito.

Não pude conter o riso, custando a crer que Jackson pudesse fazer qualquer coisa mais atlética do que amarrar os próprios sapatos.

— Ele é o máximo. Aprendi horrores com ele. Na verdade, só hoje fiquei sabendo dessa história de aposentadoria. Fiquei arrasada, embora para ele seja ótimo poder passar mais tempo com a família.

Randall ficou pensativo por um instante.

— Não tenho tido muito tempo para leitura ultimamente — disse. — Quer dizer... Talvez eu nem devesse confessar isto, você vai me achar um perfeito idiota, mas acabei de ler um livro publicado pela Vivian Grant. Algo da lista de best sellers do *New York Times*, eu acho. Sobre uma freira que abandona o convento para fazer strip, já ouviu falar? O título é péssimo... Como era mesmo? O livro ainda está na minha mesinha-de-cabeceira. Posso até ver a capa dele...

— *Maus hábitos?* — perguntei. Gordon havia feito algumas piadinhas a esse respeito na última reunião de editoria. O livro já estava na lista do *Times* por seis semanas, o que era um tanto deprimente. Randall tinha lido essa porcaria?

— Exatamente, *Maus hábitos* — ele disse balançando a cabeça, fazendo com que uma mecha de cabelos caísse sobre a testa. — Literatura de quinta, eu sei. Talvez nem seja literatura. — Ele olhou para mim com um sorriso acanhado. — Você nunca mais vai querer ver minha cara, não é?

— Bobagem — eu disse, o coração a mil. Que importância tinha o gosto literário dele? Trabalhando duro daquele jeito, Randall decerto não tinha a menor vontade de chegar em casa e mergulhar num livro que lhe desse mais trabalho ainda.

— Sabe, já estive com Vivian Grant algumas vezes — ele continuou. — É amiga de meu pai. Uma mulher danada. Sei que está sempre à procura de bons editores. Não me custaria nada falar com ela a seu respeito, caso você esteja interessada numa guinada profissional. Sei lá, acho que seria bom você trocar uma palavrinha com ela.

Trocar uma palavrinha com Vivian Grant?

Grant era uma das locomotivas do mercado, amplamente conhecida pelo pavio curto e pela crueldade no trato profissional. Não havia quem não revirasse os olhos diante da simples menção do nome dela. Na Mather-Hollinger, outra grande editora do país, ela havia conquistado um selo só para si, fazendo fama e fortuna com a publicação de grandes porcarias campeãs de venda, incluindo autores como Mindi Murray, a adolescente que se tornara rainha da indústria pornô, ou o serial killer que havia aterrorizado Chicago por mais de um ano, além de uma série de comentaristas políticos radicais de esquerda ou de direita.

A bem da verdade, esses autores de grande visibilidade e quase nenhum mérito literário ofuscavam alguns dos livros de excelente qualidade que ela publicava. Grant também havia contribuído nos bastidores para a elaboração de ótimos romances, bem como para o reconhecimento e sucesso, quase sempre estratosféricos, de alguns autores até então desconhecidos. Eu havia lido uma entrevista na qual ela reclamava, com toda razão, de que ninguém a elogiava quando um bom livro era publicado, preferindo sempre associá-la ao lixo editorial.

A despeito da opinião que as pessoas tivessem dela, Vivian Grant era tida como uma das personagens mais fascinantes do setor, além de uma das mais bem-sucedidas. Falar pessoalmente com ela? Com essa mulher que sozinha havia construído um verdadeiro império editorial? Eu não tinha como abrir mão de uma oportunidade dessas, por menor que fosse minha vontade de trabalhar na Grant Books.

— Seria ótimo, sim, Randall. Obrigada — respondi. Uma gracinha, não é? Ele se interessar assim pela minha carreira, logo no primeiro encontro...

— Que nada, não precisa agradecer. — Ele digitou um lembrete no BlackBerry.

Um *petit gâteau*, enviado pelo dono do restaurante, chegou à nossa mesa. Eu estava de tal modo relaxada que decidi não me furtar do prazer de saboreá-lo: fui logo espetando o garfo na casca crocante, e o chocolate vazou feito lava.

— Não consigo comer mais nem um grãozinho do que quer que seja — disse Randall. Sorrindo, ele se refestelou na cadeira e alisou o abdômen forjado a ferro. Imediatamente larguei o garfo sobre a mesa. Randall provavelmente estava acostumado a namorar modelos que consideravam um prato de agrião desidratado uma farta refeição (e depois corriam duas horas na esteira para queimar as calorias). Embora a sobremesa estivesse uma delícia, não havia necessidade nenhuma de trazer a público, pelo menos num primeiro encontro, a formiguinha que eu de fato era.

— Estou tão feliz por ter encontrado você naquela festa... — Randall delicadamente pousou a mão sobre a minha.

Com a mão que me restava livre, belisquei a coxa para ter certeza de que não estava sonhando. Difícil acreditar que três horas antes eu estivesse curtindo uma bela dor-de-cotovelo por causa de James. E que agora fitava os olhos do homem mais perfeito que conheci em toda a minha vida.

— À velha Princeton — brindou Randall, levantando a taça — e aos novos começos.

Respondi ao brinde e pensei com meus botões: nada como um dia após o outro.

CAPÍTULO 2

GRANDES ESPERANÇAS

— Você parece mais alegrinha esta manhã! — observou Mara, amiga e colega que trabalhava na baia vizinha à minha editora.

— Noite *perfeita.*

Mara Mendelson e eu compartilhávamos todos os detalhes sórdidos de nossas vidas amorosas, coisas que teríamos pudor de dividir até mesmo com nossos diários. O encontro com Randall na noite anterior não se tornaria realidade até que eu baixasse o arquivo inteiro para minha amiga.

— Oh-oh. Você está com aquele olhar de pateta de novo, Claire. Não teve mais uma recaída com James, teve?

— Eu disse que tive uma noite *perfeita,* Mara, não disse que bebi. É um cara novo. Na verdade, uma paixonite antiga. O nome dele é Randall e...

— Randall?! O gostoso que você conheceu na universidade? O clone bonitão de Patrick Dempsey? O da latinha de Pabst Blue

Ribbon? O da mamãe que estudou com a sua em Vassar? O semideus Randall?

— Tá bom, tá bom... — resmunguei envergonhada. — Acho que já falei dele antes, né?

— Você ainda tem aquela fotografia em que ele aparece fora de foco? — perguntou Mara, rindo.

Confirmação cabal de que me faltava certa dose de semancol na hora de trocar confidências. Éramos bastante próximas, Mara e eu, mas só uma adolescente daria à amiga tantos detalhes a respeito de um amor aparentemente impossível.

— Conte tudo, não me esconda nada. — Mara se recostou na cadeira para ouvir o relatório completo, enroscando no indicador uma mecha dos cabelos ruivos e encaracolados.

Tínhamos, ela e eu, um caminho quase paralelo no trabalho: havíamos começado juntas como assistentes na P&P e galgado praticamente os mesmos degraus na hierarquia da editora. Mara havia se tornado uma de minhas melhores amigas. Aprendera tudo o que alguém poderia saber sobre a empresa e seus principais agentes, ao mesmo tempo que conquistara para si uma vasta rede de amigos no setor, todos seduzidos por seu humor sarcástico, pelas gargalhadas sonoras e pelo espírito generoso. Eu agradecia ao destino por tê-la colocado ali, na baia ao lado: a proximidade física com Mara não só tinha permitido que construíssemos uma sólida amizade como também facilitava meu acesso às opiniões inteligentes e bem-fundamentadas que ela tinha sobre... bem, sobre tudo.

— Espera só um segundinho, deixa eu acabar de chegar. — Atravessei o labirinto de baias e fui até a sala de Jackson para entregar o café e a rosquinha que eu levava para ele todas as manhãs de sexta-feira (a maneira singela que encontrara para agradecer todas as vezes que ele havia me convidado para jantar com a família). Jackson ainda não havia chegado.

Voltei para minha mesa e liguei o computador. Tínhamos algumas reuniões agendadas para a manhã, com autores que estudávamos contratar, e à tarde nos encontraríamos com uma autora para revisar nossas observações a respeito do seu original. A fim de evitar possíveis equívocos, Jackson preferia fazer seus comentários editoriais pessoalmente. Um jeito antigo de trabalhar, e talvez menos produtivo, mas que para mim tinha o efeito de um verdadeiro doutorado.

Você tem novas mensagens, informou o Outlook.

Quinta-feira, 20h23

Para: Claire Truman (ctruman@petersandpomfret.com)

De: Courtney Ronald (cronald@nyagent.com)

Assunto: Sinto muito

Olá, Claire...

Você sabe o quanto eu queria colocar você e Nicholas trabalhando juntos no próximo livro dele. Nicholas também adoraria trabalhar com você, que sabidamente tem um grande apreço por sua obra. Mas, infelizmente, não podemos continuar driblando as ofertas das outras editoras. Sei que você está fazendo o que pode para conseguir uma resposta do Gordon, mas a Random House está fazendo a maior pressão, e não temos mais motivos para recusar o polpudo adiantamento que eles estão oferecendo. Tenho de fazer o que é melhor para meu cliente, e isso significa escolher uma das propostas que já temos em mãos. Portanto, sinto muito por não podermos realizar esse projeto juntas. Outros virão muito em breve, é o que eu espero.

Abraços,
C.

Puxa, eu tinha dedicado tantas horas de trabalho ajudando Nicholas a desenvolver seu enredo e agora isto: não teria o prazer de ver o livro se concretizar. Mas eu compreendia a decisão de Courtney. Ela dera um prazo mais que suficiente para que eu fizesse uma contraproposta, mas infelizmente eu não havia sido capaz de colocar o projeto na pauta de Gordon.

O telefone tocou e imediatamente, se não irracionalmente, pensei em Randall.

— Peters & Pomfret, Claire Truman falando — eu disse, caprichando no tom profissional.

— Claire? — Era o Sr. Lew, proprietário do apartamento que eu alugava no West Village. *Merda.* Eu já sabia o que ele estava querendo. Não era a primeira vez que meu salário acabava antes do mês.

— Oi, Sr. Lew — respondi com desânimo.

— Claire, sinto muito, mas o cheque de seu aluguel... bateu e voltou como se não houvesse amanhã. Não tem problema, Claire. É só você me dizer quando pode pagar.

Pedi mil desculpas e prometi dar a ele outro cheque na semana seguinte. *Duas vezes merda.* Eu já estava na luta havia tempo demais para ainda ter de passar por esse tipo de perrengue. Claro, em Iowa meu salário proporcionaria um estilo de vida bem mais confortável, mas em Nova York o aluguel da caixa de sapatos em que eu morava consumia três quartos do contracheque.

A única coisa a fazer era me concentrar no resto do dia. Felizmente a agenda estava cheia. As primeiras semanas do verão haviam sido bastante lentas, e eu já ansiava por um pouquinho de estresse. Ouvi as mensagens na secretária eletrônica enquanto meu computador, jurássico, acabava de despertar. Dois recados esperavam por mim.

O primeiro era de Jackson, avisando que trabalharia em casa naquela sexta-feira, pedindo que eu remarcasse as reuniões e autorizando que eu saísse mais cedo se quisesse. Suspirei. Uma reação incomum para alguém que teria um dia tão tranquilo pela frente, mas eu não estava a fim de moleza. Já havia terminado tudo o que cabia a mim exclusivamente, tinha lido todas as críticas de leitores para todos os manuscritos enviados a Jackson e já tinha escrito os respectivos relatórios. Não havia muito o que fazer na ausência dele; pelo menos, não o bastante para me manter ocupada o dia todo.

— Jackson não vem hoje — choraminguei para Mara, do outro lado da divisória. Ela fungou o nariz sardento em sinal de pesar: sabia que eu vinha me sentindo subutilizada nos últimos tempos.

"Claire, aqui é Vivian Grant", disse uma envolvente voz feminina no segundo recado. Empertiguei o tronco só de ouvir aquele nome. "Acabei de falar com Randall Cox, e ele disse que você é uma jovem editora de talento. Estou precisando de alguém assim. Você deve andar bocejando muito por aí na P&P. Ligue para meu escritório. Tchau."

Tomei um gole de café, o coração batendo a mil. Randall não havia perdido tempo; devia ter ligado logo no início da manhã! Quanta delicadeza! E agora Vivian Grant queria falar comigo?

Apesar dos preconceitos nada lisonjeiros que eu tinha a respeito de Vivian, devo confessar que me senti tremendamente envaidecida. Fiz uma rápida pesquisa no Google para refrescar a memória. Dez anos antes, Vivian havia deixado a Peters & Pomfret e firmado um acordo de distribuição com a Mather-Hollinger. Desde então emplacara diversos sucessos de venda, sobretudo com os livros de qualidade duvidosa aos quais era associada, mas também com alguns ótimos romances e livros bastante sólidos sobre política, história e finanças. Dois anos mais tarde, impressionados com seu desempenho, os executivos da Mather-Hollinger lhe haviam oferecido um selo próprio, com o nome de Grant Books, o qual só fez crescer durante o longo período de vacas magras que à época assolava o setor. Segundo um artigo recente da

Publishers Weekly, Vivian era, comercialmente falando, a editora-chefe mais bem-sucedida de todo o ramo. Só no último ano havia emplacado 15 títulos da lista de best sellers do *New York Times*.

Alguma coisa aquela mulher estava fazendo direito. E agora queria falar comigo?

Antes que eu ficasse nervosa, liguei para o escritório dela.

— Grant Books — atendeu um assistente, sem nenhum entusiasmo.

— Eu gostaria de falar com Vivian Grant, por favor.

A cabeça de Mara pipocou sobre a divisória, a sobrancelha esquerda arqueada nas alturas.

— Quem gostaria? — perguntou o assistente.

— Claire Truman. Sou amiga de...

Ouvi um clique, e alguém entrou na linha.

— Você pode chegar em meia hora? — perguntou Vivian, a mesma voz profunda e ligeiramente rascante do recado que eu ouvira havia pouco.

— C-claro, posso sim. Eu...

— Então até lá. — Ela desligou.

Meia hora? Felizmente eu havia vestido um terninho naquela manhã, achando que Jackson e eu passaríamos o dia inteiro em reuniões.

— Vivian Grant? — perguntou Mara, claramente preocupada. — Que história é essa?

— Não posso falar agora. Prometo que te conto tudo depois. — Abri o arquivo do meu currículo e constatei que fazia dois anos desde a última atualização. Rapidamente acrescentei o que faltava e minutos depois mandei imprimir. Mara assistia a tudo com os olhos arregalados. — Só vou me encontrar com ela — sussurrei, embora estivéssemos sozinhas no departamento editorial. Eram 9h30, e ninguém além de nós havia chegado.

— *O quê?!* — exclamou Mara, também falando baixinho.

Depois de guardar na bolsa algumas cópias do currículo, saí correndo rumo à porta.

— Eu volto! — prometi.

— Acho bom! — berrou Mara atrás de mim.

Era um dia inusitadamente frio para junho; ainda assim eu sentia um fiapo de suor escorrer lentamente da axila esquerda enquanto abria caminho através das hordas de turistas na Quinta Avenida.

Essa entrevista não só representava uma chance de acelerar minha carreira como também estava estranhamente vinculada à minha vida pessoal, uma vez que o contato havia sido feito por Randall. Se eu me saísse bem, era possível que Vivian fizesse, a mim, uma ótima oferta de emprego, e a Randall, um relatório dos mais elogiosos: vitória pelos dois lados. Mas e se eu metesse os pés pelas mãos? Nesse caso, queimaria uma oportunidade profissional e ainda por cima passaria recibo de incompetente aos olhos de Randall. A pressão era quase palpável! Outro fiapo de suor escorreu da axila direita.

— Claire Truman — eu disse ao porteiro grisalho no lobby da Mather-Hollinger, tentando passar um ar de segurança profissional. — Tenho uma entrevista com Vivian Grant.

Ao ouvir o nome de Vivian, o velhinho levantou a cabeça e me inspecionou de cima a baixo.

— Boa sorte, querida — disse, uma expressão de encorajamento no olhar. Só então me entregou o crachá de visitante.

Entrei no elevador, já cheio, e pedi ao homem de suspensórios e gravata-borboleta perto dos botões que apertasse o 12 para mim. Por algum motivo, todos interromperam o que estavam dizendo e me olharam de um modo estranho. Fiquei me perguntando se pedir para alguém apertar um botão pudesse ser algum tipo de gafe ou indelicadeza. Decidi que seria mais autossuficiente da próxima vez que entrasse num elevador.

— Boa sorte — disse o Gravata-Borboleta quando saltei no décimo segundo andar. Estava tão evidente assim que eu tinha vindo para uma entrevista? Uma mulher olhou discretamente em minha direção e balançou a cabeça com pesar. O que significava aquilo? *Muito* estranho. Cheguei a pensar que um pedaço de papel higiênico estivesse grudado em meu sapato, que a saia estivesse entrando na calcinha ou qualquer outro mico dessa natureza. Fiz um rápido exame, mas não detectei nada.

Respirando fundo, empurrei as pesadas portas de vidro e entrei na sala de espera.

— Você é a Claire? — Um garoto, de uns 16 anos no máximo, imediatamente veio me receber. Dava a impressão de que tinha acabado de acordar de um cochilo. Os cabelos estavam desgrenhados de um lado e achatados do outro: *mezzo* Johnny Rotten, *mezzo* pintinho molhado.

— Sim — respondi, sorrindo e estendendo a mão, que ele apertou sem nenhuma firmeza.

— Milton, assistente da Vivian — resmungou o garoto. — Vem comigo.

— Muito prazer, Milton — eu disse para as costas dele.

Milton não respondeu; em vez disso, abriu a porta de uma sala de reuniões e apontou para uma cadeira vazia.

— Daqui a pouco a Vivian vem falar com você. Quer alguma coisa? Café, água...

— Não, obrigada. Eu...

Antes que eu pudesse terminar a frase, Milton deu meia-volta e sumiu no corredor. Limpei a garganta e coloquei meu currículo sobre a mesa, paralelamente às bordas. A fim de reavivar a memória para a entrevista, reli a lista de livros nos quais eu havia trabalhado.

A sala de reuniões da Grant Books era bastante simples, a não ser pelas prateleiras repletas de best sellers em capa dura que decoravam as paredes. Dei uma olhada nos títulos. Vivian havia publicado alguns livros realmente muito bons, além de outros um tanto vagabundos. A distância entre os dois extremos era impressionante. De um lado, as revelações picantes de um ator de novelas em fim de carreira que havia tido um caso com a mulher de um conhecido milionário europeu; de outro, um grosso volume sobre as operações militares no Iraque, escrito por um renomado especialista em segurança nacional. Uma série extremamente bem-sucedida de livros sobre emagrecimento, as capas salpicadas de citações de devotos famosos como Gwyneth Paltrow, dividia a prateleira com um romance inteligente e peculiar, recentemente adaptado para um musical da Broadway. Uma infinidade de romances "para mulheres", todos em tons pastel, lembrava caixas de bombons expostas numa loja de doces. Três livros de receita premiados (que Mara, especialista em livros de culinária, usava como modelos de diagramação) acotovelavam-se com uma série de brochuras de leitura rápida, escritas por celebridades de *reality shows* durante seus 15 minutos de fama. Também havia ali alguns livros sobre política, escritos por extremistas de toda ordem: Samuel Sloane, neoconservador fanático e megassucesso de vendas, fazia contrapeso a uma pletora de liberais igualmente aguerridos.

O único denominador comum das dezenas de livros em exposição era o faturamento de proporções astronômicas. Não havia dúvida de que Vivian Grant tinha o toque de Midas, a despeito da qualidade dos livros que publicava.

Eu poderia aprender muito com uma pessoa dessas, pensei, respirando fundo.

Vozes exaltadas surgiram subitamente a poucos metros da sala de reuniões. Tentei ouvir o que elas diziam, mas só o que pude captar foi "uma anta, sabia?". Mais gritaria, e então uma porta bateu com tamanha força que fez as paredes tremerem. Nada relaxante, ouvir aquela demonstração de fúria num ambiente de trabalho; fiquei ainda mais tensa quando a porta da sala de reuniões se abriu de repente.

E na sala entrou uma linda mulher, calma e sóbria, cópia fiel de Isabella Rossellini, mas com cabelos da cor de morangos e olhos verdes em forma de amêndoas.

— Claire? — ela perguntou com um sorriso cativante, apertando minha mão com firmeza. — Vivian Grant.

Essa era a famosa Vivian Grant? Eu já tinha ouvido falar dela, mas de modo algum estava preparada para aquela beleza cinematográfica. Ela parecia ter muito menos do que 50 anos. Com os cabelos presos num coque displicente, a pele branca feito alabastro, a mulher era um arraso.

Acomodou-se à cabeceira da mesa, rapidamente passou os olhos em meu currículo e disse:

— Randall tem você em alta conta.

— É mesmo? Que bom. — Minha vontade era pedir por mais detalhes.

— Então, está pensando em ter filhos logo? — Vivian usava um terninho preto e um impressionante colar de esmeraldas, mas seu jeito de sentar (perna escanchada na cadeira vizinha, braço estirado sobre o espaldar, dedo enroscado nos cabelos) evocava uma dondoca de vida fácil, não a capitã de uma fábrica de sucessos. Era como se ali estivessem duas amigas num descontraído brunch de domingo.

— Hein? — foi o que pude dizer, achando que tinha ouvido errado.

— Filhos — ela repetiu, como se aquela fosse a pergunta mais comum para dar início a uma entrevista. — Muitas das editoras que trabalham para mim dizem que estão esperando pelo Príncipe Encantado, esperando pela oportunidade de ter filhos, esperando que alguma coisa importante aconteça na carreira delas. Uma dessas mulheres tem o quê? Trinta e cinco, trinta e seis anos. É casada, mas ainda está esperando só Deus sabe o quê. Não faço ideia *do que* se passa na cabeça de uma pessoa dessas. Volta e meia eu digo: *vá à luta*, mulher! Se tivesse esperado tanto, não teria tido meus filhos. As mulheres têm de ter filhos na adolescência, sabe? A gente faz tanto estardalhaço com essa história de gravidez juvenil, mas é exatamente isto que a natureza sempre quis: que as meninas embuchassem logo aos 13.

— Hum, quantos filhos você tem? — perguntei, fugindo do assunto.

— Dois. Marcus está com 26, e é lindo. Quantos anos você tem? Acho que ia gostar dele. Ah, esqueci, você está com o Randall. *Está* ou não está? Durante um tempo tive um caso com o pai dele. Foi nessa época que vi Randall pela primeira vez. Saí da suíte do casal usando nada mais que a camisa do pai dele e um sorriso nos lábios, e lá estava o pequeno Randall, comendo seu cereal com a babá. *Bem*, o inseminador número um, pai do meu filho Marcus, foi um cara gostosérrimo com quem passei uma única noite na década de 1970. E o inseminador número dois, pai do meu filho Simon, hoje com 13 anos, foi o canalha pervertido com quem cometi o erro grave de me casar. Ficamos anos em litígio. Mas meus filhos se revelaram ótimas pessoas. Só Deus sabe como. A Grant Books ainda estava no comecinho quando Simon nasceu. Nunca vou me esquecer disso. Eu estava numa reunião com Clive Aldrich — megapoderoso CEO da controladora da Mather-Hollinger — quando me ocorreu olhar as horas no relógio. Ainda bem que me lembrei de que tinha uma cesariana marcada para dali a uma hora! Naquela época meus assistentes eram tão bananas quanto os de hoje, incapazes de organizar uma agenda. — Vivian revirou os olhos numa expressão de profundo desgosto. — Bem, duas horas depois eu já estava lendo originais e recebendo telefonemas. Morfina? Que nada. Morfina nunca me derrubou, querida. Eu precisava voltar ao trabalho! Não tinha um mísero pacote de fraldas, nem mesmo um berço. Durante os primeiros quatro meses de vida, Simon dormiu numa sacola grande que eu tinha. — Ela abriu um sorriso nostálgico. — Aquele foi o primeiro ano em que tive mais de dez best sellers publicados.

Minha sensação era a de que, feito Alice, eu havia caído numa toca de coelho. O pequeno monólogo que eu havia preparado a caminho da entrevista — sobre o amor que tinha por editar livros, as coisas que havia aprendido ao longo dos últimos cinco anos, o entusiasmo de poder trabalhar com alguém como Vivian — agora me parecia demasiadamente pueril, ingênuo, aborrecido e... bem, um tanto racional demais para a conversa que estávamos tendo.

Por sorte, aparentemente eu estava ali para ouvir muito mais do que falar.

— Então — prosseguiu Vivian —, você já deve estar cortando os pulsos na P&P, não está? O que acha daquela espelunca?

Refleti um instante. Vivian certamente esperava que eu esculachasse a P&P, que lhe desse algum sinal de que falávamos mais ou menos a mesma língua. Mas eu não podia mentir. Além disso, dados os primeiros cinco minutos de nossa entrevista, eu já tinha certeza absoluta de que não queria aquele emprego.

— Bem, aprendi muita coisa por lá — respondi. — Adquiri alguns títulos bem interessantes, embora ache que seja capaz de fazer mais. E as pessoas são...

— Ah, meu Deus, as *pessoas*... — ela resmungou, lançando um olhar conspiratório em minha direção como se estivesse terminando a frase por mim. — São todos uns zumbis naquele lugar. Se o bundão do Gordon Hass tivesse metade do talento que tenho no dedo mindinho, estaria nadando em dinheiro a uma hora dessas. Eu detestava trabalhar lá. Fui assediada sexualmente, não por um ou dois, mas por *quatro* de meus colegas. Todos os dias eu chegava para trabalhar esperando ser currada. Você deve saber do que estou falando, não sabe? Um pardieiro, aquilo ali. E, além do mais, eles nem percebem os novos rumos que o mercado está tomando. Continuam vendendo só para os *baby boomers*, publicando sempre os mesmos livros. Um tédio!

Eu não fazia a menor ideia de como responder àquele monólogo, nem a que parte dele. Difícil acreditar que ela tivesse sido assediada por tantas pessoas. E por quem?

— Então, que prática você tem com a preparação de textos? — ela perguntou, mudando de assunto. Finalmente uma pergunta relacionada com o trabalho. Talvez pela primeira vez desde que Vivian entrou na sala, consegui expirar.

— Uma prática razoável, eu acho. Tive a oportunidade de trabalhar em todos os títulos de Jackson, bem como na maioria dos...

— Ótimo, ótimo. Você vai fazer muito disso por aqui. Estou à procura de alguém capaz de tomar a iniciativa, de trazer muitos livros e realmente tomar as rédeas das coisas. Você é ambiciosa?

— Sim, eu...

— Ótimo. Porque é disso que estou precisando, de pessoas realmente motivadas. De gente esperta, sabe? Cá entre nós, gente esperta não é o forte por aqui. Talvez a Lulu, que às vezes dá conta do recado, apesar de tantas limitações. Fora ela, não tem ninguém para quem eu não tenha de explicar tudo, tintim por tintim. Uma cambada sem intuição, sem iniciativa! Preciso de alguém com instintos para saber o que *dá certo* e o que não dá! Sabe do que estou falando?

Simplesmente fiz que sim com a cabeça, nem um pouco interessada em acrescentar lenha à fogueira.

— Com que tipos de livros você gostaria de trabalhar? — ela perguntou.

Respondi que estava acostumada a trabalhar com ficção literária na P&P, sobretudo por ser essa a área preferida de Jackson. Disse também que gostava da variedade da Grant Books, o que era verdade. Enquanto eu falava, contudo, Vivian dava a impressão de que havia partido para outro mundo, os olhos pareciam vidrados e distantes. Em menos de dez segundos eu havia perdido sua atenção. Parei de falar. E o silêncio, por sorte, a trouxe de volta à vida.

— Isso mesmo — disse, sacudindo a cabeça com ênfase. — É isso aí, estou fazendo algo que ninguém mais está. Que ninguém mais *é capaz* de fazer. Então, quando você pode começar?

Levei um susto.

— Você está me oferecendo um emprego?

— Ah, claro. A oferta. Quanto estão te pagando na P&P?

Respondi. Um número extremamente baixo.

— Meu Deus, isso é ridículo. Ofereço três vezes mais, além do posto de editora. O trabalho não vai ser nada fácil, muitos livros nas suas costas, mas acho que você vai gostar desse ambiente mais agitado, mais vibrante. O que me diz?

Disse que pensaria no assunto e daria uma resposta o mais cedo possível. Ela riu como se eu tivesse dito algo muito engraçado.

— Espero que aceite minha proposta — disse, levantando-se. — Preciso de alguém como você aqui. De uma pessoa inteligente, ambiciosa, disposta a tomar o mundo de assalto.

Fiquei me perguntando como ela havia sido capaz de formular uma opinião tão generosa a meu respeito a partir das três frases que eu conseguira encaixar em nossa conversa, mas decidi aceitar o elogio. Minha cabeça já estava rodando quando Vivian apertou minha mão e sumiu no corredor. O indolente Milton ressurgiu das cinzas, ainda mais desanimado do que antes, e me acompanhou de volta ao elevador.

Tenho muito em que pensar, refleti, as portas douradas se fechando à minha frente.

Assim que cheguei ao escritório, fui recebida por uma sorridente Mara, que, quase cantando, disse:

— Parece que você tem um admirador...

Olhei para minha mesa. Um enorme buquê de peônias cor-de-rosa a cobria praticamente por inteiro. Corri para ler o cartão: "Mal posso esperar para vê-la outra vez. Espero que tudo tenha corrido bem com a Vivian. R."

Belisquei minha coxa. — *Ai!* — no mesmo lugar que eu havia beliscado na véspera.

— Quero saber de *tu-do*! — intimou Mara. — Vem, vamos almoçar. Preciso saber como essas flores foram parar aí. E essa história com a Vivian Grant? Você está mesmo pensando em trabalhar para aquela megera?

— Que tal um japinha? Por minha conta. E por favor, fala baixo — supliquei, embora o departamento ainda lembrasse uma cidade fantasma. Muita gente havia pensado, como Jackson, que não valia a pena aparecer no escritório numa sexta-feira de verão, optando por trabalhar em casa.

Enquanto caminhávamos para o restaurante, fui ficando cada vez mais agitada à medida que colocava Mara a par de tudo que havia acontecido. E quando por fim nos esborrachamos no sofá vermelho do Hana Sushi, mal pude conter o ímpeto de erguer um punho em sinal de vitória. Amor e trabalho finalmente estavam entrando nos eixos! O homem perfeito havia ressurgido do nada depois de uma década de devaneios, *e* finalmente eu havia conquistado o posto de editora! Vivian era uma pessoa excêntrica, tudo bem, mas certamente daria carta branca para que eu adquirisse os livros que desde muito tinha vontade de editar. Além disso, era um gênio do marketing e poderia me ensinar o que fazer para que um lançamento se destacasse da enxurrada de tantos outros que assolava o mercado. Eu seria desafiada a alcançar todos os meus limites profissionais! E finalmente poderia parar de me preocupar com o fechamento das contas no fim do mês. O Sr. Lew ficaria muito contente com a notícia.

Melhor não pode ficar, pensei.

— Então — disse Mara, entre um edamame e outro —, posso dizer o que eu acho?

— Manda bala.

— Sei que o salário é ótimo, o posto de editora etc. Mas, Claire, essa Vivian é um *horror*. Conheço uma garota que trabalhou para ela durante seis semanas depois de ter trabalhado quatro anos na Little, Brown. Ficou tão traumatizada com os chiliques da mulher que se mudou para o Wyoming e começou a fazer macramê, jogando no lixo toda a carreira que tinha construído até então. Outra garota, amiga de uma amiga, teve de ir para a terapia, duas sessões por semana, e nem assim conseguiu se recuperar. Teve uma erupção *terrível* na pele por conta do estresse. — Mara tremeu só de pensar no assunto. — Não vou te dar os detalhes porque você está comendo. De qualquer forma, essa Vivian é brutal, Claire. Ninguém quer trabalhar para ela. Geralmente contrata pessoas jovens, que querem agradar, e depois despeja uma carga de trabalho absurda em cima delas, sem nenhum tipo de apoio, e em poucos meses elas já não suportam mais. Não é à toa que ela não contrata editores mais velhos e experientes. Ninguém aceitaria essa porcaria.

Fui murchando aos poucos, o ego machucado. Já não me sentia disposta a fazer minha dancinha da vitória. Seria isto que Mara estava dizendo? Que Vivian havia oferecido aquele emprego não porque achava que eu tinha um grande potencial, mas porque não conseguia encontrar outra pessoa disposta a trabalhar para ela?

— Não me entenda mal — recuou Mara, percebendo que havia ferido meus sentimentos. — É claro que ela viu em você uma estrela em ascensão. E talvez você aprenda muita coisa assim, sendo jogada na parte funda da piscina sem colete salva-vidas. Mas não conheço ninguém que não tenha arrancado os cabelos trabalhando naquele lugar, e detestaria ver isso acontecendo com você.

Comemos nosso shumai de camarão em silêncio, enquanto eu repassava minhas opções. Refleti sobre o que Mara havia dito. E daí que Vivian estivesse procurando um burro de carga? Talvez ela valorizasse coisas como motivação e ética mais do que experiência. E daí que eu tivesse de ralar um pouquinho mais na Grant Books? Durante um ano eu poderia engolir alguns sapos, raciocinei, mas depois disso teria um currículo bem mais fortalecido.

Um ano de trabalho duro em troca de um impulso significativo em minha carreira. No fim das contas, a troca me parecia justa.

— Chega de falar de trabalho — disse Mara. — Pelo amor de Deus, Claire, conta logo o que levou Randall Cox a te mandar aquelas flores!

Dei a ela o resumo da noite anterior, que terminara num perfeito beijo de despedida no carro dele, diante do meu prédio. Um beijo na medida certa: nem seco nem molhado demais, nem longo nem curto demais. E o melhor de tudo: por obra de um milagre, encontrei as forças necessárias para me afastar antes dele. Eu, Claire Truman, havia deixado Randall Cox querendo mais.

Mara ouviu tudo com os olhos arregalados, saboreando cada palavra.

Dando o expediente por encerrado, desci na estação de metrô da Christopher Street e caminhei de volta para casa. Fazia cinco anos que eu morava naquele apartamento, um minúsculo estúdio a uma quadra da estação. Apesar dos tipos mal-encarados que rondavam pela rua e das inúmeras sex-shops da vizinhança, aquele era o meu lar.

Tirei da bolsa o cartão de visitas que Randall havia me dado na noite anterior e respirei fundo. *Não tenho mais 18 anos*, lembrei a mim mesma, tentando aplacar os nervos. *Eu não devia estar assim, tão abalada, só por causa de um telefonema.* Mais uma vez respirei fundo e só então disquei o número que estava no cartão.

— Escritório de Randall Cox.

— Oi, hum... Eu gostaria de falar com o Randall, ele está? É uma amiga dele, Claire.

— Sinto muito, Claire, mas ele está numa reunião. Meu nome é Deirdre, sou a secretária do Randall. — Deirdre felizmente tinha a voz de uma mulher de meia-idade, bastante profissional. — Na verdade, Randall pediu que eu ligasse para você. Quer saber se está disponível para jantar com ele na noite de segunda. Infelizmente ele vai passar o fim de semana fora, numa viagem de negócios; portanto só vai poder revê-la na segunda-feira. Você estará livre?

— Na segunda? Ah, claro, estarei sim. — Isso foi um tanto estranho. Eu nunca tinha sido convidada para jantar por uma secretária antes. Por outro lado, também nunca tinha namorado alguém tão bem-sucedido e importante como Randall.

— Ótimo. Randall estará esperando por você no Bouley, às 20h30, tudo bem?

— Claro, sei onde é.

— Ótimo. E as flores, você recebeu?

— Recebi, sim. Aliás, é por isso que estou telefonando, para agradecer Randall pelo contato com Vivian Grant e pelas peônias. Elas são simplesmente...

— Ótimo — interrompeu Deirdre. — Vou dizer a ele que você ligou. Confirmando: segunda-feira, às 20h30, no Bouley.

— Ótimo — repeti. Oh-oh. Talvez o parco vocabulário da secretária fosse contagioso.

Por fim entrei no apartamento, larguei a bolsa no chão, dei dois passos e me joguei no sofá feito uma diva do cinema dos anos 1940.

Ainda bem que eu não tinha de trabalhar durante a tarde. Muito no que pensar. Muito a refletir. Grandes decisões. Aceitar a oferta de Vivian seria o mesmo que vender a alma ao diabo, como acreditava Mara? Ou a injeção de ânimo de que minha carreira tanto necessitava?

Na verdade, eu já tinha uma resposta para tudo isso. Vivian Grant havia me fisgado com as palavras "editora" e "três vezes mais". Como eu poderia dizer não?

CAPÍTULO 3

A ERA DA INOCÊNCIA

— Garçom! Uma garrafa de Lafite Rothschild, safra 82 — pediu Randall, com certa pompa, enquanto me conduzia a uma mesa no fundo do restaurante. — Hoje é dia de comemoração!

Era exatamente disto que eu precisava: de um *drinque*. O dia não havia sido fácil. Entre contar a Jackson sobre minha oferta de emprego e dizer a Vivian que estava disposta a trabalhar para ela, eu havia percorrido todo o caminho entre os dois extremos do espectro emocional. Olhando as coisas pelo lado bom, todo esse drama havia me deixado sem tempo para me preocupar com o segundo encontro com Randall.

Mas agora eu estava recuperando o tempo perdido. Respirando fundo, ajeitei a saia-lápis preta Calvin Klein que Bea me convencera a comprar numa liquidação da Barney's dois anos antes. Felizmente eu havia aceitado a sugestão dela, porque essa saia — além do vestido vermelho, que já tinha dado as caras — era a única coisa sofisticada o bastante para um jantar com Randall Cox.

Para acompanhar a saia, eu usava nos pés o primeiro par de Jimmy Choo que tive na vida, comprado às pressas durante um ataque de pânico no departamento de calçados da Sak's naquele mesmo dia. Tinha planejado usar as sandálias pretas de sempre — Nine West, ainda apresentáveis apesar de um pouco arranhadas —, mas durante o almoço me dei conta de que um jantar com Randall Cox praticamente *exigia* um par de Choo. Mesmo que isso significasse estourar o cartão de crédito.

Por mais lindos que fossem os sapatos — e de fato eram lindos, salto agulha e tirinhas prateadas no calcanhar —, eles também eram traiçoeiros. Ao longo do trajeto até a mesa, levada pelo braço forte de Randall, tive a sensação de estar caminhando, de saia justa e salto 10, numa verdadeira corda bamba.

Por favor, não me deixem estatelar no chão!, supliquei aos deuses do mundo fashion, que geralmente não me davam ouvidos. Ainda assim eu tinha a esperança de que eles me agraciassem com um pouquinho de clemência. *Se eu conseguir rebolar até aquela cadeira*, rezei, *prometo sacrificar, de uma vez por todas, minha coleção de camisetas da universidade, e talvez até minha surrada camisolinha do Snoopy*. Só mais dez passos.

Por fim chegamos ao nosso destino, e Randall puxou a cadeira para que eu me sentasse. Acho que nunca senti tanto alívio na vida. Mas não por muito tempo. Quando fui me acomodar, perdi o equilíbrio por um milésimo de segundo, graças à saia justérrima, e acabei nocauteando uma das taças de água que estavam sobre a mesa. Horrorizada, vi o líquido alçar voo e aterrissar no paletó do Randall, encharcando-o.

— Ah! — ele exclamou involuntariamente, tentando se secar com o guardanapo.

— Desculpe! Desculpe! Desculpe! — Minha vontade era sumir dali, talvez me enfiar debaixo da mesa. Por que eu tinha de ser assim, tão estabanada? Dois minutos de encontro, e eu já havia conseguido arruinar o terno do homem!

Randall largou o guardanapo e, rindo, fez um carinho em meu braço, tentando me acalmar.

— Não se preocupe, Claire. Não foi nada. É que às vezes fico meio enciumado de meu Turnbull and Asser.

— Desculpe... — repeti, ainda querendo cortar os pulsos. Era a minha cara, derrubar uma taça na mesa. Na tentativa de recuperar a segurança, comecei a ajudar o garçom a secar a toalha.

Randall me deteve e disse com delicadeza:

— Deixe que ele cuide disso, Claire.

Pousei as mãos sobre o colo, à procura de um imaginário botão de *rewind*. Se esse botão existisse, eu voltaria a fita até o momento em que entrei no restaurante e avistei Randall, absolutamente lindo, conversando com o maître e... abrindo um enorme sorriso ao me ver chegar.

De todos os homens com quem eu havia saído nos últimos cinco anos — o jogador compulsivo; o artista que pintava retratos de pênis famosos; o advogado com um terrível caso de acne nas costas; e, mais recentemente, James, o baixista galinha —, Randall era de longe o que mais me interessava conquistar.

Eu havia consumido mais tempo montando aquela fatídica produção — preto de cima a baixo, um look meio sem graça, mas claramente inspirado em Carolyn Bessette Kennedy — do que em todas as outras produções, somadas, ao longo dos últimos três meses. Bea havia passado em minha casa com seu completíssimo kit de maquiagem, tentando desesperadamente localizar as maçãs de meu rosto e quase babando de prazer ao desbastar minhas sobrancelhas, decerto porque havia esperado anos pela oportunidade.

Mas nosso esforço coletivo havia valido a pena. Num terno de risca de giz (agora um tanto úmido) e uma camisa azul francesa que contrastava com o bronzeado adquirido nos Hamptons, Randall parecia saído diretamente das páginas da *GQ*. Mais que isso: parecia alguém que deveria estar namorando uma garota que acabara de sair das páginas da *Vogue*. Eu ainda não havia chegado lá, mas pelo menos estava muito mais perto do que estivera naquela manhã.

— Ao seu novo trabalho! — ele brindou, o sorriso reluzindo através do lume das velas. Levantei a taça de vinho que o garçom acabara de servir. — Estou tão impressionado, Claire. Você realmente conquistou a Vivian, e sei que ela não é fácil de agradar.

— Bem, eu nunca teria conseguido se não fosse pela sua ajuda. Mais uma vez, obrigada — eu disse, imaginando que cor teriam os olhos dos nossos filhos: os de Randall eram azuis; os meus, castanho-claros.

— Então, como foi que o Jackson recebeu a notícia?

— Jackson? Hum, recebeu bem, eu acho — respondi vagamente. Não queria insultá-lo com uma saraivada de críticas a sua amiga Vivian Grant, mas a reação de Jackson ainda pesava terrivelmente em minha consciência.

Naquela manhã, eu havia levado mais uma rosquinha para Jackson, uma vez que ele não havia aparecido para trabalhar na sexta. Lentamente fechei a porta da sala e disse:

— Tenho boas notícias. — Minha esperança era a de que ele ficasse feliz com o salto que minha carreira estava prestes a dar. Mais do que ninguém, exceto Mara, talvez, Jackson sabia o quanto eu ansiava por mais responsabilidades no trabalho. E o *timing* não podia ser melhor, já que ambos estávamos tomando rumos novos na vida, ele para uma tranquila aposentadoria cheia de netos e eu para uma roda-viva que me faria crescer profissionalmente. — Estive com Vivian Grant na sexta, e ela me ofereceu um emprego — continuei, dando a Jackson os detalhes da oferta.

Jackson ficou lívido. Embora já tivesse dado uma bela mordida na rosquinha, devolveu-a subitamente ao guardanapo e empurrou-a para a frente.

— Vivian Grant? — repetiu, perplexo. Dava a impressão de que tinha ouvido algo do tipo: conheci um simpático sultão do Brunei e recebi um convite para integrar o harém dele.

— Sei que... sei que ela é meio pilhada, Jackson — falei, quase gaguejando.

— Ela é muito mais do que "pilhada" — ele devolveu, rindo sem nenhum humor, esfregando as sobrancelhas. — Vivian Grant é arrogante, abusiva e se preocupa muito mais com o próprio ego do que com a qualidade de seus livros. Vai sugá-la e depois cuspi-la de volta, Claire! Perto daquela mulher, Átila, o Huno, é a Madre Teresa de Calcutá.

Fiquei pasma. Jackson Mayville falando mal de alguém? Ele era o arquetípico cavalheiro do Sul: daquela boca jamais havia saído qualquer palavra de desabono, pelo menos que eu tivesse ouvido.

— Você a conheceu quando ela trabalhou aqui? — perguntei.

— Infelizmente, sim. Transformou a vida de todos nós num inferno. Sem rodeios, Claire, aquela mulher é uma maluca. Sei que é muito bem-sucedida, que sua maneira de trabalhar pode parecer um tanto curiosa, instigante. Mas você não devia tomar nenhuma decisão apressada. Recebeu a proposta na sexta, certo? Hoje é segunda. Pense mais um pouquinho. Se quer meu conselho, ainda há tempo de cair fora.

Recostei-me no sofá, a cabeça a mil por hora. Não sabia o que dizer.

— Mas qual seria minha alternativa? — repliquei por fim. Sempre tivera a opinião de Jackson em altíssima conta, e ter de questioná-la não me deixava nem um pouco à vontade. Mas talvez ele não se desse conta de como eu vinha me sentindo estagnada nos últimos tempos. — Aqui, ou em qualquer outro lugar, eu levaria anos para chegar a esse nível de responsabilidade. Sem falar no salário. E com você longe daq... — Mordi a língua o mais rápido que pude, mas as palavras já tinham saído. A última coisa que me interessava naquele momento era induzir Jackson a uma viagem de culpa em razão da aposentadoria. Minhas lágrimas já eram mais do que suficientes como chantagem emocional.

— Claire, escute — ele disse num tom solene. — Sei que minha saída deixa você um tanto desamparada aqui na P&P, mas *detesto* a ideia de que isso possa contribuir, de um jeito ou de outro, para que você caia nas garras de Vivian Grant. Infelizmente, ambos sabemos que a P&P não tem condições de cobrir a oferta dela. Mas talvez eu possa convencê-los a te dar um aumento. Além disso, sua promoção não deve demorar. Você é muito respeitada aqui, Claire. É jovem, mas o Gordon sabe que você tem um grande potencial. Pense mais um pouco, antes de abandonar o navio para trabalhar com Vivian.

O problema era exatamente esse. Eu não tinha mais tempo para pensar. Prosseguir com cautela, como Jackson havia recomendado, talvez fosse o caminho mais sábio, mas ainda naquela manhã eu havia recebido um recado de Milton, assistente de Vivian. Num tom de voz quase ameaçador, ele havia informado que a proposta permaneceria de pé somente até as 10h, nem um segundo a mais. Ela precisava saber, sem demora, se eu estava interessada ou não.

— É a cara dela — comentou Jackson ao saber disso.

De repente senti uma ligeira inclinação à rebeldia. Por que Jackson estava sendo tão pouco encorajador? Mesmo que Vivian fosse uma bruxa, mesmo que não batesse muito bem da cabeça, onde estava a sabedoria em permanecer empacada na P&P quando me era dada a oportunidade de subir pelo menos uns dez degraus na carreira? Além disso, Jackson desde muito não tinha mais de ralar para fechar o mês com um salário de iniciante, havia publicado tantos livros bons que possuía experiência *de sobra*. Eu, por minha vez, estava faminta de experiência! Até que ponto ele tinha consciência disso? Enquanto ele discutia conceitos e revia originais com os autores, eu fazia o trabalho chato: cuidava da diagramação, dos contratos e dos relatórios de custos. Ele almoçava em restaurantes caros com Joni, Binky e diversos agentes de primeira linha, enquanto no escritório eu comia um lanchinho trazido de casa, atendendo os telefonemas dele. Que direito ele tinha de me dizer para *não* pular de cabeça naquela oportunidade?

A decisão cabia inteiramente a mim.

— Vou aceitar a oferta, Jackson — sentenciei. — Sei que as circunstâncias não são ideais; sei também que vou ter de cortar um dobrado. Mas meu raciocínio é o seguinte: se conseguir segurar a onda por pelo menos um ano, vou dar um gás bem legal à minha carreira, além de adquirir uma experiência importante.

Sem qualquer entusiasmo, incapaz de disfarçar a decepção, Jackson fez que sim com a cabeça.

— Bem, você sabe que estarei sempre aqui caso você precise de alguma coisa. Espero que tudo corra bem, Claire. De coração. — Ele forçou um sorriso.

— Obrigada. Sei que estou dando o passo certo — menti. Naquele momento eu não sabia de absolutamente nada.

Abalada, voltei para minha mesa.

— Como foi? — perguntou Mara, esticando o pescoço sobre a divisória.

— Ele não ficou muito entusiasmado — respondi.

Mara estalou os lábios e, sem mais dizer, voltou ao que estava fazendo.

Eram 9h43. A janela da oportunidade já estava se fechando, e, apesar daquela bravata na sala de Jackson, eu me sentia mais insegura do que nunca.

Mas precisava ir em frente. Antes que mudasse de ideia, liguei para o escritório de Vivian Grant.

— Grant Books. — Milton parecia ter contraído uma forte gripe.

— Milton? Aqui é a Claire...

— O Milton não trabalha mais aqui. Em que posso ajudá-la?

— Ah, sim... eu gostaria de falar com a Vivian. Tivemos uma reunião semana passada e... Ela está?

— Um minuto, por favor. — O novo assistente me deixou em espera. Fiquei pensando no que poderia ter acontecido a Milton; fosse o que fosse, ele parecia pronto para uma aposentadoria precoce.

— Claire. Vivian. E aí?

— Oi, Vivian. Liguei para dizer que aceito sua oferta. — Pronto. Agora não havia volta.

— Ótimo, ótimo. O que foi mesmo que eu te ofereci?

Oh-oh. Ela nem se lembrava? Repeti tudo o que ela havia proposto em nosso último encontro.

— Bem, isso é alto demais — ela retrucou. — Mais alto que o salário de todos os outros editores que já estão comigo. Acho difícil ter oferecido uma coisa dessas. Vamos fazer o seguinte: tiramos uns US$ 10 mil desse valor anual e batemos o martelo.

Subitamente fiquei em pânico. Como assim? Ela estava me acusando de desonestidade? Baixando sua proposta *depois* de eu tê-la aceitado? Teria mudado de ideia quanto à minha contratação? O que eu devia fazer? Mesmo com US$ 10 mil a menos, aquele valor era muito mais alto que o salário da P&P. Eu deveria aceitá-lo? Ou seria aquilo uma espécie de teste? Talvez ela estivesse querendo avaliar minha firmeza nas negociações. Certamente não estaria disposta a contratar uma editora incapaz de fincar o pé quando pressionada.

— Sinto muito, Vivian — eu disse por fim. — Você me fez uma oferta na sexta, e é essa oferta que decidi aceitar. Se as condições mudaram, preciso repensar minha decisão.

— Tudo bem — ela cedeu, impaciente. — Esse valor é uma fortuna, sobretudo para alguém com tão pouca experiência quanto você. Mas não posso esperar. Preciso de alguém aqui já. Então, quando pode começar? Que tal na próxima sexta?

Na sexta seguinte? Dali a quatro dias? Eu estava contando com as habituais duas semanas de aviso prévio, de modo que meus projetos na P&P, e os de Jackson também, não sofressem nenhum problema de continuidade. Disse isso a Vivian, esperando que ela ficasse feliz ao constatar que eu não era uma irresponsável qualquer que costumava deixar os patrões na mão.

Mas não foi isso que aconteceu.

— Duas semanas? Nem pensar! Preciso de você aqui muito antes disso. Que tal, então, na segunda?

Mais uma vez fiquei aflita. Talvez estivesse sendo abusada demais: discutir daquela maneira com minha nova chefe, primeiro sobre o salário e agora sobre a data de início do trabalho, não me parecia exatamente um começo feliz. Não estava acostumada a esse tipo de confronto. As coisas eram de tal modo burocráticas na P&P que as promoções e aumentos de salário eram efetuados impessoalmente, sem nenhuma negociação. Minha vontade era ceder quanto ao prazo de segunda-feira, mas sabia que não era certo abandonar Jackson de modo tão abrupto.

— Realmente preferiria esperar as duas semanas inteiras — insisti. — Talvez pudesse começar trabalhando nos fins de semana, ou depois do expediente normal. Aos poucos iria me preparando para as novas funções.

— Vou pedir a meu assistente para passar os projetos que você vai assumir imediatamente. Mas, porra, Claire, duas semanas é uma eternidade. Quantas vezes vou ter de repetir isso? Preciso de alguém aqui ontem. Próxima terça, tudo bem, mas duas semanas, aí já é demais. Sua fidelidade precisa mudar, Claire, *já*.

Isso posto, ela desligou.

E assim teve início a maluquice com a qual eu teria de conviver diariamente dali em diante: a sensação de que a oferta de Vivian era precária — podia ser rescindida tão caprichosamente quanto havia sido feita — deixava-me ainda mais certa de que tinha de pisar em ovos.

Respirando fundo, bati à porta da sala de Jackson.

— Vivian pediu que eu começasse na próxima terça — disse timidamente.

Ele levou um susto.

— Tudo bem, Claire — falou. — Fique aqui até sexta e tire a segunda para descansar um pouco. Você vai precisar. Se é isso mesmo que quer fazer, vá se acostumando a se curvar para Vivian.

Embora aquela não fosse a bênção que eu estivesse esperando, agradeci e disse:

— Se você quiser, posso vir nos fins de semana, ou à noite, para ajeitar as coisas.

— Não precisa, querida. Vai estar ocupada demais, e além disso, a Mara pode me ajudar caso eu precise de algo. Não se preocupe comigo. Sou *eu* quem está preocupado com *você.*

De volta à minha mesa, liguei para o escritório de Vivian para avisar que começaria na terça. Esta foi a primeira lição que aprendi com ela: uma negociação só é boa quando estamos dispostos a apostar todas as fichas; quem tem medo de perder, perde sempre.

— Bem, a impressão que eu tenho é de que ele simplesmente não gostou de perder você — comentou Randall quando terminei de lhe contar o resumo dos acontecimentos daquela tarde. — Uma atitude egoísta, na minha opinião.

— Não — eu disse —, não creio que seja egoísmo da parte de Jackson. Acho apenas que ele não vê as coisas como eu.

— Então, gostou do vinho? — disse Randall, mudando de assunto. — Papai sempre deixa umas garrafas aqui, na adega da casa. Por falar nisso, Claire, mamãe *já* está pressionando para que eu leve você a Southampton qualquer dia desses. Não vê a hora de conhecer a filha de Patricia Truman. Você sabe, ela e sua mãe eram amigas inseparáveis na universidade.

— Eu adoraria conhecê-la também — respondi. Ser apresentada à família? Não era exatamente isso que eu estava acostumada a ouvir num segundo encontro!

Aquela havia sido a refeição mais luxuosa de toda minha vida. Randall, muito mais disciplinado quanto à forma física, havia pedido um filé de atum com espinafre; eu, por minha vez, acabara de destruir um belo steak, perfeitamente grelhado e incrivelmente macio, com molho béarnaise.

Quando Randall pediu a conta, senti uma pontinha de ansiedade. O clima era mais do que adequado para um "Que tal uma passadinha lá em casa?"/momento de falsa hesitação em prol das boas maneiras/"Pode ser, para um rápido *nightcap*". Eu mal via a hora de fazer esse joguinho.

— Adoraria convidá-la para um drinque lá em casa, Claire — lamentou-se Randall, tirando uma caneta Cross do bolso do paletó e assinando o cheque com um floreio teatral —, mas estamos perto de fechar um dos maiores negócios da empresa, e preciso voltar para o quartel.

Voltar para o quartel? Olhei as horas no relógio. Faltava pouco para a meia-noite. Quase morri de decepção. Randall não podia esperar que eu acreditasse numa história daquelas, que ele tinha de voltar ao escritório para mais um turno de trabalho. *Por favor!* Depois de cinco anos de solteirice em Nova York, eu sabia muito bem quando estava sendo jogada para escanteio. Randall deveria pelo menos ter tido a decência de inventar uma mentira mais plausível, do tipo "lembrei que preciso urgentemente arrumar minha gaveta de meias" ou "tenho de levar meu peixinho de estimação para passear".

— Não tem problema — falei, torcendo para que meu rosto não denunciasse a raiva que estava sentindo. — Boa sorte, hum, com o tal negócio.

— Freddy pode levá-la de volta para casa. Estou pertinho do escritório, posso ir a pé. — Randall se levantou da mesa.

Tanto faz, remoí internamente. *Acha que não conheço o código? "Estou pertinho do escritório" significa "Espero você ir embora, tomo um táxi e vou direto para o Marquee, pegar alguma modelo brasileira".*

O que tinha dado errado? Tentava não dar bandeira, mas estava realmente desapontada. Por que tinha alimentado tantas esperanças? Por que havia me deixado enganar pelas peônias, pelos jantares maravilhosos, pelo excesso de elogios, pelo favor com Vivian, pelo convite para conhecer a mãe? Pensando bem, os sinais positivos haviam sido muitos. O babaca tinha feito de tudo — só havia se esquecido da serenata na janela — para me fazer acreditar que estava interessado!

Fora do restaurante, cruzei os braços, esperando resignadamente que ele viesse com aquele papo ainda mais irritante: "Foi ótimo termos colocado a conversa em dia, precisamos nos ver mais vezes." / "É, precisamos sim." / "A gente se fala."

Em vez disso, senti nos ombros o peso de seus antebraços, os dedos roçando meus cabelos de leve. Hein?

— Claire — ele disse baixinho, apertando meu queixo entre as mãos —, o que você vai fazer na sexta?

— Hum... — balbuciei, extasiada demais para cumprir meu papel naquele diálogo.

E de repente estávamos nos beijando... e depois *ainda* estávamos nos beijando... e então ele me abraçou pela cintura e me levantou do chão alguns centímetros, no mais adorável dos abraços. Eu mal podia acreditar: o segundo beijo havia sido ainda melhor que o primeiro. Eu estava beijando Pabst Blue Ribbon! E nosso terceiro encontro já estava no forno!

— Então? — disse Randall, os lábios se curvando num sorriso. — Que tal jantarmos no Nobu na sexta à noite? Você me aguentaria por duas noites na semana?

— Posso fazer um esforço — brinquei. *Duas noites, uma vida inteira, o que você quiser.*

— Ótimo. — Ele me beijou outra vez. Depois abriu a porta do sedã preto e elegantemente acenou para que eu entrasse. — Por favor, Freddy, leve a Srta. Truman para casa e depois me busque no escritório, lá pelas duas e meia — instruiu ao motorista.

Tudo bem, então ele tinha mesmo de trabalhar. Apesar de toda a maluquice, também era intrigante que alguém se dedicasse tanto ao trabalho a ponto de querer voltar ao escritório depois de um jantar daqueles, longo e relaxante. Gostar do que se faz é isso aí.

No trajeto de volta a Christopher Street, pensei naquele beijo e senti um calafrio brotar nos pés e subir até o rosto. *Eu estava namorando Randall Cox*. Depois de fisgar o celular na bolsa, liguei para Bea e sussurrei as novidades da noite, protegendo o bocal com a mão. Não conseguiria guardar aquilo tudo nem até chegar em casa. Do banco do motorista, Freddy podia ouvir os gritinhos histéricos de minha amiga.

— Nem acredito que você está me abandonando.

— Não estou abandonando ninguém — retruquei, abraçando Mara. — A gente vai continuar se falando o tempo todo. Você sabe disso.

— E o Jackson, como está? — ela quis saber.

Jackson e eu mal havíamos nos falado desde segunda-feira, mas naquela manhã ele havia deixado um presente em minha cadeira: uma edição antiga de *Winesburg, Ohio*, de Sherwood Anderson, um livro sobre o qual havíamos conversado bastante durante minha entrevista cinco anos antes. Mal podia acreditar que ele tivesse se lembrado.

Quer dizer, minto. Era a cara dele se lembrar de uma coisa dessas.

A semana passara num piscar de olhos graças a uma quilométrica lista de coisas a fazer, e agora eram 17h de sexta-feira, meu último dia na P&P. Os arquivos haviam sido meticulosamente organizados; as últimas caixas de papelão, devidamente seladas.

Só restava uma coisa: clicar no "enviar" da mensagem de despedida que eu havia escrito para meus colegas, contendo meus contatos e dizendo o quanto havia sido bom trabalhar ao lado deles. Durante todo o dia eu havia adiado o envio dessa mensagem. Talvez porque isso significasse o ponto final de um capítulo de minha vida.

Por fim mandei a mensagem, com o mesmo entusiasmo de alguém que pula na água fria.

Ding. Ding, ding, ding, ding, ding, ding. Você recebeu novas mensagens.

Antes que eu pudesse abri-las, Marie-Therese, uma linda mulher do marketing com quem eu havia trabalhado em alguns livros, irrompeu em minha baia. Parecia ofegar.

— Por favor, Claire, diga que aquele e-mail era uma piada! — ela foi logo dizendo. — Você não vai mesmo trabalhar para Vivian Vilã, vai?

Engoli em seco e disse:

— Bem, é que... vou. — Eu podia ouvir os *dings* dos e-mails que não paravam de chegar. Virei para trás e dei uma olhada no monitor.

```
Assunto: Você sabe o que está fazendo?

Assunto: VG é maluca

Assunto: Nãããão...

Assunto: Diga que não é verdade!
```

E assim por diante. Meu coração começou a bater mais forte à medida que fui abrindo algumas das mensagens. Nenhum de meus colegas havia respondido com o "Boa sorte, vamos sentir sua falta" de praxe. Todos pareciam horrorizados com a notícia.

Quando voltei o rosto para Marie-Therese, deparei-me com um pequeno grupo de pessoas, visivelmente exaltadas, reunido em torno de minha baia.

— Ela cantou um amigo meu durante uma conferência de vendas — sussurrava Henry, do departamento de vendas internacionais. — Entrou no banheiro masculino atrás do cara. Ele pulou fora, claro, e na semana seguinte foi demitido por "roubo de material de escritório". Uma mentira deslavada, mas ele achou que não valia a pena abrir um processo e se envolver numa longa batalha judicial com uma sociopata vingativa.

— Ela é famosa por esse tipo de coisa — acrescentou Gail, jovem editora de outro selo do grupo. — Você se mata trabalhando para a mulher e, segundos depois de você pedir as contas, ela já está dizendo para quem quiser ouvir que você tem a mão leve... ou que tem algum problema com drogas, alguma doença mental...

— Certa vez ela ameaçou um agente que eu conheço: disse que ia chamar uns capangas para *dar uma surra* nele caso não conseguisse o que queria — relatou o educadísssimo Max, do departamento de arte. — E ela queria colocar o nome de outro autor num livro, alegando que isso ia ajudar nas vendas!

— Essa Vivian é uma doida varrida, Claire — insistiu Marie-Therese. — Já trabalhei na Mather-Hollinger, e as histórias sobre o décimo segundo andar são inacreditáveis. Tem algo muito errado com aquela mulher. Acho que ela nem é humana.

Lendas urbanas, pensei, tentando desesperadamente não entrar em pânico.

— Valeu, galera — disse, com afetado bom humor. — Mas a minha decisão já está tomada.

Ninguém se mexeu. Eles ficaram ali, encarando-me com os olhos arregalados, visivelmente preocupados.

Marie-Therese deu um passo à frente e disse:

— Claire, talvez você devesse...

— Vamos manter contato, tá? — disse alto, interrompendo-a. — Bem, agora preciso arrumar minhas coisas.

Por fim, depois de alguns instantes, eles se despediram e me desejaram boa sorte.

— Tenho certeza de que eles estão exagerando — disse Mara, gentil mas pouco convincente.

Deviam estar mesmo. Vivian não podia ser tão ruim assim. Era agressiva e pouco convencional, isso era mais do que óbvio, mas para mim era difícil acreditar, como estava escrito numa das mensagens que recebi, que ela de fato tivesse arremessado uma cadeira contra um dos editores da Grant Books. Ou que havia chamado uma ex-diretora de marketing de "vaca imunda" durante uma reunião.

Impossível que essas histórias fossem verdade. Para começar, o departamento de recursos humanos da Mather-Hollinger jamais permitiria comportamento semelhante na empresa, nem abusos dessa natureza contra seus funcionários.

Além disso, como a própria Vivian havia dito num artigo recente do *Daily News*, ninguém recriminaria seu "temperamento" se ela fosse um homem. Tratava-se, na verdade, de mais um deplorável exemplo de discriminação contra as mulheres.

Algumas horas mais tarde, caminhando rumo à porta, olhei de relance para o departamento editorial e tive certeza de que havia tomado a decisão certa. Um ano nas trincheiras, e um enorme impulso em minha carreira. Não tinha como dar errado.

Ou pelo menos era isso que eu esperava.

Aturaria qualquer coisa durante um ano, mas o sacrifício valeria a pena. Eu sabia que teria as forças necessárias.

Ou pelo menos esperava que tivesse.

Com um último olhar de nostalgia para a máquina de xerox, onde eu havia passado horas a fio um sem-número de vezes, respirei fundo e segui em frente, rumo ao futuro.

CAPÍTULO 4

MUITO BARULHO POR NADA

— *Ainda bem* que você está aqui, Claire — rosnou Vivian, acomodando-se à cabeceira da mesa.

Pois lá estava eu, em meu primeiro dia como editora da Grant Books. Passara a manhã com o pessoal de RH, aprendendo tudo sobre o prestigioso passado da Mather-Hollinger, e agora estava de volta à sala de reuniões, sentada na mesma cadeira em que fizera minha entrevista, há pouco menos de uma semana.

— Estou prestes a ter um treco — Vivian continuou a reclamar. — Cambada de incompetentes... Logo, logo você vai saber do que estou falando, Claire. É um alívio ter a bordo pelo menos uma editora capaz!

O homem sentado ao meu lado limpou a garganta. Para mim era um grande constrangimento que dois desses incompetentes, um homem e uma mulher, ambos com trinta e poucos anos, também estivessem presentes à reunião, remexendo em pastas e fazendo anotações. Pareciam completamente indiferentes ao juízo que Vivian fazia de suas capacidades. Na verdade, davam a impressão de que nem sequer a tinham ouvido.

— Muito bem — começou a mulher, dirigindo-se a mim num tom seco —, você vai começar com dez livros. Faz quatro semanas que esses projetos estão na gaveta, desde que o último editor foi embora. Isso quer dizer que você vai ter de dar algumas explicações aos autores.

— Acho que... ainda não fomos apresentadas. Claire Truman — falei meio sem jeito, estendendo-lhe a mão. A mulher tinha os cabelos bem curtos e olhos parados, brilhantes, que sugeriam uma grave dependência de cafeína. Além disso, era a mais caucasiana de todas as criaturas que eu já tinha visto, a pele branca como neve, muito embora estivéssemos em pleno verão.

— Desculpe, onde estão as minhas maneiras? — ela disse sorrindo. — Dawn Jeffers, gerente editorial. — Vivian fulminou-a com o olhar, e Dawn novamente baixou os olhos para a prancheta que trazia consigo. Ao que tudo indicava, a seção amenidades da reunião havia terminado. — Pois bem, você vai assumir um livro de culinária que estamos preparando com o chef Mario, um sujeito muito simpático, dono de um famoso restaurante italiano no Bronx. — Dawn fez uma pausa, mordendo a ponta da caneta. — Você já trabalhou num livro de culinária antes, Claire?

Apesar da postura formal, percebia-se em sua voz um quê de gentileza, de preocupação: Dawn tentava identificar de que tipo de ajuda eu precisaria antes de começar a trabalhar. Ótimo. Eu nunca havia trabalhado num livro de receitas antes, e, embora pudesse recorrer a Mara caso tivesse alguma dúvida, receberia de bom grado qualquer dica que ela, Dawn, tivesse a dar.

No entanto, antes que eu pudesse dizer qualquer coisa, Vivian respondeu por mim.

— Que diferença faz se ela já trabalhou num livro de culinária ou não? Claire é uma mulher inteligente, Dawn, vai saber se virar! — E dirigindo-se a mim, um sorriso de nojo entre os lábios, disse: — Não entendo essa *idiotice*. Ninguém precisa fazer uma coisa dez vezes antes para fazê-la direito! Existe uma coisa chamada *talento*! Será que é tão difícil assim de entender?

Vivian acabara de chamar de idiota a gerente editorial, bem na minha frente, no meu primeiro dia — ou melhor, na minha terceira hora — de trabalho. Olhei para Dawn à procura de algum sinal de revolta, mas ela continuava impassível.

— O segundo livro que vamos te passar — ela continuou, a voz tão firme quanto antes — é um daqueles...

— Quer saber de uma coisa? — interrompeu Vivian, quase aos berros. — Não tenho merda nenhuma para fazer aqui! A obrigação é *sua*, Dawn, não minha, de passar a Claire os projetos dela! Quanto a você, Graham, cabe ao diretor editorial fazer com que essas transições aconteçam sem nenhum atropelo! Eu não tenho picas a ver com isso! Porra, pessoal, não tenho *tempo* para *merreca*! Tenho um negócio de muitos milhões de dólares para administrar e fazer crescer! Quando é que vocês vão *entender isso*? — A essa altura ela já estava de pé, as duas mãos plantadas sobre a mesa. Na têmpora esquerda, uma pequena veia latejava.

Eu, por minha vez, sentia o coração bater na garganta. *O pesadelo já está começando*, pensei.

— Tudo bem, Vivian — respondeu Dawn sem se alterar. — A gente assume a reunião.

— Sem problema — ecoou Graham, igualmente sereno.

Pisando duro, Vivian deixou a mesa e caminhou rumo à porta da sala de reuniões. Antes de sair, contudo, virou-se para mim e abriu um sorriso radiante, totalmente em desacordo com o clima que ela mesma havia criado.

— Mais tarde dou uma passadinha na sua sala — disse, agora sem nenhum traço de raiva. — Quem sabe almoçamos juntas qualquer dia desses?

— C-claro — gaguejei.

Voltei-me para Dawn e Graham com a estranha sensação de que era responsável por todos os desaforos que eles haviam sido obrigados a ouvir. Ambos se ocupavam com as pilhas de pastas à sua frente.

Ao que parecia, ninguém além de mim se deixara abalar pela descompostura de Vivian. A mulher tinha gritado a plenos pulmões! Aquelas pessoas tinham nervos de aço, só podia ser. De outra forma, como conseguiriam manter a calma daquele jeito? Talvez estivessem de tal modo acostumadas àquela espécie de abuso que nem sequer notavam mais.

O que seria uma calamidade.

— Então — continuou Dawn —, o segundo projeto que temos para você é um daqueles livros de revelações pessoais, escrito por um estudante de 14 anos que teve um affair com a professora durante três anos. Ele tinha 11 quando tudo começou. Uma história bem bizarra. Estamos chamando de *Educação sexual*, mas é só um título provisório. Naturalmente providenciamos um *ghostwriter* para o garoto. Carl Howard. Já trabalhou conosco muitas vezes, Vivian gosta do trabalho dele. Todas as informações de contato estão naquela folha que te passei.

— O terceiro projeto é um livro de dietas, de Alexa Hanley — prosseguiu Graham, sem perder um segundo.

Só posso ter ouvido errado, pensei. Hanley era uma adolescente celebridade, conhecida sobretudo pela extrema magreza. As revistas de fofocas semanalmente publicavam fotos em que ela aparecia de biquíni, praticamente um esqueleto, com manchetes do tipo "Perigosamente magra?" ou "Alexa anoréxica?". A ideia de que Alexa Hanley pudesse escrever um livro com dicas de emagrecimento não poderia ser mais ridícula. Que dicas seriam essas? Receitas para cubos de gelo? Para sopa de laxante?

— Vivian quer as garotas adolescentes como público-alvo, claro — disse Graham, sério, claramente preocupado. — Então você terá de trabalhar lado a lado com o pessoal do departamento de arte, de modo que o design seja bem divertido, atraente para as meninas.

Ele empurrou a pasta em minha direção. Meu Deus. A coisa era para valer.

— Isso não lhe parece... sei lá... *errado*? — arrisquei. — Quer dizer, seduzir as meninas assim, com os conselhos de uma celebridade que sem dúvida nenhuma tem um distúrbio alimentar qualquer?

Graham me encarou com firmeza. Era um sujeito atarracado, com óculos tipo fundo de garrafa, e dava a impressão de que havia dormido de roupa durante uma semana. (Mais tarde fiquei sabendo que de fato ele havia dormido com aquelas roupas durante muitos dias: sobrecarregado com um livro escrito por um célebre advogado, armara uma cama em sua sala de modo que pudesse tirar alguns cochilos ao longo do dia; não havia estado em casa desde a sexta-feira anterior.)

— Foi a *Vivian* que comprou o livro da Alexa — retrucou Graham bruscamente, abrindo a pasta seguinte na pilha. Caso encerrado, ao que parecia.

Durante mais ou menos uma hora, Dawn e Graham metodicamente me passaram todos os projetos que dali em diante ficariam sob minha responsabilidade, pontuando as frases com "Vivian espera que...", "Vivian quer que...", "Vivian exige que...".

A mensagem estava clara. Naqueles dez projetos que eu acabara de herdar, minha tarefa como editora seria tão-somente concretizar as diretrizes estabelecidas por Vivian. O que para mim não chegava a ser um problema. *Uma excelente oportunidade de aprender como ela trabalha*, raciocinei. Além do mais, eu não estava exatamente louca para tomar as rédeas daqueles projetos: nenhum deles era estimulante a esse ponto, para não dizer o contrário. Eu poderia deixar para imprimir meu estilo pessoal quando fosse editar os livros que eu mesma contratasse.

— Então, anotou tudo? — perguntou Dawn, batendo o lápis na mesa.

— Acho que sim. Caso eu tenha alguma pergunta, com quem...

— Talvez Graham possa tirar alguma dúvida. Mas, para falar a verdade, todas as informações que temos estão nestas pastas. Boa sorte, Claire. Sei que não é fácil pegar o bonde andando. — Dawn esboçou um sorriso e rapidamente saiu da sala; Graham despediu-se com um breve aceno e seguiu em seu encalço. Fui deixada sozinha com minha pilha de pastas.

Hora de arregaçar as mangas e pôr a mão na massa.

Só havia um problema: eu não sabia onde ficava minha sala. Aliás, nem o banheiro eu sabia onde era. Fiquei sentada ali por um instante, sem saber ao certo o que fazer, quando...

— Desculpe — disse Dawn, entreabrindo a porta da sala de reuniões. — Venha comigo.Vamos fazer um pequeno *tour* no lugar.

— Gostaria de dar as boas-vindas à mais nova integrante de nossa equipe editorial — disse Dawn. Acenei para todos em torno da mesa. Aquela era minha primeira reunião editorial, já no terceiro dia de trabalho na Grant Books. — Claire está chegando da P&P. É um prazer tê-la conosco, Claire.

Agradeci com um sorriso e rapidamente esquadrinhei a sala à procura de mais rostos cordiais. Hum. O que vi foi um monte de rostos cansados, desanimados. Muitos nem se davam ao trabalho de olhar para mim. Phil Stern, editor sênior que eu havia conhecido durante o *tour* com Dawn, era o único que estampava um sorriso aparentemente autêntico.

Reuniões editoriais são prática comum em nosso ramo. Na P&P, eram fóruns em que membros de todos os departamentos — editorial, publicidade, marketing, direitos autorais — podiam fazer perguntas, expressar dúvidas, relatar progressos, pedir opiniões sobre os livros e, de modo geral, colocar-se a par do que acontecia em cada seção daquela linha de montagem. Sempre gostei de nossas reuniões semanais, sobretudo por causa de Gordon e seu irreverente senso de humor.

Tomando como base o rápido passeio com Dawn, eu já podia imaginar que as reuniões editoriais seriam bem diferentes na Grant Books. Em primeiro lugar, meus novos colegas não eram dos mais sociáveis, ou pelo menos demoravam um pouco para se acostumar aos recém-chegados. Dawn ia batendo a cada uma das portas fechadas, e a pessoa entrincheirada do outro lado da mesa erguia o pescoço, apertava minha mão e rapidamente voltava ao trabalho, como se buscasse abrigo nele. Ao contrário dos colegas na P&P, que sempre batiam papo nos corredores, os funcionários da Grant Books passavam os longos dias de trabalho trancafiados em suas respectivas salas, saindo apenas para comida, água e demais necessidades fisiológicas.

Falando em salas, a minha era muito maior do que eu havia imaginado, com uma enorme janela dando vista para o centro da cidade. Bem diferente da baia apertada que eu havia habitado até uma semana antes.

— Acho melhor começarmos sem a Vivian — determinou Dawn, quebrando o silêncio e trazendo minha atenção de volta à mesa. Virou-se para Karen Hefferman, nossa talentosa capista. A Grant Books era famosa pelas capas inovadoras e criativas. Apesar das intervenções de Vivian, boa parte desse mérito cabia a Karen, que até então me deixara bastante impressionada. Magra, pequenina e linda, com seus vinte e poucos anos de idade, Karen era surpreendentemente ousada: numa reunião na véspera, tinha fincado o pé contra Vivian e até conseguido convencê-la a mudar de ideia a respeito de alguma coisa. Logo gostei do estilo dela, direto, sem rodeios.

— Ela não está satisfeita com a capa do *Acorrentada e açoitada* — prosseguiu Dawn. — Nada satisfeita. Por acaso ela te ligou? Estava tentando falar com você.

Karen soltou um longo suspiro.

— Eu sei, eu sei — disse. — Estou trabalhando nisso. Para quando vocês precisam dessa capa?

— Quinta-feira passada — respondeu Dawn, consultando sua lista.

Graham, sentado à cabeceira da mesa, pigarreou solenemente.

— Quem está examinando aquela proposta que acabou de chegar, sobre os bastidores da indústria pornô? — ele perguntou.

Eu mesma poderia ter respondido: bastava passar os olhos pelo grupo e identificar quem estava mais vermelho de vergonha.

— Eu — disse Melissa, quase miando. Melissa era uma editora assistente recém-saída da universidade. — Vivian me passou o original uma hora atrás.

— Então? O que achou? — inquiriu Graham, impaciente.

Melissa encarava o caderno à sua frente com tanta intensidade que ele só faltava se mexer sozinho. Logo percebi que ela era tímida e não se sentia nem um pouco à vontade falando em público, sobretudo quando o assunto era aquele: a indústria pornô.

— Bem, hum... o livro é... bastante grosseiro — ela disse depois de um tempo. — Na verdade é muito mal escrito. Mas não tive tempo de ler tudo, porque tinha de entregar o relatório de originais recebidos que você pediu e...

— Ah, isso ajuda *muito*, Melissa — ironizou Graham. — O que importa saber é se esse conceito é comercialmente viável ou não. É isto que pedimos a todos vocês, assistentes: determinar a viabilidade comercial de um projeto. A redação pode ser consertada. Aliás, caso vocês não saibam, é para isto que estamos aqui: para consertar a redação. Mas e o livro, *vai vender* ou não vai? É isso que queremos saber. Outra coisa, assistentes: quando Vivian der alguma coisa para vocês lerem, isso deverá ter prioridade absoluta. O feedback tem de ser imediato. Não *desperdicem o tempo* de Vivian. O *tempo* dela vale *ouro*. Ela espera que vocês formulem uma opinião bem-fundamentada sobre o potencial comercial de cada livro, e espera isso para ontem. — Graham estava quase espumando quando terminou sua diatribe.

Vi Phil Stern revirar os olhos, ainda que muito discretamente.

— Sinto muito, eu... — Melissa parecia um tanto abalada. A título de consolo, sorri para ela e decidi procurá-la mais tarde para conversar.

Antes que aquele tenso diálogo pudesse continuar, a porta da sala se abriu de repente e Vivian fez sua entrada triunfal. Phil imediatamente lhe cedeu o lugar à cabeceira da mesa. Fez-se o mais absoluto dos silêncios.

Vivian tinha algo que, ao mesmo tempo, inspirava medo e fascinava. Lembrava um furacão surgindo de repente no horizonte de Iowa. Impossível despregar os olhos daquela força incontida da natureza, mesmo sabendo tratar-se de um prenúncio de desastre.

— Pessoal — ela rugiu. Jogou os cabelos ruivos sobre os ombros com tanta força que por pouco não se pôde ouvir um *swish*. Alguns editores sorriram nervosos, remexendo-se nas cadeiras. O relógio na parede batia os segundos ruidosamente. Todos pareciam estranhamente paralisados com a presença de Vivian.

Por fim, Dawn recobrou os sentidos e disse:

— Olá, Vivian. Temos muito o que fazer essa tarde.

Quem tivesse assistido à cena com o som desligado poderia ter pensado, baseando-se unicamente na expressão de Vivian, que algum insulto imperdoável havia escapado dos lábios de Dawn. Sem dizer palavra, Vivian simplesmente contorcera o rosto como se tivesse cheirado carne podre.

Mais silêncio pesado. Dawn olhava fixamente para o bloco de anotações.

— Como vocês já devem saber — disse Vivian afinal, lentamente mastigando as palavras antes de cuspi-las —, a empresa tem insistido em que eu dê um aumento aos assistentes. Passei uma hora no telefone com o pessoal do RH, tentando entender por que diabos tenho de onerar *meu* orçamento editorial quando foram *eles* que deram o rabo para os sindicatos no ano passado. — Ela falava cada vez mais alto, numa irritação crescente. — Pelo que tudo indica, quem vai ter de dar o rabo agora sou eu! Como sempre! Essa porra de empresa está me sugando! Bem, deixa pra lá... Isso significa que, a partir do mês que vem, vocês assistentes terão 100 pratas a mais para torrar. Façam bom proveito.

Todos à mesa mantiveram os olhos baixos, evitando fazer contato visual.

— Então — continuou Vivian —, quais são as novidades da semana? Da direita para a esquerda, cada um me diga o que tem feito.

O que se deu a seguir foi chocante. Mal acreditando no que via, assisti a um grupo de profissionais maduros gaguejar vergonhosamente enquanto lia suas respectivas anotações, sem nem sequer levantar a cabeça. Era como se a equipe inteira tivesse murchado sob o olhar severo de Vivian.

Apenas uma mulher — uma lindíssima loura de nariz aquilino, meticulosamente maquiada, com um terninho preto de corte perfeito — permaneceu completamente calma e profissional ao fazer seu relatório. Era a definição ambulante do chique, desde os sapatos baixos aparentemente caríssimos até o esmalte rosa-claro. Talvez mais velha do que eu, mas não muito. Eu ainda não a tinha visto, mas esperava encontrar nela uma aliada, se não uma amiga.

— Para terminar, Vivian, consegui convencer o autor de que as despesas com *ghostwriter*, fotógrafo e relações-públicas sejam deduzidas do adiantamento dele, apesar de termos dito que arcaríamos com tudo isso — ela concluiu, visivelmente satisfeita consigo mesma.

— *Claro* que devem ser deduzidas do adiantamento, Lulu — retrucou Vivian, meio distraída. Em seguida fechou o zoom em mim. — Claire! — exclamou, animada. — Todos já foram apresentados a Claire, não foram?

Cabeças responderam que sim, olhos ainda voltados para baixo.

— Olá, todo mundo! — eu disse. — Para mim é um grande prazer estar...

— Ah, Vivian, esqueci de dizer que a Universal está bastante interessada em comprar os direitos de filmagem para *A stripper que cobria os seios* — interrompeu a tal de Lulu.

— Isso fica para depois — cuspiu Vivian. — Não viu que Claire estava falando?

Rapidamente mencionei alguns dos projetos que havia assumido, além de dois títulos para os quais gostaria de fazer uma oferta o mais cedo possível. Vivian ficou radiante, como se eu tivesse acabado de dividir o átomo.

— Parabéns, Claire! — ela disse. — Espero que todos aqui aprendam com sua iniciativa. Não faz mais que alguns dias que está conosco, e já está trazendo ótimos livros para a mesa! É disso que eu preciso, pessoal... de um pouco de fogo no rabo!

E com isso Vivian se levantou e saiu, retirando-se da cadeira e da sala num único e rápido movimento. A reunião ainda não havia chegado ao fim, e via-se no rosto de Dawn que ela ainda tinha vários assuntos a tratar com Vivian. Mesmo assim, ninguém saiu do lugar.

Tão logo Vivian sumiu de vista, Lulu virou-se para mim e disse:

— Aproveite enquanto dura, Claire. — Não pude deixar de me assustar com o veneno na voz dela.

Aparentemente ninguém havia percebido nossa breve conversa. As pessoas aos poucos iam deixando a sala, sem olhar para mim.

— E aí, garota, como está? — Phil Stern espetou a cabeça em minha sala. Decerto não tinha mais que uns cinco ou seis anos a mais que eu, mas as bolsas sob os olhos o envelheciam, além dos fios brancos que começavam a despontar na basta cabeleira.

— Estou bem, obrigada — respondi, hesitante. Ainda estava um tanto aborrecida com o inesperado golpe de Lulu ao fim da reunião, mas a última coisa que me interessava era alimentar qualquer tipo de tensão profissional jogando lenha na fogueira.

— Não se preocupe com a Lulu, OK? — disse Phil, jogando-se na cadeira ao lado da minha mesa. — Ela foi o xodozinho de Vivian durante um tempo. Aliás, esta sala costumava ser dela. Mais uma das brilhantes técnicas administrativas de Vivian: mudar as pessoas de sala para dar a falsa impressão de que elas foram promovidas ou rebaixadas. Lulu ainda está espumando de raiva. Mas logo vai se acostumar. É incrivelmente competitiva, só isso.

Fiz que sim com a cabeça, meio desencorajada mas agradecida pelo gesto de Phil.

— Obrigada. Sei que demora um pouco para a gente conhecer os colegas de trabalho. Ela só devia estar num dia ruim.

— Seria ótimo se fosse isso, mas não conte muito com a simpatia de Lulu. Ela tem a Vivian nas alturas, e é capaz de qualquer coisa, até de jogar alguém na frente de um ônibus, para conquistar a chefe. Mas, fora ela, o pessoal aqui é bem mais bacana do que parece à primeira vista. O problema é que na Grant Books o giro de funcionários é tão grande que às vezes parece sem sentido cultivar a amizade de alguém. Muitas pessoas da equipe atual chegaram aqui quase juntos com você, e as que chegaram muito antes já estão cansadas de fazer festinha para os editores que aparecem a cada três semanas. A fila anda rápido, você vai ver. Só não leve as coisas para o lado pessoal, sabe? Fora Graham e Lulu, as pessoas são bem legais, sobretudo quando veem que você vai durar o bastante para merecer o carinho delas.

— Valeu, Phil — eu disse, sorrindo. — Obrigada pela força.

— Mas ainda tenho alguns conselhos para te dar. — Phil inclinou-se para a frente e, quase sussurrando, disse: — Sobre como lidar com Vivian. Com certeza você já ouviu falar que ela não é lá muito fácil. Que o ambiente de trabalho aqui não é dos melhores. Que o índice de sobrevivência é baixíssimo.

— Ouvi algumas coisas — admiti —, mas tenho certeza de que há muito exagero.

Phil riu com sarcasmo.

— Não tenha tanta certeza assim. Não estou tentando assustá-la, Claire, mas acho importante você saber que muitas dessas histórias sobre Vivian, por mais cabeludas que pareçam, são na verdade bem piores. As histórias *realmente* malucas, aquelas que os caras do RH pagam os ex-funcionários para esquecer, ficam trancadas a sete chaves. Ou protegidas sob ordem judicial.

— Como o quê, por exemplo? — perguntei, arrepiada. Caveiras no porão? Gente sacrificada na festinha de Natal da empresa? Tive a sensação de estar na casa de minha avó, com um primo mais velho contando histórias de assombração.

— Outra hora, outro lugar — ele respondeu, enigmático.

— Se a coisa é tão ruim assim, como é que você durou quatro anos?

Phil arregalou os olhos com dramaticidade.

— Obedecendo às cinco regras invioláveis da Grant Books. Foram passadas a mim quando cheguei aqui, e agora é minha vez de passá-las a você.

— Por acaso você se formou em teatro na universidade, Phil?

— Ih, me formei mesmo! Na Oberlin! — ele disse, genuinamente surpreso.

— Só um palpite... — eu disse, rindo. — Desculpe, continue. Quais são as cinco regras invioláveis da Grant Books?

Phil limpou a garganta e estirou o indicador.

— Regra número um: em hipótese alguma dê seu telefone de casa a Vivian ou a quem quer que seja. Por motivo nenhum. Caso contrário, você nunca mais terá um momento de paz.

— É mesmo? — Justo naquela manhã o assistente de Vivian havia passado um e-mail pedindo meu número, mas eu ainda não havia tido tempo de responder. — Mas e se...

Phil não deixou que eu terminasse.

— Dê o número do celular. Nunca o número de casa. Entendeu bem?

— Hum... entendi.

— Regra número dois: jamais confie em Graham, ou Himmler, como ele é chamado pelos assistentes. Aquele ali consegue ser menos confiável que Lulu. Despeja todos os desaforos que recebe de Vivian sobre os pobres coitados que trabalham com ele. Os chiliques de Graham são quase tão lendários quanto os dela. Terríveis. Ah, e o mesmo vale para a turma do RH. São todos capangas. Se é para bajular Vivian, não pensam duas vezes antes de passar a perna em você.

— Entendi — eu disse, cada vez mais assustada.

— Regra número três. — Phil tirou do bolso um cartão de visitas e colocou-o sobre a mesa. — Um bom terapeuta. Comece já. Essa aqui atende funcionários da Grant Books há anos, já tem prática. Cobra caro, e o seguro não paga. Mas o RH paga, é o mínimo que eles podem fazer. Olha, com a grana que ela fatura só com a Grant Books, essa mulher está com o futuro garantido por muito tempo, ela e os filhos.

— Obrigada, Phil, mas acho que não preciso de...

— Não precisa *agora*, eu sei — ele interrompeu. — Mas espere só e você vai ver. Vamos lá. Regra número quatro: não estou dizendo que os telefones são grampeados; só estou dizendo que não é má ideia sair do prédio quando você quiser dar um telefonema de caráter pessoal.

— Francamente, Phil, você está...

— E a regra final, a regra de ouro, é a seguinte — ele sussurrou. — Quando Vivian estiver surtada, nunca, eu disse *nunca*, olhe diretamente nos olhos dela. E se o machado rodar, baixe a cabeça.

— Machado?

— Olha, Claire, sei que não é a mais honrosa das atitudes, mas quando Vivian está cuspindo marimbondos, as coisas só pioram se a enfrentamos. Não faça isso. Não coloque o seu na reta. Baixe a cabeça e pronto.

O telefone tocou. Phil e eu vimos que o identificador de chamadas mostrava o ramal de Vivian.

— Falando no diabo... — ele disse, e saiu.

CAPÍTULO 5

MULHERES QUE CORREM COM OS LOBOS

— Paredes de verdade! Uma janela! Um assistente! Caramba! — brincou Bea, depois de ouvir minha lista de novos benefícios na Grant Books. Como sempre fazíamos às quintas-feiras, jantávamos no Bilboquet. Em vista do turbilhão de acontecimentos em minhas casas do amor e do trabalho, eu vinha falando praticamente sozinha desde a chegada do tartare de salmão que havíamos pedido.

— Não é demais? Pois é, estou me achando o máximo. — Faminta, enfiei um belo punhado de batatas fritas na boca. Mais uma vez não havia almoçado; aliás, poucos haviam sido os dias em que conseguira almoçar nas duas semanas desde a mudança para a Grant. Nessa quinta eu havia encontrado um tempinho, por volta das 15h30, para mandar garganta abaixo um saquinho de M&M's sabor amendoim, mas isso era tudo que eu havia comido desde o café-da-manhã.

— Então, você já presenciou algum dos célebres chiliques dela? Viu algum grampeador voando na direção de alguém? — Embora tivesse muita experiência no trato com pessoas difíceis, Bea não deixara de se assustar ao saber dos boatos que rondavam a figura de Vivian Grant. Eu havia encaminhado a ela alguns dos e-mails que recebera dos colegas na P&P.

— Nada. Nem um pesinho de papel — disse. Não achei necessário mencionar a primeira reunião com Graham e Dawn, nem algumas das outras escaramuças que eu havia presenciado. — Ah, quase ia me esquecendo: já comprei três títulos para os quais vinha tentando obter o sinal verde durante *meses* na P&P. Bastou um rápido telefonema para Vivian, explicando os conceitos de cada um, e na mesma hora ela me liberou para ir em frente e fazer os lances! Sabe, você nem imagina o alívio que é poder fazer as coisas assim, sem ter de lutar contra a burocracia.

— Que ótimo! Era isso que você sempre quis! Agora pode se dedicar a procurar bons autores e editar o material deles, em vez de só ficar...

— Claro que *agora* minha tarefa principal é colocar nos trilhos os livros que herdei ao chegar. Alguns ainda estão num estágio bastante rudimentar. Mas depois que eles estiverem caminhando na direção certa, aí sim vou conseguir compilar uma boa lista de títulos.

— Parabéns, Claire! — Bea levantou a taça para que fizéssemos um brinde. — Tudo indica que você fez a escolha certa. Mas fique atenta: essas histórias malucas sobre a tal da Vivian devem ter *algum* fundo de verdade, você não acha?

— Sei lá — respondi, surpresa ao me ver subitamente na defensiva. — Acho que essa reputação da Vivian não é lá muito justa. Só o que ela quer é que as pessoas trabalhem direito, que levem boas ideias para a empresa. Dá um duro danado para aquele selo ser um sucesso e tem com sua equipe o mesmo nível de exigência que tem consigo mesma, só isso.

— Tudo bem — retrucou Bea, cética, mordiscando o frango cajun. — Se você diz que é assim...

Talvez eu estivesse botando panos quentes, mas a verdade era que sentia um pouco de pena de Vivian. Perdoando-se algumas explosões, eu havia ficado realmente impressionada com seu talento, entusiasmo, apoio, ética no trabalho.

— Estou aprendendo com um gênio — sentenciei. — A cabeça daquela mulher funciona na velocidade da luz.

— Fico muito feliz por você, Claire. Tudo parece perfeito. E por falar em perfeição, como vão as coisas com Randall? Vai, me conta *tudo* — exigiu Bea, batendo palmas como uma criança diante de um sundae de chocolate.

Randall. As coisas iam realmente muito bem entre nós: ele havia se mostrado bastante carinhoso durante minhas primeiras semanas no emprego novo, ligando todas as noites para saber como havia sido meu dia. Tinha até mandado rosas para o escritório ao fim da primeira semana. No sábado anterior, tivéramos mais um jantar delicioso, dessa vez no Le Cirque, seguido de um beijo de despedida mais delicioso ainda. Eu estava apaixonada. Já havia, inclusive, escolhido os nomes dos nossos filhos.

Na noite anterior ao almoço com Bea, tivemos nosso quarto encontro. Às 20h05, toquei a campainha do apartamento, e Randall aparecera à porta vestindo jeans e uma camisa de algodão desabotoada, convidando-me para entrar. Eu já esperava que ele morasse num lugar bacana, mas, nos meus padrões, "bacana" significava lençóis limpos e nenhum vestígio de ratos ou baratas. Nada poderia ter me preparado para o que vi: as janelas panorâmicas com vista para o Met, para o Central Park, para a Quinta Avenida, para o Upper East Side... sem falar na coleção de arte contemporânea, que em nada ficava a dever à paisagem.

Na verdade, fiquei passada.

— Bea, ele tem um Rothko no banheiro — sussurrei, ainda em estado de choque —, e o banheiro em si, um dos *cinco* do apartamento, é maior que meu apartamento inteiro!

— Bem, Claire, isso não é vantagem nenhuma, já que você mora numa caixa de fósforos — ela observou. — Seu chuveiro fica na cozinha!

— Mas é exatamente isso que eu estou falando! Meu *chuveiro* fica na *cozinha*, enquanto Randall tem um *Rothko* no *banheiro*! Convenhamos, Bea, isso não é normal! E além disso, ele tem... ele tem uma personal chef! O nome dela é Svetlana, e parece uma Bond girl! E Bea, ele serviu um *balde* de caviar antes do jantar, numa daquelas mesas quilométricas que a gente só vê no cinema, com o casal de milionários em crise sentado nas pontas...

— Não estou acreditando! — interrompeu Bea. — Escuta só o que você está dizendo, Claire! Durante anos ouvi você dar as desculpas mais esfarrapadas para justificar os defeitos *realmente* graves dos seus namorados, e agora que está com o cara mais fabuloso do planeta (não diga ao Harry que eu disse isso), o cara que idolatramos por mais de uma década, e ele parece que está na sua também, você implica porque o sujeito é *rico* demais? *Bem-sucedido* demais?

Bem, posto dessa forma, o que eu havia dito parecia realmente ridículo.

— Não estou implicando com ele — corrigi. — Estou intimidada por ele.

— É, eu sei — disse Bea. — Mas tente relaxar. É de *Randall Cox* que estamos falando. Você vai ter de superar esse problema.

Bea tinha razão. Eu estava sendo totalmente ridícula. Se era capaz de perdoar James por dormir no chão empoeirado de um armazém abandonado no Brooklyn, por que não perdoaria Randall por morar num apartamento gigante com obras-primas da pintura no banheiro? Até então ele só havia dado provas de carinho, gentileza, apoio... e ainda por cima beijava muito bem. Por que eu estava sendo tão ridícula assim?

Foi então que a cena me veio à lembrança com todos os detalhes sórdidos: eu praticamente havia fugido de lá na véspera! Depois do jantar, Randall me conduzira de volta à sala para que a noite seguisse seu curso natural... mas eu estava tão travada e nervosa que recorrera a uma desculpa esfarrapada, uma reunião importante na manhã seguinte, para ir embora correndo.

— Sou uma pateta mesmo... — resmunguei. — Randall deve estar achando que... nem sei o que ele deve estar achando. Será que queimei meu filme por causa dessa idiotice?

— Os caras adoram um desafio, Claire. É bem possível que aos olhos de Randall você só tenha dado uma de difícil. No fim das contas tudo vai dar certo, você vai ver.

Rezei para que ela estivesse certa. O telefone vibrou na bolsa. Número desconhecido.

— Atende aí — disse Bea, um sorriso de ansiedade nos lábios. — Deve ser o Randall.

Atendi.

— Claire. Vivian. — Eu já havia notado que Vivian não gostava de perder tempo com cumprimentos. Em vez disso, dava seu nome, despejava o que tinha a dizer e concluía com um seco "me ligue de volta". Um jeito bastante eficiente, ainda que não muito simpático, de conduzir uma conversa. — Preciso discutir com você algumas ideias para amanhã. Tem caneta e papel aí?

— Oi, Vivian. — Apontando, pedi a Bea que tirasse minha caderneta da bolsa. — Tudo bem, pode falar.

Vinte minutos depois, Bea se desculpou com um sorriso, deixou algumas notas sobre a mesa e foi embora. Fiquei culpada por não ter dado a ela a oportunidade de falar de suas próprias coisas, mas não pude pensar nisso por muito tempo. Todas as células do meu cérebro trabalhavam freneticamente para absorver e anotar as ideias que Vivian jorrava, com a velocidade de um leiloeiro, a respeito dos livros que tinha em mente. Já havíamos nos falado durante a tarde, mas desde então ela havia produzido uma dezena de ideias novas, quase todas realmente boas. Fazia uma hora que eu vinha escrevendo, recheando boa parte da caderneta com as sacações geniais de Vivian. Felizmente os garçons do Bilboquet não se incomodavam que eu continuasse a ocupar a mesa: uma das vantagens de ser *habituée*, pensei. Gentilíssimos, até trouxeram mais uma taça de rosé.

— Amanhã às 10h você me diz o que pôde desenvolver sobre tudo isso. Não temos tempo a perder — concluiu Vivian, antes de desligar.

Amanhã às 10h? Pude ouvir a saliva que engoli em seco. Como seria possível fazer todas as pesquisas necessárias, identificar os autores potenciais para cada projeto, preencher todas as lacunas das ideias que ela havia simplesmente esboçado... até as 10h da manhã seguinte?

Apesar da pontada no estômago, achei que estava pronta para o desafio. Hora de pisar no acelerador. Muita coisa acontecendo ao mesmo tempo, tanto no trabalho quanto no coração. Mas talvez isso significasse apenas que havia muito mais por vir.

Quando saltei no décimo segundo andar, às 6h15 da manhã seguinte, achei que fosse encontrar o escritório deserto. Em vez disso, constatei que metade de meus colegas já havia pegado no batente, cerca de três horas antes do resto do setor. *Não é à toa que todos os anos conseguimos mandar mais de cem títulos para o prelo com uma equipe mínima de editores*, pensei. As portas estavam fechadas, mas as luzes acesas, e eu podia ouvir o tec-tec dos teclados em ação.

Por volta das 10h eu havia conseguido digerir três canecas de café e seis das ideias propostas por Vivian, as seis que me pareciam mais viáveis. Estava achando aquilo bem divertido. Adorava o desafio criativo de gerar livros a partir do nada. Na P&P, a maioria dos editores trazia originais oferecidos por um agente, ao passo que na Grant as ideias eram concebidas e desenvolvidas na casa, quase sempre pela própria Vivian, já que era ela quem sugeria projetos em maior número e melhor qualidade; em seguida, o autor e o *ghostwriter* ideais eram convidados a participar. Estimulada pelo trabalho — combinando conceitos e equipes, identificando as abordagens corretas —, eu nem sequer havia notado o passar das horas.

Ainda assim estava nervosa com a reunião agendada para as 10h com Vivian; afinal, tinha desenvolvido apenas metade das ideias que ela me passara na véspera. Com um pouquinho mais de esforço, conseguiria terminar o resto antes do meio-dia, e esperava que isso a satisfizesse. Achei melhor ter pelo menos alguma coisa para mostrar, em vez de simplesmente estourar o prazo que me havia sido dado.

— Escritório de Vivian Grant — disse Gregory, o cara cuja voz lembrava a de um Milton gripado.

— Oi, Gregory. A Vivian está? Fiquei de conv...

— Ela está em Los Angeles — ele respondeu secamente. — Vou passar todos os recados para ela ao meio-dia.

Los Angeles? Eu ainda não havia me dado conta da frequência com que Vivian ia para a Costa Oeste, outro fator que a destacava dos demais editores. Ela estava sempre fazendo negócios multimídia para nossos livros, propondo ideias para programas de televisão, batalhando ativamente para a venda de direitos de filmagem para o cinema.

— Tudo bem, então. Falo com ela ao meio-dia. Obrigada, Gregory.

Alguém bateu à porta, e meu novo assistente, David, espichou o pescoço para dentro da sala. Eu havia tido uma ótima impressão dele quando fomos apresentados. Esperto, trabalhador e bastante competente, David havia se formado pouco tempo antes pela Northwestern e ao longo das últimas semanas vinha patinando sem rumo na Grant Books, desde a demissão do editor que o havia contratado. A partir desse dia passara a trabalhar para três editores diferentes, quase enlouquecendo com os pedidos urgentes de cada um. Via-se claramente o alívio dele por voltar a ter um único chefe; de minha parte, eu também sentia certo alívio por poder contar com alguém mais ou menos acostumado às demandas do trabalho. Achava um pouco estranho ter um assistente depois de tantos anos trabalhando na mesma posição, mas David era de tal modo prestativo, atencioso e inteligente que logo me acostumaria ao novo arranjo, disso eu não tinha a menor dúvida.

— Acabaram de entregar isto aqui para você — ele informou, sorrindo. Abriu a porta mais um pouquinho e mostrou um farto buquê de rosas vermelhas de caule longo. Corri para ler o cartão, sentindo no corpo inteiro um calafrio de emoção.

> Claire,
>
> Para alegrar seu dia. O meu se alegra sempre que penso em você. As últimas semanas têm sido maravilhosas. Mal posso esperar a hora de vê-la outra vez.
>
> Randall

— Um admirador? — perguntou David.

— Acho que sim — respondi, rindo de orelha a orelha. Minha vontade era dar mil cambalhotas ali mesmo. Puxa, que alívio: Randall não havia perdido o interesse depois do meu comportamento arredio na noite de quarta-feira. Ou pelo menos estava disposto a me dar outra chance. Eu mal podia esperar para contar a Bea.

— Então, em que posso ajudá-la hoje? — disse David, ajeitando a gravata.

Expliquei-lhe duas das ideias que Vivian havia me passado, detalhando o tipo de informação a ser pesquisada. David anotou tudo e, com invejável segurança, afirmou:

— Daqui a uma hora eu lhe trago alguma coisa.

Para mim era um alívio poder delegar; com sorte, em duas horas terminaria sozinha o desenvolvimento das outras ideias ainda intocadas.

Antes, no entanto, liguei para o escritório de Randall a fim de agradecer-lhe as flores. Deirdre atendeu, claro, e perguntou se eu estaria disponível para jantar com ele na noite de sábado. Rapidamente respondi que sim, e fui informada de que Randall ligaria de volta assim que saísse de uma reunião.

Feliz da vida, voltei ao trabalho, parando aqui e ali para sentir o perfume das rosas e reler o cartão.

Às 12h30, ainda esperando pelo telefonema do assistente de Vivian, pedi a David que consultasse Gregory para saber o que estava havendo. Ele voltou um minuto depois, coçando a cabeça.

— Gregory não está mais aqui — disse. E num tom de voz mais brando, emendou: — Eu já estava cantando essa bola. Ouvi dizer que Vivian soltou os cachorros ontem, sem dó nem piedade, quando soube que em vinte minutos ele ainda não tinha conseguido um jatinho para levá-la a Los Angeles. O coitado ficou arrasado. Foi embora uma hora atrás e simplesmente ligou para o RH para acertar as contas.

Demissões súbitas no meio do expediente? As histórias de horror que eu havia ouvido de meus ex-colegas agora ecoavam na minha cabeça.

— De qualquer modo — continuou David, aparentemente inabalado com o acontecido —, falei com Johnny, o substituto, e ele acha que Vivian vai estar presa em reuniões o dia todo. Quer um palpite? Ela provavelmente vai ligar hoje à noite, por volta das 20h, horário da Costa Leste.

— Puxa, mal posso acreditar que o Gregory foi embora assim... sem qualquer aviso prévio!

David fechou a porta da sala.

— Na verdade, Claire, o Gregory ficou aqui uma semana inteira, apenas um pouquinho menos que a média — ele sussurrou. — As pessoas geralmente não duram mais que uma semana e meia naquele gabinete. Quando não são demitidas pela própria Vivian, deixam o prédio como se estivessem fugindo. E muitas vezes as duas coisas acontecem juntas. Faz apenas oito semanas que estou aqui, e já vi cinco assistentes passarem por aquela mesa.

— Sério? — perguntei. David fez que sim com a cabeça. O telefone tocou, e ele fez menção de atender. — Pode deixar que eu mesma atendo — falei. — Claire Truman.

— Vivian — ela cuspiu do outro lado da linha. Minhas anotações estavam espalhadas sobre a mesa, e só o que me restava fazer era organizá-las enquanto Vivian fosse falando. — Tive algumas ideias, e preciso que você pesquise umas coisas para mim. Em primeiro lugar, precisamos ir atrás daquela garota que se casou com o sujeito condenado por ter matado a irmã dela. O casamento foi ontem mesmo, na cela dele. Não sei se você viu nos jornais, mas saiu uma nota no *Star*; aliás, peça a seu assistente para lhe providenciar uma assinatura. Ligue para a fulana e pergunte se ela está interessada em escrever um livro; ofereça duzentos e cinquenta paus. Faça uma lista dos *ghostwriters* disponíveis para esse trabalho, e rápido, porque isso tem de chegar às prateleiras em oito semanas, antes que o assunto suma das manchetes. Fale com a Dawn sobre esse prazo, e não deixe ela dizer que é curto demais: o prazo nunca é suficiente para Dawn, não aguento mais essa ladainha! Segundo assunto: temos de cair fora daquele livro que assinamos com o chef Mario. Sei que há um contrato, mas o cara é chinfrim demais... quem é que já *ouviu falar* dele? Foi a Julie quem teve essa ideia ridícula, e agora ela se foi, então é você quem vai ligar para o departamento jurídico e ver o que podemos fazer para sair dessa. Não vamos gastar essa grana toda publicando as receitas de um qualquer.

Senti um aperto no coração. Julie era a editora responsável pelos projetos que eu havia herdado, e um desses projetos era o livro de receitas de um lendário *restaurateur* da Arthur Avenue, o tal do chef Mario. Eu havia ligado para ele ainda na véspera, não só para me apresentar mas também para assegurá-lo de que continuávamos muito animados com o livro dele.

— Você parece legal — ele havia dito ao fim da nossa conversa. — Venha me fazer uma visita no restaurante! E logo! Pode trazer os amigos, o jantar é por minha conta, claro.

Puxa vida. Sair daquele contrato certamente não seria uma experiência agradável. Até então eu nunca havia sido obrigada a dar uma notícia dessas a nenhum autor. E o pior de tudo é que o chef vinha pagando o fotógrafo do próprio bolso, contando com o adiantamento que ainda estava por sair. Eu detestava a ideia de deixá-lo no prejuízo... talvez pudesse explicar as circunstâncias para Vivian e convencê-la a reembolsar as despesas já feitas. Ela não gostaria da ideia, claro, embora isso fosse o mais justo a fazer. Eu apuraria quanto ele já havia desembolsado e faria minha sugestão em seguida.

— Ah, mais uma coisa: já estou farta das asneiras que aquele reacionário do Samuel Sloane fica vomitando na Fox todas as noites. O homem é um imbecil. Sei que publicamos os livros dele, mas a verdade é esta: Sloane é um idiota. Não aguento mais ouvir esse nome. Um sujeito gordo, repugnante... uma puta da propaganda política. Providencie uma lista de autores para um livro que reduza esse filho-da-mãe a pedacinhos. O livro tem de ficar pronto em quatro semanas no máximo...

Vivian despejou mais cinco projetos nas minhas costas antes de informar que havia chegado "ao estúdio" e que ligaria de volta dali a algumas horas para um relatório sobre meus progressos. Percebendo que não havia respirado até então, inspirei fundo e reabasteci os pulmões. Mais pesquisas a fazer? Eu nem sequer havia tido tempo para terminar o trabalho da véspera, e nem passara a Vivian o material já levantado.

E a diversão estava apenas começando.

CAPÍTULO 6

COMO VIVEMOS HOJE*

Atrasada!

Eu praticamente corria rumo à estação de metrô, cada passo fazendo com que o café gelado jorrasse da caneca de plástico suada. Phil havia pedido que eu o acompanhasse a uma reunião logo cedo pela manhã, com uma autora em potencial e sua agente, mas eu havia perdido a hora: em parte porque na véspera ficara no escritório até 1h da madrugada. Quando Randall viajava a negócios, Tóquio dessa vez, eu aproveitava a oportunidade para dar uma adiantada no trabalho.

Meus olhos só haviam aberto às 7h, uma bela hora e meia depois do toque do despertador. Felizmente, caso vestir-se de manhã fosse uma prova das Olimpíadas, eu traria o ouro para casa. Se necessário, era capaz de terminar toda a produção em

***The way we live now*: romance de Anthony Trollope, sem tradução no Brasil. (*N. do T.*)

menos de cinco minutos. Rápida passada pelo chuveiro, escova nos cabelos, hidratante, desodorante, rímel, uma gotinha de perfume e o uniforme de sempre: preto de cima a baixo. Nesse dia, em razão do calor intenso de agosto, eu havia escolhido uma saia preta e uma blusa também preta, de mangas curtas e linha fina. Fazia anos que eu havia desistido dessa história de combinar cores (um dos primeiros indícios de que oficialmente havia me tornado uma nova-iorquina), dando preferência a um guarda-roupa com o qual uma pessoa cega pudesse se vestir para o trabalho em menos de dez segundos.

Dei uma boa golada no café, a essa altura quase inteiramente transbordado, antes de descer para o metrô.

Imagine um lugar feliz e vá para lá, instruí a mim mesma depois de me espremer no trem para o norte de Manhattan, mas o cheirinho azedo do homem a meu lado seguiu foi junto comigo. Por fim, o trem parou na estação da rua 51, e a massa compacta de passageiros cuspiu a si mesma no ar pegajoso e fétido da plataforma. Abrindo caminho escadaria acima, mais uma vez tive a terrível sensação de ser apenas mais uma ovelha naquele rebanho que disparava rumo ao trabalho. Dali já dava para ver que o trânsito de pedestres na calçada também estava congestionado.

Qual seria a causa daquilo? Alguns degraus acima, constatei com meus próprios olhos: um homem-sanduíche vestido de bebê, touquinha e tudo, distribuía panfletos a quem se dispusesse a recebê-los. Subitamente senti uma tremenda raiva do sujeito, as mãos se fechando em punho por vontade própria.

— É isso aí, pessoal! — ele berrava no topo das escadas. — É a liquidação anual da Buy Buy Baby! Queima total de estoque! Móbiles, roupinhas de bebê, fraldas a preço de atacado! Um panfleto aqui para a madame. Descontos de até 60 por cento! Não dá para resistir!

Eu já estava quase chegando à calçada. Faltavam apenas alguns degraus.

— A gente nunca sabe quando a cegonha vai fazer uma visitinha! — continuou o fulano. A mulher à minha direita, mais velha, ficou escandalizada com a sugestão. O homem à esquerda, um tipo careta de terno azul-marinho, provavelmente advogado, discutia calorosamente consigo mesmo. Nenhum fio, nenhum fone de ouvido à vista. Eu já havia notado que meus colegas nova-iorquinos, homens e mulheres aparentemente sãos, cada vez mais perdiam a vergonha de falar sozinhos enquanto caminhavam pelas ruas. Ninguém receava passar recibo de maluco.

Enfim saí ao ar livre. *Livre*, porém infestado pela fumaça dos carros e pelo cheiro forte das frituras que um ambulante já começava a preparar (não me aproximei o bastante para ver o que era).

— *Claire...* Claire? — alguém chamou, assustando-me. Olhei ao redor, mas não encontrei nenhum rosto conhecido naquele mar de gente mal-humorada.

Essa não, era o bebê gigante...

Ele vinha em minha direção, abrindo caminho entre os pedestres. Achei por um instante que tivesse entrado num episódio de *Ally McBeal*, mas então o sujeito se aproximou e vi que seu rosto era mais ou menos conhecido. Quem poderia ser? E que motivos teria para chegar ao ponto de, vestido naquela roupa ridícula, abordar uma conhecida na rua? Eu sentia vergonha por ele.

— Claire Truman? Lembra-se de mim? Sou o Luke, sobrinho de Jackson. Nós nos conhecemos no...

— Claro, Luke! — Subitamente me lembrei. Luke era um artista em início de carreira que havia recusado toda e qualquer ajuda dos pais e agora batalhava como músico... ou seria como dramaturgo? Bem, o fato é que Jackson tinha verdadeira adoração pelo tal sobrinho. Eu já tinha ouvido falar muito a respeito dele, mas só o havia encontrado uma única vez. — Que bom ver você de novo! — falei, olhando diretamente em seus olhos a fim de parecer que não havia notado a fantasia de bebê. — E aí, tudo bem?

— Menos bem desde que nos vimos no aniversário de 70 anos do tio Jackson — ele respondeu com uma risada sincera. — Por sorte, desisti daquela ideia das fraldas geriátricas!

Ri também. Por mais ridículo que ele parecesse naquele momento, era admirável a total segurança que tinha de si mesmo. Luke seguramente havia herdado o charme dos Mayville. E também era bonitinho, de um jeito meio desleixado, *à la* Mark Ruffalo. Relevando-se, claro, a touquinha de bebê (o que não era lá muito fácil).

— Olha só, meu turno está quase no fim. Que tal tomarmos um café? — convidou, gentilmente me tomando pelo braço e me afastando do fluxo de pedestres.

— Pena, mas não vai dar — respondi, alegando a reunião para a qual já estava atrasada e fazendo o máximo para não olhar para a chupeta gigante que pendia do pescoço dele feito um albatroz.

Então batemos um rápido papo junto ao meio-fio. Luke contou que fazia bicos de toda sorte para pagar as contas enquanto concluía o mestrado em criação literária pela Universidade de Colúmbia. Além disso, estava quase terminando seu primeiro romance.

— Eu adoraria lê-lo assim que possível — falei, pescando na bolsa um cartão de visitas. — Agora estou trabalhando como editora na Grant Books, um lugar bem diferente da P&P, como você já deve ter ouvido falar. Mas estou sempre à procura de bons autores de ficção.

— Ótimo! Qualquer ajuda será bem-vinda! — Luke se despediu com um abraço, dificultado pelas placas presas em seu corpo, e seguimos cada um para seu lado.

— Mande um beijo para o Jackson! — berrei por sobre os ombros. Fazia pouco que Jackson havia se mudado para a Virgínia. Tínhamos nos falado algumas vezes desde minha saída da P&P, mas eu andava tão ocupada que sequer encontrara tempo para retornar seu último telefonema.

Luke fez que sim com a cabeça, deixando-se engolir pela multidão. E eu segui literalmente correndo para o escritório.

— O que a casa *realmente* precisa — disse mamãe, quase cantarolando, enquanto eu equilibrava o telefone no ombro de modo que as mãos ficassem livres para conferir a caixa de entrada do Outlook — é de mais verde-limão, mais rosa-petúnia, mais azul-marinho, mais ametista, mais fúcsia, mais...

O telefone se esborrachou de repente sobre a mesa, sem contudo interromper mamãe, que prosseguiu firme em sua listagem das cores do arco-íris. Nem sequer havia notado o barulho da queda (ela geralmente não percebe nada quando desanda a falar).

Mamãe não pensava em outra coisa nos últimos tempos a não ser nas pequenas reformas que queria fazer em casa. Embora faltassem vários meses para a festa que anualmente organizávamos em memória de papai, ela já se ocupava com os preparativos. Assim como eu, tinha especial carinho por essa festa e fazia questão de que todos os detalhes ficassem perfeitos.

Faz cinco anos que cultivamos essa tradição. Todo mês de janeiro, no sábado mais próximo ao aniversário de papai, abrimos nossa casa para parentes, amigos e vizinhos, e todos se reúnem para comer, beber e recitar seus poemas favoritos. Ano passado conseguimos doações suficientes para dar início a um programa de bolsa de estudos na universidade, batizado com o nome de papai. Nossa festa, que antes não passava de uma reuniãozinha para meia dúzia de pessoas, rapidamente se tornou um evento importante no calendário do campus. Neste ano, mamãe contava receber mais de duzentas pessoas.

— Então, você acha que a cozinha fica melhor em verde-hortelã ou vermelho-tomate? — ela perguntou.

— Verde é melhor, mamãe. E o que a senhora quer que eu faça? Quer que eu cuide do bufê e do cardápio? Também posso ligar para a Prairie Lights e ver se consigo a doação de alguns livros para a rifa. — Prairie Lights era uma pequena livraria de Nova York, sem vínculo com as grandes redes. Papai costumava me levar até lá no dia do meu aniversário para que eu escolhesse cinco livros de presente; ninguém tinha uma seção infantil tão boa quanto a Prairie. E eles sempre haviam feito contribuições generosas para nosso festival de poesia.

— Isso seria ótimo, querida, mas será que você vai ter tempo? — disse mamãe, preocupada. — Você mal começou neste emprego. Por que não deixa tudo por minha conta este ano?

A ideia até que não era má, por mais que me custasse admiti-lo. Fazia apenas um mês que eu estava na Grant, mas minha lista de coisas a fazer crescia a um ritmo galopante. Na semana anterior, por exemplo, eu havia herdado cinco títulos novos de um editor que, segundo Vivian, era "um doidivanas, incapaz de lidar com as pressões do trabalho". Eu não tinha tanta certeza assim quanto à acuidade do diagnóstico dela, mas, de qualquer modo, a sobrecarga me pesava nos ombros.

Ainda assim eu tinha de fazer minha parte no planejamento da festa de papai. Afinal, ele nunca havia deixado que o trabalho o impedisse de ajudar a filha com as tarefas da escola, de prestigiá-la nos recitais de dança e jogos de futebol, de colocá-la para dormir à noite. Teria de dar um jeito e pronto.

— Então está bem, filha — consentiu mamãe, relutante. — Mas o dia que você estiver ocupada demais, é só falar, ouviu bem? Não vá se matar de trabalhar.

— Combinado — eu disse em meio aos roncos do estômago. Uma nova mensagem chegou no Outlook. Logo vi que era de Vivian: estava escrita com uma fonte enorme, corpo 16, como só ela fazia. As letras garrafais pareciam gritos. — Olha, mãe, será que posso te ligar mais tarde, ou talvez amanhã? É que ainda não almocei, estou morrendo de fome e...

— Você ainda não almoçou? Claire, já são quase quatro da tarde! Sei que esse seu novo emprego é estressante, mas... meu amor, não vá deixar de se cuidar, está bem?

— Eu sei, mãe, pode deixar que eu vou me cuidar.

— A Bea me falou que você perdeu peso!

Argh. Eu detestava quando Bea e mamãe se juntavam contra mim.

— Mãe, estou bem... Ainda não me acostumei ao ritmo novo das coisas, só isso.

— Ela também disse que essa semana você trabalhou todos os dias até de madrugada.

Beatrice e minha mãe se falavam o tempo todo. Na verdade, falavam mais uma com a outra do que comigo, sobretudo desde minha mudança para a Grant. Eu adorava essa amizade entre elas, a não ser quando Bea dava detalhes de minha vida que faziam mamãe perder o sono.

— Nada muito grave, mãe. Só estou tentando entrar na velocidade deles, a senhora não precisa se preocupar.

— Tudo bem, então. Mas não deixe que essa tal de Vivian abuse de você, hein? A Bea falou que...

— Mãe, a Vivian não está abusando de ninguém! — interrompi. — Tenho aprendido horrores com ela! Essa é a grande oportunidade da minha vida! Acho que sou a única pessoa que dá valor a...

— Eu sei, eu sei, filha. Desculpe. — Ela soltou um breve suspiro.

— Ligo para a senhora mais tarde essa semana, tá bom? Tchau, mãe. Beijinho.

Fiquei arrependida por ter perdido a calma, mas estava com tanta fome que já via bolinhas coloridas à minha frente. Dei uma olhada rápida no e-mail de Vivian (nada que não pudesse esperar dez minutos) e passei a mão na carteira. A lanchonete do outro lado da rua, Paraíso do Hambúrguer, nome mais do que justo, gritava por mim.

Infelizmente a porta da sala se abriu antes que eu pudesse sair.

— *Alô-ou!* E aí, *mamasita*! Bonitona, gostosona! — Foi assim que me cumprimentou a inigualável e esfuziante Candace Masters, empoleirada num par de saltos de dez centímetros.

Candace, uma de minhas novas autoras, fora uma das supermodelos da década de 1980 e desde então havia frequentado as casas noturnas mais badaladas do planeta, namorado todos os bilionários disponíveis, combatido todas as dependências químicas possíveis, entrado na faca mais vezes do que era capaz de se lembrar, casado outras tantas, tido filhos e, ao longo do caminho, publicado um ou outro best seller sobre tudo isso. Ainda era muito bonita, embora as visitas constantes ao cirurgião plástico lhe conferissem o aspecto de uma estátua de cera do Madame Tussaud. Além disso, era superextrovertida e falante, tão falante que dava a impressão de ainda não ter vencido por completo a luta contra as drogas.

— Candace! Tudo bem com você? — eu disse, perguntando-me por que ninguém havia avisado sobre aquela visita. No corredor, David desculpava-se por algo que não era culpa sua. Bloquear a invasão de Candace teria sido tão impossível quanto bloquear o ataque de um elefante ensandecido.

— A gente faz o que pode, queridinha — ela respondeu, passando os dedos pela cabeleira platinada. — Então, o que achou da minha micro? Gucci, meu amor. Aliás, hoje abusei dos Guccis, não quis nem saber. — Com um gesto dramático, apontou para os sapatos, a bolsa e a saia, dizendo: — Gucci, Gucci, Gucci. — Em seguida, levantou a saia ligeiramente e mostrou a tira de couro da minúscula calcinha, tipo fio-dental. — Gucci também — informou com orgulho. Um espetáculo a que homens de muitas gerações teriam feito fila para assistir, mas que, em termos concretos, servira apenas para me deixar constrangida.

— Hum, lindo! — concordei.

— Encontrei um assunto para meu próximo livro — ela disse com a voz estridente, curvando-se para estalar dois beijinhos no ar, próximo a meu rosto. — Mas espere aí. Antes que eu me esqueça, boneca, trouxe um presentinho para você. — Vasculhou a bolsa e de lá tirou uma calcinha de renda vermelha embolada em novelo, que, num gesto de brincadeira, arremessou em minha direção.

Agradeci o presente sem tocar um dedo nele. Não sabia por onde havia andado a tal calcinha, se era nova ou se Candace a havia tirado na noite anterior e a jogado na bolsa.

— Vai te trazer muita sorte, coração — ela arrematou, piscando o olho com malícia. Um segundo depois já estava diante de minhas prateleiras, recolhendo os livros que bem lhe apraziam e jogando-os numa enorme sacola de compras Chanel. — Gosto de renovar meu estoque quando venho aqui — explicou. Phil já havia me alertado para esse hábito de Candace. Certa vez ela trouxera consigo quatro assistentes para ajudar no transporte do butim. Phil tinha certeza de que ela vendia os livros no e-Bay.

— Então, meu novo livro — ela disse por fim, entregando a sacola repleta para a jovem e servil assistente que se materializara à porta. — Quero falar da minha busca pelo Príncipe Encantado... e de todos os cachorros, canalhas e pervertidos que tive de suportar ao longo do caminho. Como esse cara com quem tive um casinho no último verão nos Hamptons, um magnata da indústria têxtil. Mansão na Gin Lane, um enorme Hummer vermelho, tratamento vipérrimo nos melhores restaurantes. Achei que tinha tirado a sorte grande, sabe? Até a noite em que vi o infeliz sem camisa à luz do dia e percebi que as tatuagens que ele tinha no corpo *inteiro* eram vaginas! Um tarado! Dá para imaginar uma coisa dessas? Pois bem, meu livro será sobre isto, sobre as bizarrices e os bizarros que conheci vida afora. Que tal? Gostou?

Um livro sobre homens maus e suas taras sexuais? A cara de Vivian. Diversos agentes já haviam confessado que mandavam para a Grant qualquer livro em que a mulher era perseguida por um homem sem escrúpulos, sabendo que Vivian aprovaria sem hesitar. E se a história fosse temperada com um pouquinho de sexo sujo, aí sim era tiro certo: tratava-se de uma das fórmulas prediletas dela.

— A ideia é boa, Candace — eu disse. — Por que você não começa fazendo algumas anotações sobre as histórias que pretende incluir? Claro que vamos querer as mais cabeludas, sobre as quais você não falou nos outros livros. Depois, peça a sua assistente para me mandar esse material, e prosseguimos daí.

— Perfeito, boneca. Kendra! — Ávida por se mostrar útil, a assistente voltou à sala num piscar de olhos. — Por favor, recolha minhas coisas. O motorista está nos esperando?

— Está sim, Candace. Na 54.

— Ótimo. Pois bem, vou dar uma beijoca no meu amigo Phil e depois vamos. Obrigada, Claire. Espero que você dure. — Candace despediu-se com mais dois beijinhos no ar e uma piscadela, e saiu pelo corredor rumo à sala de Phil.

Enquanto eu içava a calcinha vermelha com a ponta dos dedos para jogá-la na lata de lixo, o telefone tocou.

— Será que você consegue sair desse escritório numa hora razoavelmente civilizada para fazermos uma aula de ioga juntas? — perguntou Bea. — Tem uma que começa às 20h, na Om. Fica aí pertinho da Grant. Vai ser ótimo se você puder dar uma relaxada. E quem sabe não comemos alguma coisa depois da aula? Puxa, amiga, você me deu dois canos seguidos, né? Nos jantarzinhos de quinta-feira, lembra?

Naquele momento, uma aula de ioga equivalia a uma sessão de tortura. Minha energia estava abaixo de zero. No entanto, talvez me animasse mais depois de finalmente almoçar. Aceitei o convite de Bea e combinei de encontrá-la na aula.

Paraíso do Hambúrguer, era agora ou nunca.

— Volto em cinco minutinhos — avisei a David e chispei para os elevadores, onde Lulu, logo quem, esperava para descer. Droga. Agora eu teria de fingir que gostava dela por doze andares.

Qualquer gesto de minha parte só poderia ser uma encenação. Desde o início, Lulu não havia feito outra coisa além de puxar meu tapete. Nas reuniões editoriais, não pensava duas vezes antes de argumentar contra cada uma de minhas opiniões. Se eu dissesse que determinado original parecia interessante, ela abafava um bocejo. Se dissesse que era a pior coisa que já tinha lido na vida, ela perguntava, com toda a educação do mundo, se eu não me importava de lhe enviar uma cópia. Para uma segunda opinião, sabe?

Bem, vou engolir a seco e fazer um esforço, pensei, entrando calada no elevador.

— E aí, Lulu, tudo bem? Linda, a sua blusa.

Lulu apertou o botão para a portaria e continuou olhando para a frente.

— Claire — disse, devagar, num tom de voz grave.

Mais nada. Nenhuma conversinha simpática durante a descida, nem mesmo um olá! Só o meu nome. Nenhuma outra sílaba escapou dos lábios perfeitamente pintados de Lulu.

Paciência. Nem sei por que me dera ao trabalho de dizer aquilo. Cada andar parecia uma eternidade, mas enfim chegamos à portaria, e as portas douradas do elevador se abriram à nossa frente. Lulu saiu primeiro, claro, atravessando o lobby com um sorriso vítreo estampado no rosto e acenando para o segurança como se não fosse a grande megera que de fato era.

Por sorte, não havia a menor possibilidade de que ela também estivesse indo para o Paraíso do Hambúrguer. Segundo Phil, Lulu não comia outra coisa que não fosse as saladas da lojinha de produtos orgânicos mais abaixo na rua. Tofu Hell, como ele costumava brincar. Por mim, Lulu podia arder nas chamas daquele inferno natureba.

Deitadas, Bea e eu esperávamos pelo início da aula. A sala se enchia rapidamente, mas ainda havia espaços livres ao meu redor. Fechei os olhos por um instante, fazendo um esforço consciente para afugentar as irritações do dia. Nenhuma delas tinha importância. *Xô* para o agente nojento de Alexa Hanley, que insistia em me chamar de "docinho de coco". *Xô* para o telefonema furioso que eu havia recebido de um agente cobrando um cheque de adiantamento vergonhosamente atrasado. (O livro em questão já havia sido publicado, mas por algum motivo Vivian se recusava a aceitar que o trabalho estava pronto. "Detesto esse livro", era a explicação que ela dava, como se isso a isentasse da obrigação de pagar o autor.) *Xô* para a imagem arrogante de Lulu no elevador.

Quando abri os olhos, uma loura arrumadérrima, dos cabelos às unhas do pés, desenrolava um tapetinho de ioga todo estampado com a logomarca da Louis Vuitton. Levei alguns segundos para reconhecê-la.

Lulu. Até o nome parecia ridiculamente lindo.

Ela havia se acomodado a menos de um metro de onde eu estava. Isso é que era azar. E eu, deveria fazer o quê? Ser simpática outra vez? Não podia simplesmente fingir que não a tinha visto e, além do mais, não queria me rebaixar à infantilidade dela.

— Oi, Lulu — sussurrei.

— Ah, oi — ela disse com frieza. Depois enroscou o tronco para a frente, pondo a testa sobre as pernas estiradas no tapete. Para alguém tão rígida e tensa, alguém que parecia ter engolido uma vassoura, até que ela era bastante flexível.

— Por favor, sentem-se numa posição confortável na parte dianteira do tapete — disse o professor, dando início à aula.

Lulu executava cada postura com a mais absoluta perfeição. Notei que a testa dela brilhava ligeiramente, mas não vi uma única gota de suor.

Eu, por minha vez, grunhia feito Maria Sharapova e suava em bicas sobre o tapetinho. Depois de uns vinte minutos de aula, a cada *Surya Namaskar*, pés e mãos escorregavam como se calçassem patins. Os cabelos estavam encharcados. A camiseta e o short davam a impressão de que haviam sido abandonados no varal durante uma forte tempestade. Terminada a aula, enxuguei a testa com o último pedacinho de camiseta que ainda não estava pingando. Bea ficou impressionada.

Enrolei o tapetinho e fui falar com Lulu, determinada a fazer as pazes de uma vez por todas. Tínhamos passado boa parte da aula alinhando os chacras, talvez ela estivesse um pouco mais receptiva.

— Você é muito boa, Lulu — falei. — Estou impressionada. Faz ioga há muito tempo?

Lulu não disse nada, e por um instante cheguei a pensar que minhas palavras permaneceriam boiando no ar do mesmo modo que haviam boiado no elevador. Mas então ela se dignou a falar, cuspindo as palavras como se as desprezasse tanto quanto a mim:

— A gente não *faz* ioga, Claire, a gente *pratica*. E *nem tudo* na vida é competição, sabia? — Lulu jogou a mochila sobre os ombros e saiu em direção à porta.

Tão gentil.

— Oi, meu bem. Acabei de aterrissar. Acha que pode me encontrar mais ou menos daqui a uma hora? — perguntou Randall. — Lá em casa?

— Claro! — respondi sem hesitar, convencida de que Bea me perdoaria por mais um *forfait*. Fiz as contas: eu poderia voltar ao apartamento (15 minutos), tomar uma ducha (5 minutos), vestir uma roupa (15 minutos, já que era para ver Randall, e isso implicava quatro minutos adicionais para encontrar sutiã e calcinha que fizessem par) e ir direto para o apartamento dele (20 minutos). Já fazia alguns dias que não nos víamos: ele estava fechando um negócio importante em Tóquio, e até os telefonemas eram difíceis. Felizmente eu andava tão ocupada no trabalho que nem tivera tempo para sentir saudade.

— Era o Randall? — perguntou Bea assim que eu desliguei o telefone.

— Era.

— Será que é hoje o dia D?

Eu não havia pensado nessa possibilidade, mas agora que Bea falou... Fazia mais de um mês que Randall e eu vínhamos nos encontrando, pelo menos duas ou três vezes por semana... Eu havia escutado quando, numa conversa telefônica com um colega de trabalho, ele se referiu a mim como "minha namorada"... E eu estava de quatro pelo cara.

— Acho que sim — respondi sorrindo. — Pode muito bem ser hoje o dia D.

CAPÍTULO 7

O AMOR NOS TEMPOS DO CÓLERA

— Claire? — David bateu à porta. Fazia quatro horas, sem interrupção, que eu me debruçava sobre um livro, e minhas costas haviam se petrificado num arco. — Tem uma pessoa na recepção querendo falar com você. O nome dele é Luke.

Luke Mayville? Pedi a David para chamá-lo.

— E Bea está na linha 1. De novo.

Era a terceira vez que ela ligava naquela manhã. Atendi.

— E aí? — ela foi logo perguntando. — Rolou?

— Rolou — respondi. Não estava com vontade de falar sobre o assunto, nem de dissecá-lo. Na verdade, não queria sequer pensar nele. Porque estava ocupada demais e tinha pela frente um dia recheado de reuniões. Também porque, infelizmente, já tinha dado espirros mais longos do que aquilo. Não estava preocupada: Randall e eu precisávamos de tempo, só isso. Que nossa primeira vez tivesse sido meio frustrante não chegava a ser surpresa. A regra era praticamente essa. Ainda assim, não me sentia disposta a reprisar o filme, nem mesmo com Beatrice.

Luke espiou pela porta entreaberta. Vendo que eu falava ao telefone, recuou.

— Posso te ligar mais tarde? — perguntei a Bea. — Tem uma pessoa esperando por mim...

— Claro — ela disse, nitidamente decepcionada por ter de esperar mais um pouco pelo relatório completo da noite anterior. — Ah, só uma coisa: Harry e eu acabamos de reservar nossas passagens para Iowa. Mando nosso itinerário para você por e-mail. Janeiro ainda está longe, eu sei... mas você sabe que Iowa é um dos destinos mais procurados nessa época do ano, não sabe?

— Claro que sei. Iowa e St. Barth. Mamãe vai adorar quando souber que vocês irão. Eu estava pensando em chamar o Randall, mas para janeiro ainda falta uma eternidade...

— Chama sim, vai ser ótimo. Então, não esquece de ligar mais tarde, hein?

Saí pelo corredor à procura de Luke. Ele examinava as prateleiras que continham pelo menos um exemplar de todos os livros publicados pela Grant na última década.

— Puxa, vocês têm ótimos autores! — ele comentou com certa perplexidade, como geralmente fazem as pessoas ao constatar que o catálogo da Grant Books não contém apenas porcaria, pornografia e política. — Olha, posso voltar outra hora se você estiver muito ocupada. Desculpe aparecer assim, sem avisar.

— Bobagem. Você é sempre bem-vindo. — Com Jackson recolhido à boa vida na Virgínia, Luke agora era meu único elo com os Mayville. Eram muito parecidos, os dois, mas não exatamente no aspecto físico. Luke era bem mais baixo que Jackson, que era um varapau de quase dois metros. Além disso, tinha traços mais angulosos e pele mais morena. Mas havia uma grande semelhança na maneira como ambos se portavam.

Não havia como negar. Luke estava um bocado charmoso naquela camiseta desbotada e naquele par de calças cargo: certamente um grande avanço em relação à touca de bebê e à chupeta do outro dia. Hum. Eu tinha de arrumar uma garota ótima para lhe apresentar, desde que ele estivesse solteiro, claro. Agora que havia encontrado Randall, eu queria que todo mundo se apaixonasse também. Quem sabe Mara? Ela vinha numa onda de má sorte ultimamente, e seria ótimo apresentá-la a alguém como Luke.

— Puxa, valeu — ele disse. Depois levantou um pesado maço de papéis sobre a cabeça, à maneira de um halterofilista. As bolsas sob os olhos... a expressão de alívio...

— Isso só pode ser o *magnum opus*! — exclamei. — Então, está pronto?

Luke riu, jogando-se numa das cadeiras da sala e esticando as pernas compridas.

— Bem, mais ou menos. Nem sei dizer ao certo. Mas você vai adorar, caso tenha problemas para dormir.

— É mesmo? — eu disse, rindo. — Por falar em dormir, quando foi a última vez que você pregou os olhos?

— Não se deixe enganar. — Luke esfregou os olhos um pouquinho. — Na verdade estou bem descansado. Mas faço o possível para esconder isso quando visito editores. Nesta cidade, para ser levado a sério como escritor, deve-se ter o *physique du rôle*. Você sabe, né? Rosto pálido, cara de fome, dedos manchados de tinta, bafo de cigarro...

— Claro, claro. Ou então se fantasiar de bebê... — Não consegui evitar um risinho ao me lembrar mais uma vez da cena.

— É verdade — ele retrucou, totalmente sério. — Cara de cadáver ou fantasia de bebê, não tem erro. — Em seguida, sem mais delongas, ele me passou o original. — É um rascunho — explicou. — Ainda precisa de muitos retoques. O final está meio abrupto, a narrativa é lenta e, por mais que eu pense, não consigo encontrar um título adequado. Então, quer dizer... não se preocupe se não tiver tempo de...

— Luke — interrompi, e ele respirou fundo. — Vou adorar lê-lo. Obrigada.

Sempre achei que, ao entregar um original, os autores têm os mesmos sentimentos de uma mãe que deixa o filho na escola pela primeira vez: orgulho, ansiedade, mas também certo receio de que seu rebento seja julgado, ridicularizado ou simplesmente ignorado. Abreviar esse momento de agonia era um dos principais cuidados que eu tinha como editora.

Os sintomas de ansiedade de separação estavam mais do que evidentes no rosto de Luke, então prometi a mim mesma que não deixaria aquele original acumular uma única partícula de poeira. Por mais trabalho que tivesse pela frente, daria um jeito de ler um ou dois capítulos o mais cedo possível. Estava realmente curiosa; Jackson sempre se gabava da inteligência do sobrinho. Depois de abrir a primeira página, passei os olhos por algumas linhas e levantei a cabeça, subitamente me dando conta de que deixaria Luke ainda mais nervoso se continuasse lendo na frente dele.

— Então, acho que já posso festejar — ele declarou, quebrando o breve silêncio. — Quer dizer, por ter conseguido terminar, claro. Só Deus sabe se vou conseguir vender isso aí. A menos que você esteja disposta a fazer uma oferta baseando-se apenas no incontestável brilhantismo da primeira frase...

— Vou pensar no assunto. Mas você devia mesmo festejar. É um passo importante que está dando.

— Que tal então jantar comigo essa noite? Ando meio viciado num excelente restaurantezinho italiano no West Village, chamado Mimi's, ali no...

— Eu adoro o Mimi's! — exclamei, perplexa ao constatar que alguém além de mim pudesse conhecer aquele lugar, um restaurante minúsculo e escondido, mas extremamente charmoso, frequentado sobretudo por famílias. Cliente antiga, eu ali me sentia praticamente em casa. O penne com manteiga e abobrinha era de comer de joelhos, e o nhoque então... de dar água na boca.

— Ótimo. Às oito está bom para você? — perguntou Luke, tomando meu comentário por um sim. Não o corrigi. Afinal, não era como se ele estivesse me convidando para um encontro romântico. Éramos amigos. Ou talvez nem isso ainda... mas tínhamos Jackson em comum. E o mais provável era que ele estivesse querendo adoçar minha boca antes que eu lesse seu livro.

Além do mais, agora que a ideia de jantar no Mimi's havia sido plantada em minha cabeça, o caminho era sem volta. Depois de seis semanas atolada no trabalho, agradecendo a Deus quando tinha a oportunidade de fazer pelo menos uma refeição decente durante o dia, a perspectiva de um banquete no Mimi's era o paraíso. De qualquer modo, Randall ficaria preso no trabalho até altas horas, e eu não precisaria me sentir culpada por estar abrindo mão da companhia dele.

O telefone tocou, e o ramal de Vivian pipocou no identificador de chamadas.

— Desculpe, mas preciso atender — eu disse. — Mimi's, às oito. Combinado.

— A gente se vê então — disse Luke, despedindo-se e saindo da sala.

— Faz três semanas que ela não retorna minhas ligações, Claire! Minha cliente não está entendendo nada! Não consigo fazer com que Vivian nem Graham atendam a porcaria do telefone! — Derek Hillman, um oportunista de Los Angeles que agenciava a diva pornô Mindi Murray, parecia espumar. De modo geral ele era apenas irritadiço e insistente. As coisas começavam a desandar.

O problema em questão: fazia mais de um mês que Mindi havia submetido a proposta para um segundo livro, um apimentado guia para mulheres que queriam curar seus respectivos companheiros do vício em pornografia e trazê-los de volta para a cama, mas por algum motivo, apesar do interesse manifesto de Vivian, além de uma dezena de recados e e-mails, eu não conseguia fazer com que ela se comprometesse com uma oferta. Já dera a Derek todas as desculpas do meu arsenal; não conseguiria driblá-lo por muito mais tempo.

— Bem, Derek — falei —, é que ainda estamos fazendo nossa análise de custo e benefício e...

— Conversa! Já fiz mais de vinte livros com a Vivian, minha filha, e sei que ela não precisa ver porra de análise nenhuma para decidir quanto vai oferecer. Qual é o problema? Ela está no escritório hoje? Olha, já estou quase soltando o Harold nas canelas dela, pode avisá-la. Quem sabe o *Harold* não negocia esse contrato para mim? — Harold Kramer, advogado implacável, capaz de arrancar o suor de um cavalo nos tribunais, ocupava uma das primeiras posições na lista de homens que Vivian mais odiava. Ela não gostaria nem um pouco de vê-lo metido na história, quanto a isso não havia dúvida.

— Espere só mais um pouco, Derek. Até o fim da semana eu consigo arrancar uma resposta de Vivian. Ela está chegando de Los Angeles.

— Vivian está em Los Angeles? Puxa, eu nem fazia ideia! Geralmente sei quando ela está na cidade... um pentagrama se forma no céu, sangue começa a escorrer das paredes... Olhe, meu bem, preciso saber o que está acontecendo até o fim do dia, caso contrário vamos bater em outra porta. Chega.

— Vou fazer o que posso, Derek. Sinto muito, é que...

— Eu sei, eu sei. Muito trabalho, essas coisas. Pode pular essa parte porque já sei de cor. Simplesmente me ligue mais tarde com uma oferta. — Ele bateu o telefone na minha cara.

— E aí, garota, tudo bem? — perguntou Phil, materializando-se à minha porta. Segurava umas vinte pastas entre os braços. — Então, você vem ou não?

— Vou aonde mesmo? — perguntei de volta, subitamente alarmada. Seria possível que eu tivesse esquecido algum compromisso?

— À reunião de vendas, claro. Por acaso você não tem, sei lá, uns dez livros no catálogo da primavera?

Eu podia sentir o sangue pulsando nas orelhas. A reunião de marketing, a única chance que nós, editores, tínhamos para apresentar e promover nossos títulos a toda a equipe de vendas, estava agendada para a semana *seguinte*.

— Acho que você confundiu as datas, Phil — disse, tentando manter a calma. — A reunião é na próxima quarta.

Phil arregalou os olhos. Ficou tão vermelho que parecia ter acabado de sair de uma partida de futebol na neve.

— Ela não teria feito isso... Não posso acreditar... Claire, Lulu mandou um e-mail para todo mundo na segunda, informando que a reunião havia sido antecipada em uma semana. É hoje, vai começar em dez minutos! Todo mundo teve de se virar para terminar as apresentações a tempo! Tem *certeza* de que não recebeu essa mensagem dela?

Com os dedos trêmulos, conferi as mensagens armazenadas no meu Outlook. Não havia recebido nenhum e-mail de Lulu na última semana.

— Você acha possível que Lulu tenha avisado todo mundo menos eu? — perguntei, custando a crer que ela pudesse ser tão má.

— Também não recebi mensagem nenhuma — acrescentou David, surgindo às costas de Phil.

Vaca.

Mas eu não tinha tempo para ficar com raiva. Tampouco para planejar uma vingança.

— Quantos minutos ainda tenho exatamente? — berrei para Phil, mergulhando no arquivo e pegando as pastas de que precisava. Doze livros. Doze livros que eu teria de apresentar ao pessoal do marketing para que eles pudessem determinar a melhor estratégia de divulgação junto a nossos maiores compradores. Minha primeira reunião de vendas na Grant Books, possivelmente a mais importante de todo o calendário, e Lulu havia puxado meu tapete com aquela sabotagem descarada!

O aviso de última hora não era o único motivo que eu tinha para entrar em pânico. O pavor de falar em público era outro: eu ficava nervosa, tropeçava nas palavras. Tinha planejado passar o fim de semana inteiro me preparando para isso, exaustivamente repassando minhas anotações, mas agora...

— Eu me apresento antes de você — disse Phil, ainda perplexo. — Vou falar bem devagar para ganhar tempo. Você ainda tem, sei lá, uns 15 minutos... Mais que isso, francamente, acho que seria abuso.

Olhei para David, meu braço direito, que tentava me ajudar.

— Você fica com as seis de cima — falei, apontando para a pilha de pastas sobre a mesa. — E eu, com as seis de baixo. Três tópicos de exposição para cada livro. Vamos ser bem sucintos e diretos. — David imediatamente se jogou no trabalho. Mudos e lépidos, começamos a fazer nossas anotações, a recolher o material necessário.

— Só mais dois minutos — informou David, olhando para o relógio. — Minha parte já está pronta.

— A minha também. Vou dar uma última olhada no elevador. Vamos!

Como dois atletas, corremos até o elevador. Apertei o botão para o terceiro andar e, durante a descida, corri os olhos pelas fichas que havia preparado.

— Onde fica a sala de reuniões? — perguntei ofegante, olhando para ambos os lados na interseção de dois corredores.

— Para a esquerda — disse David, apontando para uma grande porta de duas folhas a uns dez metros de distância. Corri o mais rápido que pude, entrei na sala e...

— Claire! — exclamou Graham, levantando a cabeça do outro lado de uma enorme mesa de reuniões, apinhada de gente. Toda a equipe editorial da Grant Books, exceto Vivian, que estava em Los Angeles, sentava-se ao longo de um dos lados da mesa. Avistei um lugar vazio ao lado de Phil e olhei atravessado para a afetada Lulu, que fingia a mais absoluta inocência.

Dela eu cuidaria mais tarde. Agora tinha um trabalho a fazer.

— Senhores — disse Graham —, esta é Claire Truman, nossa nova editora. Claire, você chegou bem a tempo de nos contar sobre os doze livros que tem no catálogo da primavera.

Acomodei-me na cadeira e arrumei as fichas à minha frente. Foi então que percebi: não estava nervosa. De algum modo, o pânico dos últimos 15 minutos, a adrenalina que corria em minhas veias e a disparada absurda pelos corredores do prédio haviam curado, como num passe de mágica, minha fobia de falar em público. Assim que comecei a falar sobre o primeiro título, vi que estava mais relaxada, segura e articulada do que jamais havia estado em circunstâncias semelhantes. As anotações de David revelaram-se perfeitas, e fui capaz de responder a todas as perguntas dos representantes de vendas.

Terminada a apresentação, olhei para Lulu, que cruzava os braços sobre o tronco esquelético, os lábios crispados num biquinho rígido. Dava para ver que ela estava furiosa.

— Parabéns, garota, você mandou muito bem — disse Phil, abraçando-me enquanto entrávamos no elevador.

— Graças ao David — eu disse, abrindo espaço entre os demais passageiros. — Lulu, não recebi o e-mail avisando sobre a antecipação da reunião. Você sabe por que meu nome não estava na lista?

— Ah, você não estava na lista? — foi o que ela disse, sem olhar para mim. — Acho que preciso atualizá-la.

— Isso lá é jeito de se desculpar, Lulu? — interveio Phil. — Por acaso você tem consciência do que poderia ter acontecido? Se Claire e David não tivessem demonstrado tanto expediente sob pressão, você poderia ter causado sérios prejuízos a mais de dez livros em nosso catálogo. O que acha que Vivian iria pensar disso?

Lulu virou o rosto rapidamente, o medo estampado nos olhos.

— Não se esqueça de conferir sua lista — eu disse, tão logo saltamos no décimo segundo andar. Voltei para minha sala, disposta a redobrar a atenção dali em diante. Mas a raiva já havia passado por completo. Phil tinha razão: eu havia mandado *realmente* muito bem.

— Claire! — Mimi atravessou correndo o minúsculo salão do restaurante para me dar um abraço. Um prato de cannoli a mais e ela pesaria uns cem quilos. — Olhe só para você! Um saco de ossos, *bella mia*! Por que tanta magreza? — Depois se virou para Luke e beliscou-o com força nas bochechas. Decerto havia doído, mas ele sorriu estoicamente. — Meus dois clientes favoritos, aqui, juntos! Ah, Mimi está tão feliz... — Sorrindo o tempo todo, ela nos conduziu à mesa.

A decoração do lugar não podia ser mais previsível: toalhas de xadrez vermelho, velas derretidas em garrafas de vinho, Sinatra tocando baixinho ao fundo... Mas nenhum outro restaurante em Nova York tinha isto a oferecer: a alegria de ser recebido à porta pela esfuziante Mimi, que imediatamente nos fazia sentir parte da *famiglia*.

Luke sorriu para mim com certa timidez. Usava um paletó em oxford macio, e os cabelos escuros estavam ligeiramente desalinhados.

— Meu namorado adora espaguete à bolonhesa — fui logo dizendo enquanto examinava o cardápio. Claro que isso não tinha nenhum fundo de verdade: Randall jamais tocaria numa bomba calórica dessas, e tampouco era oficialmente meu namorado. Ainda assim, apesar do fracasso venial da noite anterior, eu era louca por ele e de algum modo me sentia na obrigação de divulgar sua existência. A última coisa que me interessava naquele momento era induzir o adorado sobrinho de Jackson a crer que nosso jantar pudesse ter qualquer conotação romântica.

— Então agradeça sua sorte — retrucou Luke, olhando por sobre o cardápio. — Minha namorada é vegetariana de carteirinha, o que significa que sou obrigado a frequentar o Zen Palate muito mais do que gostaria. Faz *pouquíssimo* tempo que consegui me convencer de que um bolinho de glúten de soja é comestível. — Ele pensou um instante e depois disse: — Que nada, ainda não cheguei lá.

Namorada? Por algum motivo eu havia concluído que ele era solteiro. A existência de uma namorada foi uma surpresa... e, para falar a verdade, uma pequena decepção. Luke teria sido perfeito para Mara. Charmoso, inteligente, tinha aquela família adorável, aqueles olhos escuros e sensuais. Além disso, Mara tinha um fraco terrível por belos sorrisos. Paciência. Meus planos de cupido não dariam em nada, mas talvez fosse melhor que Luke também tivesse alguém. Assim não haveria perigo de que ele confundisse as coisas. Totalmente relaxada, refestelei-me na cadeira e tomei um gole de vinho.

— Tenho a impressão de que já conheço você — disse Luke. — Por causa do tio Jack. Ele simplesmente te adora.

— Tenho tantas saudades dele... Você já foi vê-lo na Virgínia? Carie me disse que agora passeia a cavalo todos os dias, e que Jackson anda viciado em hiking. — Tive de reprimir uma risada ao pensar na cena: Jackson era a pessoa menos atlética que eu conhecia. Difícil imaginá-lo desbravando a mata virgem, e ainda por cima de short.

— Sei lá. Acho que, para o tio Jack, fazer hiking significa apenas caminhar sem um par de ombros em que se apoiar...

— Fico pensando em como ele está fazendo para passar os dias sem aquela caneta vermelha dele. Você conhece alguém que gosta de editar mais do que seu tio? Puxa, já vi Jackson rabiscando livros prontos com aquela caneta.

— Eu sei. Certa vez estávamos andando na rua e ele parou para corrigir uma pichação em um ponto de ônibus. Tio Jack pode ter se aposentado, mas aposto que a caneta vermelha tem trabalhado em dobro.

Joguei um fio de azeite sobre o pão recém-assado de Mimi.

— Essa história de aposentadoria — falei — deve ser uma transição estranha. Sabe, parar de ir ao escritório de um dia para o outro... Não consigo me imaginar em outra situação que não seja trabalhando o dia inteiro.

— É mesmo? — disse Luke, sorrindo. — Então você também nasceu para editar?

— Bem, isso talvez seja um exagero. Mas gosto muito do que faço. Foi seu tio quem comprou meu primeiro exemplar do *Manual de estilo de Chicago*. Às vezes ainda escuto a voz dele, dizendo como usar corretamente os pronomes relativos, corrigindo algum errinho de regência...

— E eu achava que a *minha* família sabia como se divertir! — brincou Luke. — Seu pai também é editor?

— Era poeta, e também dava aulas na Universidade de Iowa. Morreu uns cinco anos atrás.

— Sinto muito, Claire. — Ele encheu novamente as taças de vinho, olhou rapidamente para cima e disse: — Espere aí. O primeiro nome dele não é Charles, é?

— Isso mesmo. Charles Truman. Já leu alguma coisa dele?

— Se já li? Eu *adoro* a obra de seu pai! Preguei um dos poemas dele, "Tranquilidade", na parede do meu quarto na faculdade e lá ele ficou até eu me formar. Devo ter lido esse poema mais de umas cem vezes! Caramba, nem acredito que Charles Truman é seu pai!

Como foi bom ouvir isso. A devoção que papai tinha pela poesia dele só não era maior que a que tinha por mamãe e por mim. Que sua obra fosse tão apreciada assim por alguém me deixava radiante.

— Querem saber quais são os especiais do dia? — perguntou nosso garçom. Em seguida recitou a lista de pratos, cada um mais irritantemente saboroso que o outro.

— Talvez fosse mais rápido dizermos o que *não* queremos — brincou Luke, os olhos cintilando. Fizemos nossos pedidos como se tivéssemos passado meses numa ilha deserta e essa fosse nossa primeira refeição depois da volta ao mundo civilizado.

As horas pareciam voar. Falávamos de tudo um pouco, desde nossos autores prediletos (os dele: Faulkner e Hemingway; os meus: Salinger e Kundera) até nossas maiores implicâncias (a dele: comida entre os dentes; a minha: americanos que tentavam falar feito ingleses, dizendo coisas como: "*I knew him* at university, *he was completely* bollocks!").

— Aqui está — disse o garçom com um sorriso simpático, colocando a conta entre nós dois. Ambos nos adiantamos para pegá-la: fui mais rápida, mas Luke fechou a mão na minha, desencadeando em meu corpo um inesperado arrepio.

— Por favor — insisti. — Posso usar o cartão da empresa, afinal você é um autor em potencial e... — Eu detestava a ideia de deixá-lo pagar. Luke era um artista em início de carreira, por assim dizer, e eu já havia presenciado um dos bicos que ele tinha de fazer para fechar o mês.

Mas Luke manteve a mão firme.

— De jeito nenhum, Claire. Você foi gentil o bastante para vir aqui e comemorar comigo, apesar de ser tão ocupada. *E* apesar de muito recentemente ter visto seu autor em potencial de touquinha na cabeça.

Ele sorriu, e mais uma vez percebi o quanto seus olhos brilhavam. Bem, talvez as coisas não dessem certo com a namorada vegetariana... e Mara ainda tivesse alguma chance.

Depois de vencer a batalha da conta, Luke insistiu em me acompanhar até em casa, embora isso lhe custasse um desvio de mais ou menos dez quadras. E, diante da portaria do prédio, despediu-se de mim com um delicado beijinho no rosto.

Escalando a escadaria até o sétimo andar, notei em meus lábios um inusitado sorriso (geralmente eu subia bufando e xingando). Uma vez lá em cima, vesti os pijamas, guardei a quentinha de cannoli que Luke insistira em me dar, mergulhei na cama e comecei a ler o original.

No dia seguinte, exausta porém feliz, bati à porta da sala de Vivian. Trazia comigo uma cópia do original de Luke, recém-saída da máquina. Tinha pedido a David que providenciasse dez cópias logo cedo pela manhã, de modo que pudesse distribuí-las e obter as devidas avaliações o mais cedo possível. O próprio David já estava imerso na leitura de sua cópia.

— Entre — gritou uma voz distante. Abri a porta pesada, senti a lufada de ar gélido (Vivian mantinha sua sala a temperaturas polares) e encontrei minha chefe debruçada sobre cinco ou seis revistas. Ao me aproximar, constatei que eram diferentes números da *Hustler*. — O que você acha desta menina aqui para a capa do *Vem com tudo*? — ela perguntou.

Vem com tudo era um romance obsceno baseado nas aventuras sexuais de uma mulher ao longo de vinte anos, de orgias sexuais em colônias de férias até um rápido affair com uma dona de casa quarentona. Poderia facilmente ser incluído na lista de antônimos para "bom" ou "decente".

— Acho que vai vender melhor se dermos uma apimentada na capa — continuou Vivian, abrindo mais uma fotografia de página dupla e levantando-a para que eu pudesse formular uma opinião.

Mudar a capa desse *Vem com tudo* seria tão eficaz quanto trocar de lugar as espreguiçadeiras do convés do *Titanic*. Para me esquivar de uma resposta, fiz que sim com a cabeça e fingi um acesso de tosse.

— Vivian, queria falar com você sobre um livro que estou muito interessada em comprar — comecei, séria. — Nunca vi nada igual. Passei a noite inteira lendo, sem conseguir largar. É uma narrativa muito inspirada sobre...

— Literário ou comercial? — perguntou Vivian, destampando uma garrafa que parecia repleta de algas. Deu um gole e disse: — Dieta nova. Agora só posso comer couve e cebola crua.

— Hum... literário, mas com temas tão universais que...

— E linhaça. Mas verdade seja dita: quem é que pode gostar de linhaça? Ninguém. A pergunta é se o livro vai vender. — A maioria das perguntas de Vivian tinha o caráter de uma afirmação, de uma ordem. Como se ela não quisesse admitir que estava recorrendo a alguém para obter uma resposta qualquer.

— Vai. Tenho certeza de que...

— Qual é o título?

— Ainda não tem. O autor se chama Luke... na verdade, é sobrinho de Jackson Mayville. Faz pouco tempo que terminou o mestrado pela Colúmbia e...

— Sobrinho de Jackson? — Vivian jogou a cabeça para trás e bufou feito um cavalo selvagem. — Porra, por que você não falou antes? O velho Jackson vai mijar de raiva nos pijamas de aposentado quando souber que vou publicar o livro de um parente dele! Adorei a ideia. Adorei! Pode mandar bala. Quanto você acha que devemos oferecer para liquidar a concorrência?

Como? Tão simples assim? Eu havia ensaiado essa conversa diversas vezes durante a viagem de metrô, mas em nenhuma delas o resultado havia sido esse. Vivian não tinha lido uma linha sequer do manuscrito de Luke; estaria mesmo disposta a tomar uma decisão a partir de um desejo infantil de irritar Jackson?

— Acorda, mulher! — ela cuspiu. — Quanto devemos oferecer?

— Não faço a menor ideia, não falamos de dinheiro ainda. Recebi o original ontem.

— Alguém mais na Mather-Hollinger recebeu esse original?

— Não, mas acho que Luke mandou para um amigo na FSG.

— Nenhum agente na parada?

— Nenhum.

Vivian ficou visivelmente satisfeita.

— Bem, então ofereça cem paus. Vai valer cada centavo, se for para ver Jackson cuspindo marimbondos!

Agradeci a Vivian e voltei para minha sala. Não concordava com os motivos dela, claro, mas queria tanto aquele livro que não seria boba de alimentar uma discussão. Com sorte, Jackson passaria por cima de qualquer provocação devido a meu envolvimento no projeto.

Quinze minutos depois fiz minha oferta, e ela foi aceita sem hesitação. Agora era oficial: eu podia me considerar a editora de Luke Mayville.

CAPÍTULO 8

ELA RUIU*

Ai! Aaaaaaaai!

Eu estava um caco, quase inerte de exaustão depois de 18 horas lidando com autores temperamentais, agentes rabugentos e demandas absurdas. Algumas coisas seriam muito bem-vindas naquele momento: um banho de espuma, montanhas de chocolate, uma massagem *deep tissue* feita pelo renomado terapeuta sueco Hans.

Outras eu poderia ter passado sem, como a pancada que dera com a canela na borda da banheira, dura feito chumbo, quando saí do banho às pressas para atender o telefone que começara a tocar às 2h da manhã.

Dispensando a toalha e deixando uma trilha de água pelo caminho, corri atrás da campainha estridente. Quem poderia ser

---

**She's come undone*: romance de Wally Lamb, publicado no Brasil com o título *Dolores reinventada*. (*N. do T.*)

àquela hora? Tentei não entrar em pânico enquanto pensava nas possibilidades. Randall estava num voo noturno para a Europa, mais uma viagem de negócios. Vivian não poderia ser: obedecendo ao conselho de Phil, eu não havia lhe dado meu número de casa. Somente em caso de emergência mamãe ou Bea me ligariam tão tarde. Pensando nisso, meu coração veio à boca, impedindo que eu visse a gaveta aberta da cômoda e...

AI! AAAAAAAI! Que força cósmica maligna será essa que, não satisfeita com uma única canelada, sempre nos faz bater com a mesma canela outra vez em qualquer coisa pontiaguda num raio de dez metros? Mergulhei na cama desfeita à procura do... Lá estava ele.

— Alô?

— Claire. Vivian. O que você já conseguiu levantar sobre o livro do Sweet D-licious?

Vivian. Meu coração continuou à boca. Como ela teria conseguido aquele número? Ele não constava da lista telefônica; além disso, eu havia mentido para o assistente dela, dizendo que só usava o celular. Chegara a ponto de pedir a Randall que mantivesse meu segredo. Que diabos ela poderia ter feito? E por que estava me ligando às 2h da manhã?

— Claire? Alô? E o livro do Sweet D? Não tenho a noite inteira!

Na verdade eu não havia levantado nada desde que Vivian me passara o projeto alguns dias antes. Diariamente ela despejava tantas ideias sobre minha cabeça que algumas acabavam vazando pelo ralo. E o livro em questão, infelizmente, tivera exatamente este destino: o dos livros negligenciados. Sweet D era a mais cintilante estrela da constelação rap; seu último disco,

Bronx Tail, já havia vendido mais de um milhão de cópias quando ele foi assassinado com dois tiros. Vivian queria publicar um livro com as letras das músicas, sem nenhum corte ou censura. Eu havia ligado para o empresário dele três vezes, mas não recebera nenhum retorno.

Dizer a verdade não seria o melhor caminho, disso eu tinha absoluta consciência. A resposta correta seria: *Bem, Vivian, esperei 24 horas para receber uma posição do empresário; como ele não ligou de volta, fui até o escritório dele e acampei na porta até que finalmente fui recebida. Então convenci o homem de que o passo seguinte na trajetória de Sweet D* tinha *de ser um livro destinado aos fãs, que a Grant Books* tinha *de ser a editora desse livro, e que eles* tinham *de ceder os direitos a preço de banana.*

— Sinto muito, não consegui muita coisa ainda — foi o que disse afinal, com um frio no estômago. Conseguira passar quatro meses inteiros sem provocar a ira de Vivian (o que, segundo Phil, era um recorde na empresa), mas agora estava certa de que minha onda de sorte havia chegado ao fim. — Amanhã bem cedo trabalho nisso.

Silêncio do outro lado da linha. Fiquei imaginando o pavio que se queimava em direção à bomba.

— Tudo bem — disse Vivian por fim.

Tudo bem? Só isso? Nenhum desaforo, nenhum chilique? Respirei aliviada.

— Então, como vão as coisas com Randall? — ela perguntou. Senti um calafrio e me embrulhei nos lençóis. — O pai dele era um bosta na cama. Eu achava que tinha tirado a sorte grande, mas o pau do infeliz era do tamanho de uma espinha. Mas era melhor do que nada. Melhor que essa seca que estou passando agora. Sabe qual foi a última vez que dei uma trepada?

Na verdade eu sabia, sim. Na semana anterior, durante uma reunião, Vivian nos dera uma descrição bastante detalhada do encontro que tivera com um mensageiro bonitinho do Beverly Hills Hotel. O rapaz tinha uma Vespa e depilava o peitoral.

— Geralmente — ela havia confidenciado para vinte de seus mais íntimos e queridos funcionários —, os caras mais jovens não têm a menor ideia de como satisfazer uma mulher. Você, por exemplo, Harry. Aposto que nem sabe onde ficam as coisas. Mas o carinha da Vespa era uma exceção. — Harry, um dos assistentes do departamento de arte, tinha ficado mais vermelho que uma cereja. Pediria demissão no dia seguinte.

— Estou com tanto tesão acumulado — continuou Vivian, enquanto eu me acomodava no sofá, fazendo um esforço mental para me distanciar daquela conversa — que agorinha mesmo tive de procurar um pouco de diversão no braço da poltrona. Meu filho entrou no quarto e berrou: "Mãããe!" A graça foi toda embora, claro. Paciência. Pelo menos ele vai ter alguma coisa para contar ao psiquiatra.

Algo me dizia que aquele garoto teria muito mais a contar ao psiquiatra.

— Você nunca me ligou em casa antes, Vivian — falei, apertando as pálpebras para enxergar as horas no relógio do criado-mudo. — Como foi que conseguiu o número? Estou sempre na rua, por isso não deixei meu número de casa no escritório.

— Ah, Lulu me deu — ela disse, como quem não queria nada.

Nem sei por que me dei ao trabalho de perguntar. Aquilo só poderia ter sido obra de Lulu. Como ela havia conseguido meu número, difícil saber. Deitei a cabeça no travesseiro e bravamente continuei lutando contra o sono enquanto ouvia o falatório de Vivian, que agora dava todos os detalhes de como havia perdido a virgindade.

Alcancei a agenda e, na interminável lista de tarefas para o dia seguinte, escrevi: "mudar o telefone de casa".

E, ao cabo de cinco meses na Grant Books, minha hora chegou.

Eu havia decidido trabalhar até mais tarde na sexta-feira, de modo que pudesse dar uma olhada nos dez livros que havia herdado de um colega, o mais recente a jogar a toalha.

Ao longo dos últimos cinco meses, começara a me sentir bem mais próxima do resto da equipe — fosse trocando caretas no corredor diante da porta de Lulu, sorrisos de apoio nas reuniões editoriais ou e-mails de solidariedade quando éramos assolados por uma nova enxurrada de trabalho —, mas nossas despedidas eram essencialmente frias. Na P&P, sempre nos reuníamos para um drinque quando um colega ia embora. Se fizéssemos isso na Grant, já seríamos um bando de alcoólatras.

O único ritual na Grant era a entrega das pastas. Na sequência de cada demissão, uma enorme pilha de documentos e pastas era despejada sobre minha mesa. E essa pilha só fazia crescer a cada semana, deixando-me cada vez mais aflita.

Os novos autores já estavam bastante calejados quando chegavam às minhas mãos. A maioria já havia passado por três ou quatro editores antes de mim. Quando liguei para me apresentar, um deles havia dito, sem nenhum pudor, que me desejava vida longa na Grant, pelo menos mais longa que a de meu antecessor. Sempre que um autor ou agente me dizia isso, eu falava que eles não deviam se preocupar, que eu teria, sim, uma carreira longa na Grant Books. E, por mais que fingissem acreditar, eles davam a entender que já tinham ouvido aquilo antes.

Na noite de sexta-feira, depois de uma semana de caos absoluto, o décimo segundo andar estava tão silencioso quanto um túmulo. Vivian tinha ido para Los Angeles, e o resto da equipe aproveitara a ausência dela para antecipar o merecidíssimo descanso do fim de semana.

Eu também tinha planos para aquele fim de semana de inverno. Combinara com Randall de dar uma escapulida até Long Island e passar a noite com Bea e Harry em Montauk. Mal podia esperar. Seria ótimo sair da cidade, especialmente agora que a possibilidade de viajar durante as festas de fim de ano parecia cada vez mais irrealizável. Era tanto trabalho acumulado para dezembro, incluindo um livro a ser revisado durante o fim de semana do Natal, que mamãe generosamente havia se oferecido para passar uns dias comigo em Nova York. Não era bem o que eu queria, claro, mas pelo menos estaríamos juntas no Natal.

Com sorte, Randall encontraria um tempinho para conhecê-la durante a visita, assim como fizera para passarmos o fim de semana com Beatrice e Harry. Nossa carga de trabalho era tão grande que mal tínhamos tempo para nos ver durante a semana, e muito menos para sairmos juntos com nossos amigos. Aliás, depois de seis meses de namoro, era estranho que eu ainda não tivesse conhecido nenhum dos amigos dele, exceto um colega da

Goldman que havíamos encontrado na rua: um sujeito mais ou menos da mesma idade de Randall, que praticamente havia se ajoelhado aos pés do meu namorado. Fora esse, nenhum outro.

Meu namorado. Aquilo ainda parecia um sonho. Randall revelava-se o companheiro perfeito que eu sempre havia imaginado. Não podia ser mais gentil: sempre me levando para jantar nos melhores restaurantes da cidade, telefonando para saber como havia sido meu dia, mandando flores para o escritório. E eu havia agido corretamente ao não dar muita importância a nossos tropeços iniciais na cama... bastaram algumas semanas para que as coisas entrassem nos eixos nesse departamento também.

Perdida nesses pensamentos, quase morri de susto quando o telefone tocou na sala de Dawn Jeffers, à esquerda da minha. Em seguida, tocou na sala de Lulu, do outro lado do corredor. Olhei as horas no relógio do computador: quase 23h30. Já?

O telefone tocou na minha sala. Infelizmente, atendi.

— Onde foi que se meteu todo mundo? — rugiu Vivian do outro lado da linha. Estava uma fera. — Eu dou as costas e as pessoas saem fora como se estivessem de férias, é isso? Estou de pé desde as 5h da manhã e ainda tenho três reuniões agendadas para logo mais. Por que diabos tenho de trabalhar mais do que toda a minha equipe junta? E você, o que andou fazendo a semana inteira? Não ouvi uma palavra sua! O que é que fica fazendo neste escritório o dia todo?

Fiquei chocada. A caneta se congelou no ar a poucos centímetros do bloco de anotações. Seria possível que Vivian não tivesse levado em conta a diferença de fuso entre as duas costas? Que pensasse estar falando com outra pessoa? Eu já a tinha visto soltar os cachorros em cima de quase todos os meus colegas, mas até então havia sido agraciada com relativa imunidade. Não que ela me tivesse coberto de elogios ao longo dos últimos cinco meses, mas também não havia me desancado daquela forma. Eu não esperava que minha sorte terminasse justo no dia em que ela havia me encontrado trabalhando até tarde numa sexta-feira.

Respirei fundo e arrisquei:

— B-bem, tenho dado uma acelerada em alguns livros que recebi essa semana.

Vivian era capaz de farejar o medo através do telefone. Disparou:

— *Não* me interrompa quando estou falando! De qualquer modo, o que significa isso, "dar uma acelerada"? — ela perguntou, repetindo com uma vozinha estridente o que eu acabara de dizer. — Você lê o que está na pasta e conversa com o autor, só isso! Não estamos falando de física quântica! Nada que tome tanto tempo assim! Ah, fiquei sabendo de outro título que você quer comprar, mais uma dessas obras-primas da literatura. Estou de saco cheio desse tipo de projeto, Claire. Um ou outro romance de vez em quando, *vá lá*. Mas esses livros não dão lucro, porra! Chega! Não quero mais saber dessa história! Jackson Mayville adora essas porcarias metidas a besta que dez pessoas leem, mas eu não! Vivian Grant não brinca em serviço, Claire, e você vai ter de descer desse pedestal acadêmico se quiser sobreviver em minha equipe. Será que sou a única que *entende* isso, meu Deus? A única que tem um mínimo de *talento*? Vocês são todos uns elitistas, uns merdinhas de nariz empinado só porque frequentaram uma boa universidade... Vocês são tão... tão fracos que me dão vontade de vomitar!

Eu mal conseguia respirar. Tinha a sensação de que acabara de levar um soco no estômago. Não era possível que Vivian estivesse dizendo aquelas coisas todas para mim. Sobretudo quando sabia que eu tinha feito das tripas coração para provar meu valor como editora; que havia trabalhado quase todos os fins de semana desde o início; que havia assumido 25 livros sem uma única palavrinha de reclamação, embora isso tomasse quase todo o tempo que eu tinha para meus próprios projetos.

— Quantos anos você tem? Vinte e seis? — ela continuou, veneno gotejando do telefone que eu agora apertava com todas as forças. — Uma *criança*! Mal saiu das fraldas! Nem sei onde estava com a cabeça quando contratei você. Mas agora preciso desligar. Tenho de *trabalhar*, Claire, não posso passar a noite inteira no telefone com você.

Clique.

Deixei a cabeça desabar entre as mãos. Ainda não conseguia respirar direito, e, durante alguns minutos, o silêncio do escritório foi quebrado com minhas tentativas de sorver um pouco de ar.

A parte lógica do meu cérebro já vinha esperando que um dia, assim como todos os meus colegas de trabalho, eu fosse parar do outro lado da fúria de Vivian. Mas uma ilhota delirante desse mesmo cérebro acalentava a esperança ridícula de que talvez eu fosse a exceção, a melhor aluna, a queridinha da chefe.

Arrasada, juntei minhas coisas e saí da sala deixando algumas pastas espalhadas sobre a mesa. Para alguém que tanto dependia da aprovação alheia, já era de esperar que uma experiência dessas (isto é, ouvir da boca da própria chefe que em última análise eu *não prestava para nada*) fosse um golpe violento.

Ninguém havia gritado comigo antes, pelo menos não daquele jeito.

A lua-de-mel oficialmente chegara ao fim.

— Meu amor, não pode ter sido tão ruim assim — cantarolou Randall, mexendo os gelos no copo de uísque. Sabendo que Bea já tinha ido para Long Island, eu havia recorrido a ele para chorar as mágoas, algo inédito em nossa história até então. Randall, por sua vez, concordara em me encontrar para um drinque rápido no Hudson Bar & Books, antes que tivesse de voltar para o banco. — O mais provável é que ela tenha tido um dia ruim e estivesse precisando de um bode expiatório. Acontece a toda hora no mundo dos negócios. Quando ainda era um iniciante na empresa, eu ouvia uma espinafrada dessas quase todos os dias. Se tivesse levado para o lado pessoal todas as vezes que um diretor gritou comigo sem motivo... eu não teria durado nem três dias naquele lugar. — Ele riu ao se dar conta disso.

Verdade. Eu estava sendo infantil, precisava amadurecer profissionalmente. E daí que minha chefe tivesse gritado comigo? Milhões de pessoas passavam pelo mesmo problema dia após dia. Eu deveria ser capaz de reagir melhor. Ainda não estava acostumada, só isso. Passara a vida inteira protegida. Mimada. "Faça o melhor que puder", meus pais diziam, "e teremos muito orgulho de você." O que valia era o esforço. Jackson trabalhava seguindo os mesmos princípios. Mas eu sabia que, embora tivessem a melhor das intenções, eles haviam me transformado numa bobona, numa manteiga derretida.

No entanto eu havia assumido um nível muito maior de responsabilidades e precisava aprender a continuar remando com um braço enquanto tirava água da canoa com o outro. Randall estava coberto de razão.

Àquela altura, depois da segunda taça de vinho, eu já me sentia bem melhor do que antes. As lágrimas haviam secado, dando lugar a um cansaço tranquilo. Ainda assim, uma nuvem preta pairava não muito distante, vestígio do ataque de Vivian, algo que um barril inteiro de chardonnay não conseguiria dissipar.

E se ela, em vista do meu despreparo, decidisse me mandar embora? Eu ainda não me sentia pronta para admitir semelhante insegurança a meu namorado super-homem, mas as demissões eram coisa de rotina na Grant. Não seria nenhuma surpresa se eu me visse no olho da rua a qualquer momento, implorando para ser readmitida na P&P depois de apenas alguns meses de ausência. A humilhação seria demais! Se eu era capaz de despertar a ira de Vivian mesmo fazendo hora extra numa noite de sexta-feira, quem poderia dizer quanto tempo ainda faltaria até que um grampeador fosse arremessado em minha direção ou que um bilhete azul fosse deixado em minha mesa? Vivian dispensava funcionários com a mesma displicência e assiduidade com que o resto das pessoas joga fora o lixo de casa.

Acenei para a garçonete e pedi mais uma taça de vinho. As esperanças que eu nutria cinco meses antes (mostrar meu potencial como editora na Grant, publicar ótimos livros, dar um belo impulso à minha carreira) agora pareciam delírios. A quem eu estava enganando? Realmente *era* uma criança e, embora estivesse suando para fazer um bom trabalho, talvez ainda não contasse com a experiência necessária para assumir tantos projetos.

— Detesto ver você assim tristinha, Claire-bear — disse Randall, usando o apelido recentemente inventado. Acarinhando-me nos ombros, emendou: — Talvez esse sofrimento todo não valha a pena. Talvez seja melhor...

— De jeito nenhum — intervim. Por mais abalada que estivesse, eu sabia que não podia desistir. Tinha jurado que ficaria naquele emprego durante um ano, não estava disposta a desistir logo na primeira surra. — Vou provar que ela está errada — resmunguei, mais para mim mesma do que para Randall. Teria de me esforçar mais, só isso. Tomei um enorme gole de vinho.

— Claro que vai, meu amor — disse Randall, encorajando-me. — Você é uma estrela, e Vivian tem muita sorte de contar com você. Aliás, ela sabe disso. Simplesmente teve um dia ruim, e por azar você estava na linha de fogo dela. Tenho certeza de que isso vai passar, Claire-bear.

— Obrigada, Randall — eu disse, beijando-o no rosto. — Já estou bem melhor. — Ele havia feito um ótimo trabalho na condição de substituto de Bea.

— Ótimo. — Ele beijou meu nariz. — Detesto ver você nesse estado. Adoraria não ter de voltar para o escritório agora — ele conferiu as horas no relógio —, mas se não preparar esse relatório hoje, vou ter de fazer isso amanhã.

— Não se preocupe comigo, estou bem. — Na verdade, não queria nem um pouco voltar sozinha para casa. Não queria ouvir meus próprios pensamentos naquela noite... e muito menos os ecos da carraspana de Vivian. Poderia ir para o apartamento de

Randall e esperá-lo por lá, mas não sabia a que horas ele chegaria e não me sentia à vontade na companhia de Svetlana.

Randall foi até o balcão para pagar a conta. Bebi mais um pouco, observando a linda bartender que azarava meu namorado enquanto ele esperava. Estranhamente não cheguei a ficar irritada: sabia que Randall era um sujeito correto e confiável, jamais o tinha visto espichando os olhos para outra mulher. Nesse departamento ele não havia puxado ao pai em nada. Além disso, eu não poderia culpar a bartender. Embrulhado num terno de corte perfeito e numa gravata Hermès, Randall, como sempre, estava um arraso.

Bem, pensei com meus botões, *é possível que eu tenha me dado mal no trabalho, mas pelo menos encontrei o cara perfeito.*

Ele voltou à mesa e pousou a mão em meus ombros.

— Eu te busco amanhã às 15h, certo? Ah, já ia me esquecendo. Meus pais, muito inesperadamente, vão passar o fim de semana em Southampton. Acho que vão se encontrar com o engenheiro que vai construir mais um chalé de hóspedes na propriedade deles. Bem, pensei que podíamos dar uma passadinha por lá, coisa rápida, a caminho de Montauk. O que você acha? Se chegarmos às seis, somente para um drinque, ainda teremos tempo de sobra para jantar com Bea e Harry.

— Seus pais? Acho ótimo — respondi, levantando-me para um beijo de despedida. *Além de perfeito, o cara está louco para me apresentar aos pais. É, a vida podia ser bem pior.*

CAPÍTULO 9

COMENDO OS RICOS*

— Claro que quero apresentar você a meus pais. A não ser que você...

— Não, não, também quero conhecê-los, mas é que...

Randall pousou o dedo em meus lábios. Vínhamos tendo a mesma conversa havia duas horas, desde que havíamos deixado a cidade. Sim, na noite anterior eu havia concordado em tomar alguns drinques com Lucille e Randall Cox II antes de nosso jantar em Montauk com Bea e Harry. E é claro que era essa a minha vontade. Mas eu estava um pouco nervosa. E se eles achassem que eu não era a namorada adequada para o filho deles? Um golpe fulminante no ego por fim de semana era tudo que eu podia aguentar; e graças a Vivian, minha cota já havia sido preenchida na véspera.

***Eat the rich*: livro do economista norte-americano P. J. O'Rourke. (*N. do T.*)

— Você está se preocupando à toa. Minha mãe está absolutamente eufórica porque estou namorando a filha de Patricia Truman — insistiu Randall. — Pode acreditar: para ela, é um grande sonho que está se realizando. — Do banco do motorista, ele me abraçou com um dos braços e puxou minha cabeça até deitá-la desajeitadamente sobre seu ombro musculoso. Durante alguns minutos fiquei paralisada naquela posição desconfortável, até que ele atropelou um buraco na estrada e nossos ossos, têmpora contra escápula, se chocaram. Aproveitei para endireitar o corpo.

— Chegamos! — ele anunciou alguns minutos depois, apertando meu joelho.

Chegamos? Achei que estivéssemos passando por uma estradinha tranquila, emoldurada por carvalhos enormes, mas então me dei conta de que na verdade seguíamos pela longa aleia privada que dava acesso à propriedade dos Cox. Randall estacionou o Porsche e eu desci, absorvendo a paisagem a meu redor: a casa de telhas de madeira, projetada por Stanford White; os gramados a perder de vista; as quadras de tênis perfeitamente cuidadas; o sol se pondo sobre a água logo atrás da casa. Eu havia aterrissado nas páginas de *O grande Gatsby.* E Randall, alongando-se feito um atleta, repuxando a camisa polo até revelar uma amostra da barriga tanquinho, encaixava-se perfeitamente no cenário.

— Fizemos uma ótima viagem — ele disse, carinhosamente alisando o capô do carro.

Assim que entramos no enorme foyer de mármore, pude ouvir o contraponto que a trovejante risada de um barítono fazia aos risinhos floreados de um soprano. Puxando-me pela mão, Randall conduziu-me na direção das risadas e do tilintar dos copos de cristal.

— Queridos! — Lucille Cox correu ao nosso encontro assim que entramos na sala de estar, apertando-nos num forte abraço e plantando beijinhos ligeiramente úmidos em minhas bochechas. Era a mulher mais magra e bronzeada que eu já tinha visto, impecavelmente vestida, um coque de cabelos descoloridos no alto da cabeça. — Randall, meu querido! E você só pode ser a Claire. Queríamos muito conhecê-la. Randall só diz maravilhas a seu respeito. — Imediatamente fiquei mais relaxada: Randall tinha dito maravilhas a meu respeito.

O pai, que ainda não havia tido a oportunidade de encaixar uma única palavra na conversa, deu um passo à frente e apertou minha mão. Logo vi de quem Randall havia herdado tanta beleza. Já na casa dos sessenta, Randall Cox II ainda era um homem bonito. Exibia certa papada no queixo, além de alguns tufos de pelo nas narinas, mas o rosto havia conservado o projeto original.

— É um prazer tê-la conosco, Claire — ele declarou com sua voz retumbante. — Bem, vamos ao que interessa: o que você quer beber?

Depois de duas vodcas com tônica terrivelmente fortes, havíamos formado um quarteto de gargalhadas. Olhando para aquelas pessoas, pensei: *Esta é uma família à qual posso muito bem me acostumar*. O Sr. Cox serviu-me outra dose de tônica, e Lucille ofereceu-me outro Dunhill. Era um alívio encontrar pessoas que se recusavam a abrir mão de seus vícios.

Meu estômago roncou baixinho (eu havia comido pouquíssimo ao longo do dia, os nervos perturbados com o esculacho de Vivian e o iminente encontro com os sogros), e como num passe de mágica uma empregada primorosamente uniformizada se materializou com uma bandeja de aperitivos. Aliviada, pesquei um pedaço de melão embrulhado em prosciutto. Se não colocasse algo no estômago, acho que não chegaria viva ao jantar. O pai de Randall não economizava na vodca.

— Não, obrigada, Carlotta — disse Lucille, sem olhar para a bandeja.

— Obrigado — ecoou Randall.

A empregada alojou a bandeja entre mim e o Sr. Cox, que logo devorou algumas tortinhas de caranguejo.

— Hum, isto aqui está uma delícia — eu disse, servindo-me pela segunda vez.

— Está mesmo — concordou o Sr. Cox. — Experimente os folhados de salmão.

— *Como* você faz para manter esse corpinho tão lindo? — perguntou Lucille, um sorriso rígido nos lábios, enquanto eu pegava um folhado da reluzente bandeja de prata.

— Mãããe... — sussurrou Randall em tom de advertência.

Abandonei o folhado no guardanapo, subitamente convencida de que precisava de uma focinheira. Agora eu entendia por que Randall mastigava sua comida cem vezes antes de engolir.

— Claire, eu tinha verdadeira adoração por sua mãe quando éramos colegas de faculdade — comentou Lucille, pousando os dedos esqueléticos em meu braço. Randall e o pai haviam encetado uma conversa sobre investimentos; cruzavam as pernas da mesma maneira, revelando meias de caxemira idênticas que combinavam com os sapatos Gucci. Lucille virou o corpo franzino em minha direção.

— Ah, obrigada — falei. — Ela também dizia que...

— Éramos como irmãs em Vassar! Dividíamos quase tudo: escova de cabelo, anotações, roupas, até *namoradinhos* de vez em quando. — Lucille cacarejou uma risada ao se lembrar de suas histórias. — Sabe, nunca tive nenhuma amiga tão próxima na vida, nem antes nem depois de minha adorada Tish-Tish. Sua mãe era sem igual.

Tish-Tish? Eu nunca tinha ouvido alguém se referir a mamãe por *esse* execrável apelido. Era triste que amigas tão unidas se afastassem de tal modo com o tempo. Pensei em Beatrice. Nos últimos meses eu havia me preocupado tanto com o trabalho e meu novo relacionamento que nossas conversas haviam se reduzido a meros "sinais de vida" de dois ou três minutos. Seria possível que *nossas* vidas tomassem rumos tão diametralmente opostos quanto haviam tomado as de mamãe e de Lucille? Eu nunca havia pensado nessa possibilidade antes, uma possibilidade nada agradável. A julgar pelas histórias de Lucille, ela e mamãe haviam sido amigas inseparáveis, mas não se viam havia mais de uma década.

— Sinto tantas saudades de sua mãe, minha filha, você nem imagina — continuou Lucille, carregando na dramaticidade e esboçando um discreto franzido na testa miúda; se sua devoção ao Botox fosse um pouquinho menor, suponho que até daria para ver ali um esgar de tristeza. — É uma lástima, Claire, a vida que sua mãe escolheu para si. Tenho muita pena dela, sabe? Queria *tanto* convencê-la a se mudar para algum lugar mais próximo de Nova York...

A vida que mamãe havia escolhido? Como assim? Até onde eu sabia, ela vivia numa linda casa de fazenda, num maravilhoso pedaço de terra, na companhia de amigos que a adoravam e que haviam conhecido e adorado papai da mesma forma. Seu trabalho nunca havia sido tão bom, e para sua grande alegria ela havia começado a vender para pequenas galerias em diversos pontos do país.

— Na verdade, acho que mamãe está bem feliz com a vida dela — corrigi Lucille.

— Ah, eu sei que ela *diz* que está feliz, meu amor, mas... cá entre nós, como é que ela pode estar feliz naquela roça? Isolada da cultura, impedida de viajar, forçada até a vender alguns dos trabalhos dela... Se ao menos seu pai tivesse... bem, não é de bom-tom falar mal dos mortos.

Senti o sangue fervilhar no rosto. Lancei um olhar furibundo na direção de Randall, mas, ainda absorto na conversa com o pai, ele não estava em condições de me acudir. Que objetivo poderia ter aquela mulher? Fazer com que eu perdesse as estribeiras vinte minutos depois de conhecê-la? Se fosse esse o caso, ela havia escolhido as armas certas: comentários condescendentes sobre minha mãe, seguidos de uma insinuação ultrajante sobre meu pai.

Fique fria, Claire. Respirei fundo.

— Mamãe está mesmo feliz, Sra. Cox — repeti com firmeza. — Iowa City não é exatamente uma metrópole, mas a senhora ficaria surpresa com a riqueza cultural da cidade. Além disso, mamãe está felicíssima com o crescente interesse nas pinturas dela. Tenho certeza de que isso a satisfaz em muitos aspectos, inclusive o financeiro.

— Sei — retrucou Lucille, nem um pouco convencida. — Bem, espero que você esteja certa.

Mamãe gostava dessa mulher? Elas haviam sido amigas?

— Também conheço Vivian Grant, você sabe — continuou Lucille, acenando para que Carlotta trouxesse mais aperitivos. Vi o Sr. Cox levantar os olhos num átimo ao ouvir o nome de Vivian, mas Lucille não notou. — Uma mulher *terrível.* Sempre foi tão *ambiciosa.* Olha, até respeito o que ela alcançou profissionalmente... Mas e os outros departamentos da vida? É importante manter um equilíbrio entre as demandas do trabalho e as de casa, você não acha?

Lucille tinha razão: Vivian era mesmo terrível. E depois da surra da noite anterior, eu estava particularmente disposta a ouvir qualquer crítica a respeito dela, fosse o que fosse. Tomei mais um gole de vodca e sacudi a cabeça com veemência, em sinal de total concordância.

Oh-oh. A sala continuou a sacudir depois que a cabeça parou.

Lucille sorriu com simpatia, como se eu tivesse ultrapassado algum obstáculo invisível.

— Fico feliz que você pense assim, Claire. Especialmente porque sei que meu filho está realmente encantado. Talvez eu não devesse lhe dizer isso, mas a última namorada dele, Coral — ela fez uma careta que deixava bastante evidente a opinião que tinha sobre a tal de Coral —, era *tão* centrada na carreira... Na verdade, não falava de outra coisa. Não que seja errado uma mulher querer essas coisas, só que... pensando egoisticamente como mãe, eu gostaria de ver meu Randall ao lado de alguém... de alguém menos dedicada às suas ambições.

O quê? Eu não era dedicada o bastante às minhas ambições?

— Na verdade, Sra. Cox, eu trabalho muito...

— Claro que trabalha, meu amor. Não foi isso que eu quis dizer, que você não leva seu trabalho a sério. Vamos esquecer esse assunto, está bem?

Pelo menos o *timing* dela era bom: depois de três doses fortíssimas de vodca, eu não teria dificuldade nenhuma para esquecer qualquer assunto.

— E também tinha aquela história toda com os pais de Coral — insistiu Lucille, aparentemente obcecada pela ex de Randall. — Como posso dizer isso sem ser indelicada? Não tem jeito. Ela nasceu num trailer, Claire. Literalmente num trailer, desses que ficam num estacionamento. Talvez você ache que estou exagerando, mas juro que *não* estou. — Lucille balançou a cabeça como se ainda tivesse dificuldade para digerir o fato. — Tudo bem, a garota não tem culpa de nada, eu sei. Além disso subiu na vida: cursou direito em Yale e tudo mais. Mas o pai de Randall e eu achamos que isso tornaria as coisas tão mais *difíceis*, você sabe, essa diferença de origens. O que aconteceria quando nosso filho fosse se associar ao Bath and Tennis, ou ao Shinnecock? Eu sei, tudo isso é *terrível*, mas alguns dos nossos melhores clubes são muito exigentes, mesmo se você for um Cox. E por que dificultar a vida assim, sem necessidade nenhuma?

Eu não estava em condições de responder à pergunta, pois a sala, inteiramente decorada em chintz cor de pêssego, subitamente estava me deixando tonta.

— Randall — eu disse relativamente alto, interrompendo a conversa dele —, precisamos ficar de olho na hora. Bea e Harry estão nos esperando às oito. — Ele simplesmente sorriu, fez que sim com a cabeça e retomou o que dizia ao pai.

E Lucille também prosseguiu em sua ladainha.

— Sei que deveria ser um pouco mais reservada quanto a isso, minha querida — ela disse em voz baixa, porém não tão baixa a ponto de impedir que os homens ouvissem —, mas você é *exatamente* o tipo de nora com que sempre sonhamos. Como disse antes, eu adorava sua mãe. Sempre tão elegante, refinada e linda...

Patricia poderia ter tido o marido que quisesse, você sabe. Ora, não era segredo nenhum que Harrison Westville III, herdeiro do império Westville, era louquinho por ela.

— O que as mocinhas estão cochichando aí, hein? — interveio Randall afinal. — Mãe?

— Ah, coisas de mulher, meu filho — respondeu Lucille, rindo. — Vocês não podem mesmo ficar para o jantar? A cozinheira fez aquela famosa receita de frango da Cornualha, e além disso adoraríamos passar mais tempo com vocês!

— O que você acha, Claire? — ele perguntou. — Será que Bea e Harry vão se importar se passarmos a noite aqui e os encontrarmos para o brunch amanhã?

O quê?! A sala finalmente meteu os pés no freio e parou de girar. Bea e Harry haviam passado a tarde inteira correndo atrás dos ingredientes para o jantar daquela noite, preparando-se para nossa visita. Seria um absurdo cancelar na última hora! Mesmo com a cabeça ligeiramente embotada de vodca, disso eu tinha absoluta certeza.

— Eu também adoraria ficar, Sra. Cox — falei depois de um instante —, mas acho que nossos amigos vão ficar chateados. Estão loucos para passar mais tempo com Randall e já tinham planejado esse jantar há algum tempo.

— Claro. É uma pena, mas nós entendemos — disse Lucille. — Talvez em outra oportunidade. Espero voltar a vê-la muito em breve, Claire. E sua mãe também! Não deixe de avisar quando ela estiver na cidade, ouviu bem? Será um enorme prazer revê-la depois de tanto tempo. — Todos nos levantamos e nos despedimos com os beijinhos de praxe. Precisei fazer um esforço extra para me manter na vertical.

Enquanto Randall me ajudava a entrar no Porsche, acenei para os pais dele, tentando esconder a tromba.

— Nem acredito que você fez uma coisa dessas! — disparei assim que ele fechou a porta.

— Fiz o quê?

— Tentou dar o cano em Bea e Harry! Deixou que *eu* tivesse de dizer a sua mãe que não podíamos ficar para o jantar!

Randall mantinha os olhos grudados na estrada à sua frente. Por um minuto seguimos calados pelo caminho sinuoso, a lua despontando no horizonte.

— Desculpe, meu amor. Não parei para pensar, só isso — ele disse por fim, beijando minha mão.

Mas por algum motivo, provavelmente a vodca, a capitulação previsível de Randall serviu apenas para atiçar o fogo.

— E que história é essa de sua mãe não gostar da sua ex-namorada só porque ela... porque ela não tinha sangue azul? Ou porque era dedicada demais ao trabalho? Isso é pobreza de espírito, Randall, e essas mesmas coisas poderiam ser ditas a meu respeito também!

— Mamãe não deveria ter dito isso sobre Coral. Aliás, não deveria ter dito *nada* sobre Coral! — Randall parecia genuinamente irritado. Levou um tempo para se recompor. — Por outro lado, sua história não tem nada a ver com a dela. Sua mãe vem de uma família tradicional de Boston, e seu pai era um acadêmico de respeito. Nada a ver com uma família que morava num trailer, concorda?

— Não é isso que me incomoda, Randall! — devolvi furiosa, ligeiramente arrastando a língua. Era a pretensa superioridade de Lucille que me irritava. Por que ele não entendia isso? E mais:

Randall havia falado como se já tivesse refletido sobre minha "adequabilidade" como futura esposa. E o problema da carreira? — Você sabe que meu trabalho é muito importante para mim, não sabe? — perguntei, virando-me no banco para encará-lo.

Ele olhou de relance para mim.

— Claire, tem uma garrafa de água mineral no banco de trás. Por que não bebe um pouco? Acho que exageraram na sua vodca.

— Você sabe que prezo *muito* o meu emprego, não sabe? — repeti. Tinha consciência de que estava falando em tom de briga, mas não conseguia me conter.

— Claro que sei, Claire. Caramba! Francamente, não sei o que está pegando! Caso não se lembre, fui eu quem ajudou você a *encontrar* esse emprego que você tanto preza. Vai, bebe um pouco de água. Está se comportando como uma criança.

As palavras dele tiveram o efeito de um tapa. *Criança*. Primeiro minha chefe, e agora meu namorado.

— Olha — continuou Randall, agora bem mais calmo, a mão pousada em meu joelho. — Desculpe. Sinto muito que mamãe tenha aborrecido você. Às vezes fala sem pensar, mas não o faz por mal. Claro que não devia ter falado aquelas besteiras todas sobre a Coral, nem sobre essa história de trabalho. Acho que estava ansiosa para te conhecer e por isso não se conteve. Seja como for, *desculpe*. Quanto à sugestão de ficarmos para jantar, eu só queria passar mais um tempinho com os velhos, quase não os vejo por causa desses meus horários malucos. Eles estavam loucos para conhecê-la. Mamãe não falava em outra coisa.

Senti minha raiva murchar. Onde eu estava com a cabeça? E daí que Lucille tivesse pisado em meus calos? Isso não me dava o direito de soltar os cachorros em cima do filho dela assim que entramos no carro. E daí que Randall tivesse metido os pés pelas mãos com a história do jantar? Essa era simplesmente a atitude de um bom filho que não gostava de desapontar os pais.

— Desculpe, Randall, não sei o que me deu — falei baixinho, morrendo de vergonha. Ele me entregou a garrafa de água, e eu dei um belo gole.

— Deixa pra lá. Vamos relaxar e aproveitar o resto da noite, está bem?

Anuí com a cabeça e tomei mais um gole de Evian, o Porsche rasgando a noite escura de inverno. Depois me aproximei, dei um beijinho no rosto de Randall e fui recompensada com um sorriso. Bonito, inteligente, bom filho... e compreensivo. O namorado perfeito.

Emoldurada pela luz cálida da varanda, Bea acenou animadamente assim que viu o carro se aproximar. Nunca desejara tanto estar ao lado dela. Depois de semanas sem nenhum tempo para mim, e de meu encontro com Lucille, estava louca para pôr nossa conversa em dia numa bela sessão de tricô.

— Oi, pessoal! — ela berrou assim que descemos.

Felizmente eu havia conseguido voltar a um nível razoável de sobriedade depois do litro de água que havia ingerido e da agradável viagem de 40 minutos até Montauk. Convencera Randall a deixar que eu abrisse uma pequena fresta na janela do carro (ele detestava o estrago que o vento fazia em seus cabelos perfeitamente esculpidos com gel), e o ar frio e limpo da costa havia contribuído para que eu voltasse ao normal.

— Beatrice, adorável como sempre — disse Randall, beijando-a no rosto e cumprimentando Harry com um tapinha nas costas.

— Uau, a casa ficou linda! — eu disse assim que entramos na cozinha recém-reformada. O lugar não podia ser mais aconchegante: eu adorava os lambris a meia-altura; a mesa de fazenda, antiga e enorme; os retratos de família que Bea havia arrumado com maestria numa das paredes.

— Ela mandou bem, não mandou? — disse Harry, mostrando-nos a sala de estar.

— Está linda — concordou Randall, olhando a seu redor. — Puxa, Bea, por acaso você estaria interessada em decorar minha casa nova em Nantucket? Acho que sua estética tem tudo a ver com o lugar.

— É mesmo? — perguntou Bea, iluminando-se. — Eu adoraria! Claro!

— Ótimo. Vou pedir a minha secretária que lhe passe os detalhes na semana que vem. Ah, já ia me esquecendo... aqui está, senhor. — Randall entregou a Harry uma garrafa de vinho ligeiramente empoeirada. — Petrus 85, ótima safra.

— Uau! — exclamou Harry. — Esse vinho é um espetáculo. Muita gentileza sua, Randall. Obrigado.

Senti uma coisa boa dentro do peito. Que belo cenário: meu namorado incrível se dando tão bem com meus melhores amigos. Uma grande família feliz.

— E então, como foi com os sogros? — sussurrou Bea quando nos acomodamos no sofá, os rapazes já ausentes, ocupando-se do vinho.

— Depois eu te conto. A história é longa.

— Ei, Claire. Esqueci de te contar uma pequena fofoca na semana passada — disse Harry, voltando à sala com nossas taças. — Você nunca vai adivinhar quem eu vi no maior chamego outro dia, num restaurantezinho pé-sujo perto do meu escritório.

— Chamego? O que você anda lendo ultimamente, Harry?

— Vai, adivinha — ele disse rindo.

— Tudo bem. Mas me dá uma pista. Celebridade, político ou alguém do fundo do nosso baú?

— Um político e... sei lá, uma semicelebridade. Pelo menos eu a reconheci. De mãozinhas dadas, olhos nos olhos, feito dois pombinhos. Então, desiste? — Harry estava louco para dizer logo quem era. — Vivian Grant e o vice-prefeito.

— Você viu... *espere aí*, quem é mesmo o vice-prefeito?

— Stanley Prizbecki. Acho que você saberia quem é se o visse. O cara é um armário: barba sempre por fazer, bíceps bombado... É o braço direito do prefeito.

— *Aquele* cara? Você viu *aquele* cara no maior chamego com a Vivian? — Eu não sabia exatamente o que significava "chamego", mas a palavra sugeria algo fofinho e meigo demais para as duas partes envolvidas. Uau, isso é que era um furo de reportagem.

O prefeito e seu vice, Prizbecki, tinham vencido as últimas eleições por uma margem bastante ampla, embalados pelo lema "Mão de ferro para Nova York". As promessas de campanha vinham sendo cumpridas mediante um acirrado combate ao crime organizado e à corrupção, e, ao que parecia, Prizbecki era a verdadeira força motriz por trás dessas medidas. No entanto recentemente eu havia lido que a maioria dos nova-iorquinos via certo exagero na linha dura adotada pela nova administração; eu ainda não tinha uma opinião formada a esse respeito, mas uma coisa era certa: Stanley Prizbecki parecia *malvado*.

— Harry, esse tal de Stanley não é casado? — perguntou Bea.

— É. Quatro filhos pequenos.

Agora, sim, as coisas faziam sentido: Vivian, a Outra sedutora; Vivian, a destruidora de lares... Agora, sim, dois e dois somavam quatro.

— Não suporto esse tipo de homem — comentou Bea, bufando. — Certamente precisou da mulher para chegar aonde chegou, e é assim que a recompensa. E os meninos, coitados...

Notei certa tensão em Randall. Bea não tinha nada que ter tocado nesse assunto. Décadas atrás, Randall havia sido um desses coitados: tinha até surpreendido Vivian no corredor de casa, episódio que ela costumava contar com absoluta frieza e nenhum pudor. Mais um motivo para execrá-la.

— Hum, Bea, precisa de ajuda com o jantar? — perguntei, desesperada para mudar os rumos da conversa. — Esse cheirinho que vem da cozinha... está me deixando com água na boca!

— Na verdade, é o Harry quem está pilotando o fogão esta noite. Aquele ossobuco que ele sabe fazer.

— Ossobuco? — disse Randall. — Harry, meu chapa, você está se revelando um homem de muitos talentos, hein? O cheiro está incrível.

— Por falar nisso, já deve estar quase pronto — ele disse. — Que tal passarmos para a sala de jantar?

— O fim de semana foi uma delícia — comentou Randall enquanto atravessávamos o Midtown Tunnel, voltando para Manhattan. — Bea e Harry são ótimos, Claire.

— Fico feliz que você e Harry tenham se dado bem! — falei. Naquela manhã eles haviam saído juntos para jogar uma partida de tênis numa quadra das redondezas. Bea e eu, por outro lado, tínhamos sido bem menos atléticas. Ficamos em casa, fizemos café, enchemos um prato com rosquinhas, nos jogamos no sofá e conversamos durante horas. Eu me sentia bem melhor. Céu azul, ar fresco, bons amigos... um lembrete de como a vida podia ser bela quando eu não estava acorrentada a uma mesa o tempo todo.

— Puxa, meu amor, você não precisa me deixar em casa! — De repente me dei conta de que Randall seguia em direção a Downtown. Tinha suposto que ele deixaria o Porsche na garagem da rua 78 e de lá eu tomaria um táxi de volta para casa.

— Sei que não preciso, Claire-bear — ele disse sorrindo. Pegou minha mão e a beijou. — Mas eu *quero*, pode ser?

— Tudo bem. Hum, então ali você tem de virar à esquerda. — Não pude deixar de notar a expressão de espanto no rosto de Randall quando entramos em minha rua. Ele ainda não sabia onde eu morava; sempre acabávamos indo para o apartamento dele, muito mais bacana que o meu. Além disso, Randall começava a trabalhar cedo... e eu ridiculamente receava o que ele poderia achar da minha humilde morada. Assim que paramos no primeiro sinal vermelho, ele, num reflexo, acionou a trava automática das quatro portas e nos trancafiou do lado de dentro.

Dali a pouco, estacionou o Porsche diante do toldo detonado do meu prédio. Um grupo de adolescentes imediatamente cercou o carro como se ele tivesse caído do céu.

— Não vou deixar você descer com esses delinquentes por aí — sentenciou, pensando na minha segurança.

— Delinq... Quem, esses garotos? Eles estão sempre aí. Totalmente inofensivos, prometo. — Dei-lhe um beijinho no rosto e puxei minha sacola do banco de trás.

— Claire-bear, precisamos encontrar um lugar melhor para você morar — ele disse, examinando os arredores com desconfiança. Segui seu olhar, e de um segundo a outro a rua que eu tivera como lar se transformou num pardieiro. Havia lixo na calçada, tipos mal-encarados por toda parte. Olhando para tudo isso através dos olhos de Randall, minha vizinhança parecia um desastre. — Não gosto *nada* de pensar em você andando por aqui sozinha à noite.

Por um instante me senti um pouco na defensiva, mas ao mesmo tempo comovida com a preocupação sincera dele.

— É, talvez seja hora de me mudar daqui — concordei. Acrescentar "mudança" na lista de coisas a fazer. No entanto... minhas chances de encontrar tempo para procurar um novo apartamento eram mais magras do que Lucille.

Randall pegou minha mão, sério.

— Já faz um tempo que estou querendo te dizer uma coisa, Claire. Tenho pensado no assunto há algumas semanas. Aliás, mamãe tocou nele quando nos falamos hoje mais cedo. Acho que faz sentido.

— O que faz sentido, Randall? — perguntei, aflita ao saber que Lucille estava metida na história.

— O que você acha de se mudar para o meu apartamento? Espaço é o que não falta, e você não precisaria mais ficar levando e trazendo suas coisas...

Meu coração parou. Morar com Randall? Será que ele estava falando sério? Ele vinha pensando no assunto durante semanas? Lucille havia sugerido *isso*?

— Sei que faz só seis meses que estamos juntos, mas acho que pode dar certo. A gente se veria com muito mais frequência, você economizaria algum dinheiro e... — Randall fez uma pausa como se estivesse criando coragem. — Bem, Claire, é isto: eu te amo. E gostaria muito que morássemos juntos.

Eu mal podia acreditar. As bombas do "eu te amo" *e* do "vamos morar juntos" haviam sido despejadas simultaneamente durante uma conversa à beira da calçada? Randall Cox me amava? E queria morar comigo? Aquele era o momento com o qual Bea e eu havíamos sonhado por muitos anos... e o sonho agora se tornava realidade! Minha vontade era sair dançando pela rua decrépita, berrando a plenos pulmões, dizendo a todos que...

— Vou entender se você precisar de um tempo para pensar — acrescentou Randall, um tanto circunspecto.

Ops! Às vezes eu esquecia que os homens não eram capazes de ler a mente das mulheres.

— Eu também te amo, Randall! — falei, arremessando os braços em torno dele, beijando-o. — E é claro que quero morar com você.

Francamente, o que havia a pensar? Tudo bem, a proposta havia pipocado do nada, eu certamente não contava com aquilo, mas estava acostumada a James, que tinha pavor de qualquer espécie de compromisso, que nem sequer gostava que eu deixasse um desodorante escondido no banheiro dele. Claro que eu queria morar com Randall. Se ele estava pronto para dar esse passo gigantesco em nosso relacionamento, eu também estava.

— Que bom. Que ótimo! — ele disse, visivelmente feliz. — A Deirdre vai te ligar amanhã para resolver a mudança. Tudo vai dar certo, Claire. Tem um monte de armários sobrando, uma academia no segundo andar, e Svetlana pode preparar tudo que você quiser comer.

Ele continuou a dar mais detalhes, mas tudo que eu conseguia ouvir eram os ecos da minha felicidade: *Ele me ama. Randall Cox me ama e quer que eu more com ele.*

— Agora, caia fora antes que alguém arranhe meu carro — ele brincou. Eu acho.

Beijei-o mais uma vez e desci do Porsche.

— Eu te amo — disse, inclinando-me para um último beijo.

— Também te amo. Entra, entra, entra! — berrou Randall, aflito, apontando para um bêbado que cambaleava na calçada.

— Como é que vou deixar esse paraíso para trás? — falei, e corri para dentro do prédio, sacola na mão. Subindo as escadas, pensei: *Morar juntos. Uau. Quem diria?* Minha cabeça rodava um pouco.

Parte de mim sentirá saudades deste lugar, admiti, esborrachando-me no sofá com o jornal de domingo. Por menor e mais vagabundo que fosse, meu estúdio era meu canto, fazia cinco anos que eu vivia ali. Mas depois de um tempo o apartamento de Randall seria meu canto também, disso eu tinha certeza.

Dei dois passos até a cozinha e peguei um pão para fazer um sanduíche, apertando o *play* da secretária eletrônica enquanto vasculhava a geladeira.

— Claire. Vivian — rosnou a primeira mensagem, reproduzindo fielmente todo o veneno, toda a irritação da megera. Congelei, mil vezes arrependida por não ter trocado o número de casa.

Imediatamente revivi todo o trauma do massacre de sexta-feira. — Não sei onde você se meteu, Claire. Tentei falar com você o dia todo no celular, que aparentemente estava desligado. Você *sabe* o quanto isso me irrita, não sabe? De qualquer modo, tenho algumas coisas para discutir com você, me ligue de volta.

Não. Não, não, não, não, *não*. Eu não ligaria para Vivian naquela noite. Fosse o que fosse, teria de ficar para o dia seguinte. Fazia meses que eu trabalhava feito uma escrava, nada mais razoável que ela me desse um reles fim de semana de descanso... e me deixasse me sentir feliz e apaixonada por apenas *alguns minutos*...

— Claire! — latiu a segunda mensagem. — Vivian! Me liga, porra! Não sei quem você acha que é, nem o que te faz pensar que pode sumir desse jeito, mas exijo que você me ligue!

Olhei para a secretária. A luzinha vermelha piscava o número 18 freneticamente: 18 recados em menos de 36 horas. Eu sabia que eram de Vivian, pelo menos a maioria. Debrucei-me sobre o balcão, sem saber o que fazer. Ligar ou não ligar? Alguma catástrofe teria ocorrido de fato? Ou Vivian simplesmente estava a fim de estripar alguém por telefone?

Oito horas da noite de domingo. Eu poderia encarar a fera naquele momento ou na manhã seguinte. De um jeito ou de outro, minha noite de paz já havia ido para o brejo. Peguei o telefone e liguei.

— Porra, já não era sem tempo! — berrou Vivian, atendendo logo na primeira chamada. — Estou furiosa com você, Claire, fu-ri-o-sa! — Ouvi alguém dizer alguma coisa ao fundo. — Não! Já falei para não tocar em meus pés, idiota! É para massagear só as pernas! É tão difícil de entender assim? Escute, Claire, vamos ter de deixar nossa conversa para amanhã, agora não vai dar. Não sei se você sabe, mas tenho uma vida fora do trabalho. Não posso pôr tudo de lado só porque o horário é conveniente para você. Me ligue quando chegar no escritório.

Clique.

Joguei o pão de volta à geladeira e me servi uma boa dose de Pinot Grigio. Tentei me ater à felicidade que havia sentido um minuto antes, mas o terror induzido por Vivian por fim venceu a queda-de-braço.

CAPÍTULO 10

O SOM E A FÚRIA

— *Claire!?*

Assustada, levantei a cabeça rapidamente, os olhos irritados com a luz fluorescente da sala. *De novo, não.* Tudo que eu queria era dar um breve descanso à minha cabeça latejante, mas, a julgar pela poça de baba sobre a prova que eu vinha revisando, certamente havia cochilado. Nada mais natural, levando-se em conta o pouco que eu havia dormido durante a noite e o assunto interessantíssimo da obra em questão: as memórias do homem mais avantajado do mundo...

— *Claire, você está aí?!* — esganiçou-se o interfone novamente, a voz de Vivian carregada de hostilidade.

— Estou, estou... — resmunguei de volta, apertando o botão vermelho.

— *Preciso que você venha à minha sala agora! Já!*

Sala dela? Senti o estômago virar pelo avesso só de pensar no que estava por vir. Eu havia conseguido passar mais de uma semana sem colocar os pés naquele antro de veneno e destruição. Atravessara um mês de provações inconcebíveis desde o dia em que recebera aquele telefonema fatídico, e agora simplesmente tentava chegar ao fim do dia sem nenhum confronto face a face. Vivian já era estúpida o bastante pelo interfone; mas no interior recluso, palaciano e gélido de sua sala, protegida por paredes à prova de som, ela se sentia *realmente* à vontade para despejar toda sua ira sobre o infeliz que estivesse à sua frente.

— Já estou indo — respondi, o torpor subitamente dando lugar ao pânico. Passei os dedos pelos cabelos, lavados pela última vez três dias antes (negligência mais ou menos justificada pela carga esmagadora de trabalho), e decidi que prendê-los num coque com um lápis seria a melhor solução.

Em seguida, olhando para baixo, percebi que havia vestido a primeira blusa que encontrara jogada sobre a poltrona, a mesma que havia usado na sexta-feira anterior, um dia particularmente estressante. A camisa preta exalava um cheiro forte e azedo, parecia pertencer a um combatente recém-chegado do front.

A caminho da porta, deparei com o enorme calendário pendurado à parede. Enfim, janeiro: o sétimo mês, metade do prazo que eu dera a mim mesma. O Natal transcorrera num piscar de olhos, com minha pobre mãe sentada a meu lado no sofá, olhando-me trabalhar. O Ano-Novo não havia sido diferente. Randall havia trabalhado tanto quanto eu, mas encontrara um tempinho para um rápido café comigo e com mamãe. Apesar da pressa, ela finalmente o conheceu. Gostou dele, achou que parecia um "bom rapaz". Não conseguia esconder que tinha dúvidas quanto à ideia de morarmos juntos, mas se esforçava para demonstrar apoio.

Cruzei a segunda-feira no calendário. Um X conquistado a duras penas. O ponto alto de cada dia agora se resumia a desenhar um enorme X sobre ele e observar a lenta sucessão das semanas já trabalhadas. Às vezes me sentia na pele de uma prisioneira que arranhava marcas na parede da cela, mas geralmente ficava aliviada... porque cada X vermelho representava um dia a menos na sentença autoimposta de um ano na Grant Books.

O início do ano fora particularmente cruel. O número de livros herdados chegara a 32, pois o giro de editores havia sido maior que o normal. Dali a uma semana teríamos nossa reunião de marketing, e eu vinha fazendo o possível e o impossível para levantar alguma coisa, *qualquer* coisa, que pudesse ajudar nas vendas dos títulos sob minha responsabilidade. Por esse mesmo motivo eu havia cancelado meu encontro com Randall na véspera e trabalhado até as 3h30 da manhã. No fim de semana seguinte, oficialmente me mudaria para o apartamento dele, graças aos esforços de Deirdre e Lucille, a quem coubera a coordenação de todos os detalhes. Lucille estava estranhamente feliz com a perspectiva de seu filho e eu vivermos em pecado; aliás, adquirira o hábito de telefonar para meu escritório diversas vezes ao dia para discutir detalhes importantíssimos da mudança (como, por exemplo, se eu preferia cabides de cetim ou seda no novo closet).

— *Porra, Claire, cadê você?* — berrou novamente o interfone. — *Quando eu digo AGORA, o que você acha que isso significa?*

Minhas mãos começaram a tremer. Os olhos também. *Cinco segundos para juntar os cacos*, pensei. E o estômago mandou um novo alô. O que eu poderia ter feito para despertar a fúria da bruxa naquela manhã? Como de hábito, Vivian parecia armada até os dentes.

Respirei fundo e fui. Atravessando o labirinto que conduzia à sala dela, passei pela porta de Lulu e, sem querer, olhei de relance para o interior. Fazia pouco que Vivian havia trocado nossas salas, trancafiando-me num armário sem janelas, vizinho à sala dos estagiários, e passando a sala com vista para Lulu.

Do outro lado da mesa organizadíssima (sintoma de TOC, eu acho), ela dava goles serenos no café enquanto digitava freneticamente. Os cabelos de tão perfeitos poderiam pertencer a Jennifer Aniston (na fase loura de chapinha), e o reluzente suéter amarelo parecia gritar que acabara de chegar da lavanderia.

Vaca.

Quando criança eu imaginava que, uma vez crescida, nunca mais teria de lidar com a malvada da turma ou com a queridinha da professora. Mas, ao longo dos últimos sete meses, tinha recolhido provas mais do que suficientes de que esses tipos só pioram com a idade. Vivian era a versão adulta de um gênero particularmente violento de peste da escola primária, dessas que afogam a cabeça do nerd na privada enquanto roubam seu dinheiro, baixam suas calças e insultam sua mãe. E Lulu era a versão trintona da arquetípica CDF, dessas enjoadinhas que se sentam na primeira fila e levantam a mão toda vez que a professora pergunta alguma coisa. Perfeitas por fora, hipercompetitivas e egoístas por dentro. Um perigo.

O fato de que Lulu havia recuperado o posto de queridinha da chefe (enquanto eu havia sido exilada para a masmorra) não havia contribuído em nada para que eu a visse com outros olhos. Pelo contrário: Lulu agora integrava a lista relativamente curta de pessoas que eu não hesitaria em empurrar de um avião nos cafundós da Somália.

— Phil! — exclamei, trombando com ele ao dobrar o corredor de Vivian. Notei que ele estava particularmente abatido. Fazia algum tempo que não o via: assim como eu, Phil estava atolado com uma série de livros importantes.

— Eu não entraria lá se fosse você — ele advertiu. — Só em último caso. O Tiranossauro Rex está faminto.

— Infelizmente fui convocada. — Engoli o bolo, do tamanho de uma bola de boliche, que havia se formado em minha garganta. Diante dessa crise de Vivian, maior que o de costume, minha vontade era fugir em busca de abrigo, mas não havia jeito: eu tinha de seguir em frente. Abracei Phil num gesto de solidariedade. — Força, amigo. Não leve as coisas para o lado pessoal.

— Você também — ele suspirou, e se arrastou de volta para sua sala.

Respirei fundo mais uma vez, joguei todo o peso do corpo contra a porta da sala de Vivian, pesada como a de um cofre de banco, e entrei. A temperatura polar fez com que meus lábios ficassem imediatamente roxos e os pelos dos braços se eriçassem. Vivian estava ao telefone e, com um gesto do indicador, mandou que eu esperasse. Dura feito pedra, sentei-me no sofá.

Então me veio à lembrança a aconchegante sala de Jackson na P&P: os macios sofás de couro, a luz suave, as fotos de família, as estantes de parede a parede, a máquina de escrever antiga. Frequentemente eu passava a mão num original, pedia algo para comer e me jogava num dos sofás de Jackson para ler enquanto ele trabalhava à mesa. Mara fazia a mesma coisa. Era como se estivéssemos numa biblioteca doméstica. Como se fôssemos uma família.

Águas passadas.

Agora eu me via cercada pelos modernos sofás de Vivian, de couro preto e metal, tão confortáveis quanto bancos de praça. A luz era gélida, e os quadros, fálicos: a maioria eram fotografias de arranha-céus rasgando o horizonte de Nova York. No lugar de prateleiras, vitrinas com iluminação interna. À minha direita uma dessas vitrinas exibia uma primeira edição de *O príncipe*, e à esquerda, outra abrigava uma primeira edição de *The happy hooker*, da ex-cafetina Xaviera Hollander. Muito podia ser inferido a respeito de Vivian a partir dos dois livros que ela mais prezava.

— Você está falando merda, cara. *Porra.* Só porque foi nomeado para o National Book Award, agora acha que... — Vivian calou-se de repente, o que não era de seu feitio. As unhas enormes tamborilavam freneticamente sobre a mesa, como o *staccato* preciso de uma metralhadora.

Ela parecia um gângster da velha guarda: os bizarros ternos de risca-de-giz e lapelas largas; o anel de diamante amarelo no dedo mindinho; o séquito de capangas bajuladores no departamento de recursos humanos, treinados para fazer vista grossa cada vez que ela atropelava alguma norma corporativa da Mather-Hollinger. A possibilidade de acordar ao lado de uma cabeça de cavalo já me havia passado pela cabeça mais de uma vez.

Se alguém lhe cruzasse o caminho, Vivian estava preparada para liquidá-lo do jeito que fosse: contratos eram cancelados de um segundo a outro, reputações eram destruídas, mentes eram aniquiladas. Pior que tudo isso, ela abria fogo em resposta a qualquer *suspeita* de ameaça, e muitas vezes depenava uma pobre alma que não havia feito nada além de desencadear sua paranoia. Na cabeça de Vivian, as pessoas não tinham outro objetivo que não fosse lhe puxar o tapete, garfar os lucros ou minar o poder.

— O que foi que você disse? — ela rosnou ao telefone, acenando para que eu continuasse a esperar. — Vamos deixar uma coisa bem clara, seu folhetinista de merda. Eu não sou uma vaca. Sou *a* vaca. E se não receber um original publicável até quinta-feira... é, isso mesmo, quinta-feira *agora*... vou ser a vaca que vai tomar de volta cada centavo do seu adiantamento. *Capice?* Não quero nem saber se sua mãe tem só mais três *horas* de vida...

Ela bateu o telefone e interfonou para Tad, o assistente *du jour* (24 anos, ex-modelo de cuecas que naquela mesma manhã havia escrito "impressindível" num e-mail enviado a todos os funcionários da empresa).

— Risque Hiram Peters da minha lista de contatos — berrou Vivian. — Aquele veadinho.

Ah, não. Coitado do Hiram. Phil teria um ataque quando soubesse. O livro mais recente de Hiram, um romance épico, havia sido indicado para o National Book Award, conferindo-lhe uma tremenda reputação; além disso, Hiram era a criatura mais doce que existia nesse mundo. Phil havia mencionado que ele, Hiram, estava atrasado em duas semanas na entrega de seu mais recente livro porque a mãe estava muito doente. Uma transgressão que aos olhos de Vivian o reduzia a um "folhetinista de merda".

Vivian voltou os olhos vidrados para mim, e senti o sangue congelar nas veias.

— Você já viu as capas do *Diário secreto da Casa Branca*? — ela perguntou com tranquilidade. Excessiva tranquilidade.

Subitamente me lembrei de um programa do Explorer Channel: um grupo de náufragos estava cercado pelas barbatanas de um cardume de tubarões, mas só quando elas sumiram da superfície da água foi que eles, os náufragos, se deram conta de que realmente corriam perigo. Como era de esperar, os tubarões emergiram de repente, mandíbulas escancaradas para abocanhar as pernas das vítimas. Apenas uma pessoa sobrevivera para contar a história. Tranquilidade era mau agouro, tanto para ataques de tubarão quanto para ataques de Vivian.

— Vi, sim, Vivian. Acho que a Karen fez um ótimo trabalho. As capas são vigorosas, sedutoras... — Limpei a garganta enquanto procurava por mais adjetivos abonadores. Aprendera desde cedo que no ramo editorial os adjetivos rebuscados eram tidos em alta conta. Um livro não era simplesmente bom ou ruim: era explosivo/pungente/peculiar *ou* mal-estruturado/trivial/estereotipado. — Elas são *instigantes* — concluí. Karen era excelente capista, mas, levando-se em conta os soluços abafados que vinham de sua sala naquela manhã, por certo ela havia levado uma bela espinafrada de Vivian recentemente. Eu estava satisfeitíssima com as capas que ela havia criado para o tal livro, assim como todas as outras pessoas que tinham visto o trabalho.

— Instigantes? É isso mesmo que você acha? — urrou Vivian para que todo o prédio ouvisse, apesar das paredes à prova de som. — Francamente, Claire, você não reconheceria uma capa instigante nem que ela se apresentasse e depois mordesse seu rabo! Você ainda está presa naquela sua torre de marfim! Eu não deveria ter de lhe *dizer* que as porras destas capas estão *um horror*! Um horror! São as capas mais insossas que já vi na vida! E você, como *e-di-to-ra*, deveria estar *pilotando* a capista, fazendo com que ela pegue o maldito espírito da coisa! Cabe a você, Claire, *controlar* todo o processo.

Ouvi a mim mesma engolir em seco. Vivian tinha o inusitado dom de fazer com que até meu nome soasse como um terrível insulto.

— Porra! Por que diabos sou a *única* aqui que entende isso? — ela rugiu do outro lado da mesa, os olhos cor de jade faiscando.

Em noventa por cento dos casos, Vivian recorria a uma de suas três tiradas prediletas: 1) "Por que diabos sou a única aqui que entende isso?"; 2) "Por que diabos tenho de fazer o trabalho de todo mundo?"; 3) "Não sou sua mãe". Num dia de muita sorte, alguma novidade era acrescentada ao repertório de costume.

— Desculpe, Vivian — resmunguei. — Vou dar uma passada na sala da Karen agora mesmo. A culpa é toda minha. Eu deveria ter passado a ela mais detalhes sobre o livro. — Naturalmente, Karen e eu já havíamos discutido o conceito da capa um milhão de vezes, e além disso ela havia lido o original de cabo a rabo. Eu realmente tinha *adorado* o que ela havia feito, um trabalho digno de prêmio. Mas revidar serviria apenas para exasperar Vivian ainda mais, tal como alertara Phil logo que nos conhecemos.

Só me restava esperar que Karen e eu fôssemos capazes de produzir algo que a satisfizesse. De modo geral isso implicava incluir um corpo seminu no layout, mas esse era um dos poucos livros em nosso catálogo de lançamentos que não tratava exclusivamente de sexo. Assim sendo, teríamos de ser um pouco mais criativas.

— Não posso ficar fazendo o trabalho de todo mundo, porra — cuspiu Vivian, antes de virar o rosto para o computador. Deduzi que eu havia sido dispensada e lentamente fui saindo da sala em marcha a ré, como se Vivian fosse um animal selvagem cujos instintos predatórios pudessem ser acionados por qualquer movimento mais brusco.

— Claire, você está passando mal? — perguntou Lulu, arrogante, quando passei por ela no bebedouro. — Está pálida... Ah, *já sei*: deve ser a falta de sol na sala nova — ela arrematou, piscando o cílios, fingindo uma preocupação sincera com minha saúde.

— Estou bem, Lulu — respondi, descerrando os dentes apenas o suficiente para falar.

O resto do dia transcorreu numa sucessão de reuniões e telefonemas de agentes nervosos; além disso, uma floresta inteira havia sido dizimada para produzir todos os papéis que aguardavam minha leitura. Eu havia me esquecido de almoçar e provavelmente faria o mesmo com o jantar caso minhas mãos não tivessem começado a tremer levemente sobre o teclado. Então tirei do fundo de uma gaveta a barra petrificada de Snickers que eu começara a mordiscar semanas antes. Pedi a David que não passasse nenhuma ligação, exceto as de Vivian, e consegui adiantar alguma coisa. Por volta das 22h, desliguei tudo e fui embora.

Na rua, deparei-me com um frio revigorante: gostei de sentir o formigar das bochechas. O inverno logo chegaria ao fim, mais uma estação perdida para as 14 horas de trabalho que me ocupavam diariamente. Decidi caminhar até a estação da Grand Central, apenas para esticar as pernas, e abracei a bolsa atulhada de provas que eu teria de examinar à noite.

Randall tinha viajado naquela manhã para Londres, onde teria uma reunião importante. Na verdade, melhor assim, pois eu queria saborear sozinha minhas últimas noites no estúdio. Parecia o fim de uma era.

Exalei com prazer, formando à minha frente uma pequena nuvem de vapor.

De repente me lembrei do telefonema que deveria ter dado, e não dei, a Luke Mayville. Ele havia ligado pela manhã, mas o dia passara num piscar de olhos, e eu não havia tido a oportunidade de retornar a ligação. Apesar da hora, catei o celular na bolsa e liguei. Luke atendeu no segundo toque.

— Oi, aqui é a Claire. Desculpe estar ligando assim, tão tarde, é que não tive um minutinho de folga hoje. Queria dizer que vou mandar seu texto revisado até o fim da semana. Desculpe ter demorado tanto... mas as coisas andam meio corridas lá no escritório.

— Aceito as duas desculpas desnecessárias se você vier tomar um drinque comigo — disse Luke. Vozes falavam ao fundo. — Estou na Perry Street, no Otheroom, pertinho da sua casa. Que tal me encontrar aqui?

— Vou adorar — respondi, dando-me conta do real motivo que me levara a ligar. Precisava de um amigo. E de um drinque.

CAPÍTULO 11

CASA SOMBRIA*

Primeiro pensamento ao acordar: *ainda bem que foi um sonho*. Rolei na cama para estapear o despertador, que havia tocado justo no momento em que Vivian voava em minha direção, presas de vampiro nos cantos da boca, esbravejando porque eu era incapaz de editar um livro em sânscrito.

Segundo pensamento: *acho que vou vomitar*.

Bastou um pulo para que eu chegasse ao banheiro. *Uma das vantagens de morar numa caixa de fósforos*, refleti, prendendo os cabelos com a mão.

Isso não era nada bom. Eu ainda usava a roupa da véspera, imunda. A camisa preta que na tarde anterior simplesmente fedia agora estava de tal modo repugnante que saiu do meu corpo para

---

**Bleak house*: romance de Charles Dickens, sem tradução no Brasil; a adaptação para a televisão, pela BBC de Londres, foi lançada no Brasil com o título de *Casa sombria*. (*N. do T.*)

ser jogada diretamente no lixo. *Argh*. Eu nunca havia me sentido desse jeito antes, tão suja.

As lembranças da noite anterior vinham em pequenas prestações. O encontro com Luke no bar... o tremendo prazer ao primeiro gole de uísque com Coca-Cola... a conversa sobre o livro dele... outra rodada de drinques... desabafos sobre o trabalho, Vivian e Lulu... outra rodada... as confissões sobre minhas dúvidas a respeito da mudança para o apartamento de Randall... outra rodada... problemas com a namorada vegetariana de Luke (que o havia surpreendido cobiçando um casaco de camurça)... outra rodada... e a caminhada de volta para casa na companhia de Luke, que passara o braço em meus ombros ao perceber que eu tremia de frio... que se despedira com um beijo em meu rosto diante do prédio.

Oh-oh. Calafrio na espinha. Essa era sem dúvida a parte das minhas lembranças que vinha me incomodando. Eu havia puxado Luke pela camisa, tentando convencê-lo a subir para um último drinque. Não queria que nossa conversa acabasse. E ele? Teria subido? *Algo mais teria acontecido depois daquele beijo no rosto?* Vasculhei a memória em busca de mais detalhes... mas não, lembrava que tinha subido as escadas sozinha, um sorriso pateta estampado no rosto. Nada mais havia acontecido, certeza absoluta.

Então por que eu me sentia assim, estranhamente, vagamente... *culpada*?

Talvez estivesse confundindo uma ressaca braba com culpa.

Tomei um banho e vesti meu alquebrado corpinho para o trabalho. *Hoje é dia de táxi*, pensei. Encarar a multidão do metrô estava fora de questão.

— Bom dia, Claire — disse David quando passei pela baia dele meia hora depois. — Vivian está atrás de você; desde 8h30 que ela vem ligando. Parece que está...

— De mau humor? — completei. — Eu sei, eu sei. Sei até o que ela disse: "E você, seu joão-ninguém, mande aquela inútil desmiolada me ligar assim que ela chegar."

Humor era nosso último recurso na Grant Books.

Foi então que percebi a sombra que se formou sobre o semblante sério de David. Ele tossiu com tanto vigor que parecia ter engasgado com alguma coisa. Essa não. *Não pode ser o que estou pensando!*, supliquei. Virando o rosto, deparei-me com um pitbull soltando fogo pelas ventas, pronto para atacar. Vivian. *Bem atrás de mim.*

— Perdi as esperanças de receber uma ligação sua antes do almoço — ela cuspiu, ficando na ponta dos pés a fim de compensar, pelo menos parcialmente, nossa diferença de altura. Era uns 15 centímetros mais baixa que eu e ficava fula da vida quando tinha de esticar o pescoço para falar olhos nos olhos comigo. Ciente disso, eu decidira usar diariamente meus sapatos de salto agulha, por mais que eles me apertassem os dedos, por maior que fosse a ressaca. Uma provocação.

Olhei para o relógio atrás da mesa de David: 9h30. Então me preparei para os pontapés que estavam por vir.

— Precisamos conversar — continuou Vivian. — Tenho quatro livros para te passar. Todos têm um prazo de produção de três semanas, e os autores têm três semanas, a partir deste *segundo*, para entregar o original pronto. Acha que dá conta do recado?

Eu teria preferido os pontapés. Teria preferido farpas de bambu sob cada uma de minhas unhas.

Quatro livros urgentes, todos com o mesmo prazo absurdo, nenhum deles escrito ainda. Isso implicava seis semanas inteiras de *pelo menos* 24 horas diárias de trabalho, e o mais provável era que eu não conseguisse cumprir nenhum dos prazos. Infelizmente já conhecia esse calvário: em novembro, havia sido obrigada a levar um saco de dormir para o escritório de modo que pudesse tirar cochilos ocasionais durante o expediente. Phil costumava fazer a mesma coisa, e Graham passava mais noites na Grant Books do que em casa. A despeito do que dissesse Randall, a vida dos editores em nada ficava a dever à dos banqueiros, a não ser pelos zeros a menos no salário.

Quatro livros urgentes ao mesmo tempo. Caramba. Eu já tinha experiência suficiente para saber que essa seria uma missão exaustiva *e* ingrata: seguramente algo daria errado com um dos livros, *pelo menos* um, e eu ainda por cima seria obrigada a suportar a fúria implacável de Vivian.

O que ela queria saber, na verdade, era se eu tinha vocação para mártir.

— Hum... é muita coisa — murmurei. — Posso tentar... Mas os quatro livros precisam mesmo ser lançados juntos? Vai ser muito difícil, Vivian. — Santo Deus, essa foi péssima. Onde havia se enfiado minha coragem? Por que eu não conseguia comprar aquela briga? — Mas vou tentar... David, peça ao Tad para nos passar as condições de cada contrato de modo que possamos começar a trab...

— Passar as condições? — interrompeu Vivian. — Que história é essa? Caso você não saiba, Claire, cabe ao *e-di-tor* negociar as condições de cada contrato. Acha que tenho tempo para isso? Para ficar discutindo firulas com esses agentes retardados? Vou te passar o que estou disposta a oferecer, e depois você se vira para que eles aceitem minha oferta.

— Claro — respondi. Eu já devia saber disso. Em outras palavras, teria de convencer cada agente a aceitar a oferta de Vivian (agentes que já haviam negociado com ela no passado e tinham todos os motivos para não querer jogar seus clientes aos leões), explicar o conceito para o autor, convencê-lo de que ele era capaz de entregar um livro de 400 páginas em dez dias, e se ele não fosse, recomeçar todo o processo com um *ghostwriter* (os que aceitavam um prazo tão curto geralmente eram péssimos), e enfim fechar o negócio em condições aceitáveis para todos (isto é, para Vivian). Tudo isso vezes quatro.

E então viria a parte *realmente* divertida: retomar o inevitavelmente negligenciado original depois das duas semanas, reescrever capítulos inteiros, obrigar o pobre e exausto autor a trabalhar mais ainda, e então encaminhar a pilha de titica à produção, para que ficasse pronta em... mais duas semanas. *Vezes quatro.*

— Mas você sabe, Vivian, que é muita coisa — insisti, atordoada. — Talvez outra pessoa possa pegar pelo menos um desses livros para me aliviar. Não gostaria de prometer algo que depois não seria capaz de cumprir, e, francamente, quatro livros urgentes é demais para qualquer um.

Pronto, falei.

Em vez da esperada explosão, Vivian reagiu com aparente calma. Parecia satisfeita. Triunfante.

— Tem razão, Claire, provavelmente você *não* vai dar conta do recado — ela concordou. — Phil está com o prato cheio, mas Lulu não vai se importar em pegar dois desses livros. Já está trabalhando em dois projetos de urgência, mas você conhece a Lulu:

nunca se importa em fazer o trabalho dos outros, além do que já faz. Ah, se eu pudesse clonar a Lulu...

Grrrr. A santa Lulu. Embora soubesse que estava sendo manipulada, eu abominava a ideia de ver aquelazinha empoleirada num pedestal ainda mais alto.

Seria possível que eu despencasse ainda mais na hierarquia da Grant caso não aceitasse aquele desafio? Que Vivian me tirasse da sala sem janelas e me transferisse para um armário grande onde eu trabalharia com uma lanterna? Balancei a cabeça, temporariamente incapaz de extrair palavras das emoções que fervilhavam em meu peito.

— Pode deixar — disse afinal, revoltada por estar capitulando. — Eu dou conta dos quatro livros, Vivian. É só você dizer o que está disposta a oferecer, e o resto fica comigo.

— Tudo bem, então. Passe em minha sala depois — ela disse rispidamente antes de bater em retirada.

Pedi a David que procurasse Tad para marcar um horário.

— Vou falar com o substituto — ele disse. Depois, quase sussurrando, explicou: — Tad se mandou ontem à tarde. Ouvi dizer que a Vivian quebrou uma luminária na cabeça dele. Mas ele não se machucou. Pelo menos isso.

Tad havia durado duas semanas e meia, mais do que a média. Não vai aí nenhuma ofensa, mas suponho que ele fosse lento demais para perceber as táticas de guerra de Vivian, sobretudo as mais sutis. Por isso sobreviveu uma semana além do previsto.

— Vá se preparando para a via-crúcis das próximas semanas, meu amigo. — Tentei sorrir, mas os músculos do rosto se recusaram a colaborar.

— Pode contar comigo, Claire — disse David, o querido de sempre.

Rapidamente busquei refúgio em minha sala para que ele não visse as lágrimas de frustração que haviam brotado em meus olhos. *Seja profissional, mulher*, repreendi a mim mesma, secando-as com raiva. Tinha jurado jamais chorar no trabalho, embora já tivesse visto uma dezena de colegas aos prantos no escritório.

Liguei para Beatrice, em busca de um segundo de paz antes de me lançar nos afazeres do dia.

— Acho que a megera está querendo me matar — sussurrei para minha melhor amiga. — Por acaso alguém já morreu de excesso de trabalho?

— Claro que já. E é uma morte horrível — disse Bea. Pausa. Eu quase podia vê-la mordiscando o mindinho, tentando encontrar as palavras certas. — Claire, sei que você meteu na cabeça de ficar um ano por aí. Mas não seria a hora de começar a procurar um novo emprego?

Claro que a ideia já havia me ocorrido. Mas era difícil explicar aquela terrível inclinação à teimosia que Vivian havia despertado em mim. Desistir antes de um ano simplesmente havia deixado de ser uma opção. Eu não daria essa alegria a ela. Não me ajoelharia pedindo clemência. Tampouco abandonaria Luke sem editor naquele lugar horrível. Eu o havia colocado na Grant Books, e agora cabia a mim tirá-lo de lá sem grandes traumas.

— Nesse momento não disponho de energia nem de tempo para sair à procura de emprego — disse a Bea. — Tem a mudança esse fim de semana, a viagem para Iowa na semana que vem, e agora, para completar, quatro livros para terminar em três semanas... e acho que ainda estou meio zonza da noite passada.

— Noite passada?

— É, acabei me encontrando com Luke para beber alguma coisa, e aluguei o ouvido do coitado. Mas agora tenho de desligar, o trabalho me...

— Promete que vai se cuidar? Estou preocupada com você, amiga.

— Vou tentar.

— Ótimo. Me liga hoje à noite, tá? Também estou com pressa, minha aula de ioga começa às 10h. Ah, você vem assistir *The bachelor* conosco esta noite?

— Só se for às três da manhã.

— Puxa, que pena. Agora só tem cinco candidatas na parada! E Harry acha que a cheerleader de Dallas tem alguma carta escondida na manga.

Ouvindo isso, senti um peso no coração. Não fazia a menor ideia de quem era a tal cheerleader de Dallas.

Desliguei o telefone e me virei para o computador; fazia muitas semanas que eu trocara a luz do dia pelo brilho azulado daquele monitor. Bea tinha aulas de ioga e programas bobos na tevê; eu tinha bronzeado de computador e dores lombares de tanto me curvar para satisfazer os caprichos da chefe.

Minha caneca de café estava quase vazia. Fui buscar mais na cozinha.

— É brilhante! — ouvi Vivian exclamar na sala de reuniões quando passei pela porta. — Eu sabia que o Lucky's seria o lugar perfeito para a festa de lançamento de amanhã! As strippers vão servir os drinques quando não estiverem no palco, e nossos distribuidores vão ganhar uma dança do colo, cortesia da Grant Books! Isso vai dar uma apimentada nas coisas! Calcinhas comestíveis como prêmios! *Sensacional!*

— Caramba! — zurrou Lulu. — Você é um gênio, Vivian! De onde tira essas ideias? Essa festa vai ser um arraso! Gênio, gênio, gênio...

Justiça seja feita: a garota sabia como puxar um saco.

— Sou mesmo, Lulu. É por isso que estou muitas prateleiras acima dos concorrentes — vangloriou-se Vivian. — Essa gente que está por aí... sei lá, são todos uns mortos-vivos, uns zumbis... não produzem uma ideia sequer que tenha vida. Nenhuma perspectiva nova, nenhum sex appeal nessa cambada de esnobes enrugados!

Percebendo que havia parado no corredor, segui para a cozinha. Minha cabeça latejava. Na noite seguinte seria a festa de lançamento de *Boquete: história ilustrada do sexo oral.* Até então eu acreditava que a publicação desse livro era o cúmulo do mau gosto, mas agora estava claro que podia ficar pior. Prova disso era promover o lançamento no Lucky's, uma das boates de strip mais abomináveis da cidade.

Despejei açúcar no café e voltei para a sala. Uma montanha de papéis esperava por mim sobre a mesa, correndo o risco de desabar a qualquer instante, além de uma lista de telefonemas recebidos com aproximadamente cem nomes. David tinha feito pequenas anotações ao lado de cada um, e lá pelo quinquagésimo apareciam os que já tinham ligado diversas vezes e ameaçavam se revoltar. Era por esses que eu teria de começar.

— Claire? — Phil entreabriu minha porta. Equilibrava nos braços uma luminária, uma caixa de papelão grande, um porta-retratos e um vaso de planta.

Merda, pensei, a palavra retumbando em meu crânio oco e dolorido.

— Minha batata já estava assando desde o ano passado, Claire — ele disse, dando de ombros. — E hoje finalmente foi comida.

Impossível. Vivian não teria despedido Phil, editor sênior, um dos mais competentes no ramo, sem dúvida nenhuma o melhor da Grant. Como eu sobreviveria sem ele? Quem ficaria ao meu lado nas escaramuças com Lulu? Mais importante ainda, como ele faria para sustentar a família? Achei que fosse vomitar outra vez. Fazia apenas três meses que ele e a mulher, Linda, haviam tido o segundo filho, e eu sabia que Phil estava preocupado com as contas que não paravam de chegar. Ele tinha um currículo invejável, mas o mercado era pequeno.

O interfone tocou. Sua Malvadeza Real.

— *Claire, preciso falar com você na minha sala. Já.*

Phil abriu um sorriso amarelo.

— Aguenta firme, garota — disse, dando-me um abraço. — Vou ficar bem. Tenho amigos em outras editoras, alguma coisa vai pintar logo, logo, com certeza. Só não a deixe te tirar do sério, está bem?

Claire! Na minha sala, JÁ! — berrou o interfone. Involuntariamente pulei da cadeira; para mim, a voz de Vivian havia adquirido o efeito de um eletrochoque. Phil simplesmente balançou a cabeça e continuou seu caminho pelo corredor.

Enfurecida, marchei ao encontro de Vivian e, sem me dar ao trabalho de bater, irrompi na sala para encontrar Lulu (previsivelmente impecável num terninho cinza-claro e pérolas no pescoço) já sentada diante da chefe.

— Você despediu o Phil? — disparei. — Como pôde fazer isso, Vivian? Ele é o melhor editor que nós temos! Não faz sentido!

Silêncio sepulcral. Nesse breve intervalo, ocorreu-me que nunca tinha enfrentado Vivian com tamanha ousadia. Via-se em seu rosto a expressão de choque, que não durou muito.

— Burro velho — ela cuspiu de volta. — Peso morto. Mantive Phil na equipe até onde foi possível. O problema agora é quem vai assumir os projetos dele. Onde foi que se meteu a idiota da Dawn?

— Cheguei, cheguei. — Dawn entrou na sala, carregando uma pilha de pastas quase de seu tamanho. — Trouxe uma lista dos livros de Phil, além das pastas dele, e acho que o mais sensato é dividi-los entre vocês duas. — Ela lançou um olhar de desculpas em minha direção.

— Sem problema — interveio Lulu em sua voz melosa. — Estou achando ótimo pegar esses projetos, injetar um pouco de sangue novo neles!

— Bem, ótimo — disse Dawn, despejando as pastas numa mesinha lateral e distribuindo-as com a eficiência e a frieza de um crupiê.

Ao que parecia, eu era a única ali que se deixara abalar com a demissão sumária de um editor tão experiente e dedicado quanto Phil. Dawn havia trabalhado com ele durante quatro anos (e quatro anos na *Grant Books* equivaliam a vinte em qualquer outro lugar), mas não dava o menor sinal de emoção diante da mais recente apunhalada de Vivian.

Pensando bem, eu jamais tinha visto Dawn se deixar perturbar com o que quer que fosse, e ela quase sempre estava na linha de fogo de Vivian. Seu profissionalismo inabalável me deixava ao mesmo tempo admirada e com medo.

— Acho que assim está bom — ela decretou assim que terminamos a divisão dos projetos.

— Posso ficar mais um pouquinho, Vivian? — perguntou Lulu enquanto nos preparávamos para sair. — Preciso discutir mais alguns assuntos com você. — Vivian fez que sim com a cabeça; Dawn e eu voltamos caladas para nossas respectivas salas.

— Não tem nada que te faça perder a cabeça, Dawn? — perguntei quando chegamos à minha porta. — Para ser honesta, você não parece nem um pouco abalada com essa demissão absurda do Phil.

Dawn ficou muda por um instante. Em seguida, olhou nervosamente a seu redor como se fosse um animal perseguido. Percebendo que estávamos sozinhas no corredor, sussurrou:

— Se a gente perde a cabeça, ela vence. — Falou tão baixo e rápido que mal pude ouvi-la. Depois foi embora.

Fechei a porta da sala e senti um arrepio. Fiquei achando que não deveria ter perguntado nada. Ver Dawn como uma espécie de robô profissional era mais fácil do que vê-la como uma pessoa de carne e osso, encurralada numa relação doentia com sua chefe tirana.

Foi então que percebi: alguma coisa dentro de mim havia se partido. Afundei o rosto entre as mãos e deixei as lágrimas rolarem.

CAPÍTULO 12

A REDOMA DE VIDRO

— Aceita um *Bellini*? — ofereceu uma loura de fio-dental, os mamilos cobertos por adesivos em forma de canetas-tinteiro. Vivian havia encomendado o figurino das meninas especialmente para a festa.

— Hum... não, obrigada. — Eu não contava permanecer ali o bastante para terminar um drinque.

Os acordes pesados de um contrabaixo faziam tremer as caixas de som, inspirando a coreografia da morena de seios nus que se contorcia no palco em torno de um mastro de metal. David, coitado, escondia-se num canto qualquer da boate, acompanhado de outros assistentes igualmente constrangidos. Nenhum deles sabia ao certo para onde olhar.

Vivian seguramente havia se superado. Todos do décimo segundo andar tínhamos ouvido a batalha que ela travara por telefone com Sonny Wentworth, o presidente da empresa, a respeito da decência daquele lugar para o lançamento de um livro. Ela havia vencido. Como sempre, aliás.

— Claire — disse Lulu, vindo ao meu encontro. Vestida numa justérrima minissaia de couro preto, que fazia par com um bonezinho, ela parecia uma Britney Spears esquelética. — Essa festa não é genial?

Lulu jamais jogava conversa fora. Só podia estar aprontando alguma.

— É *uma coisa* — resmunguei de volta. Se, na concepção de Lulu, "gênio" era alguém capaz de realizar uma sandice daquelas, que incluía a distribuição de brinquedinhos eróticos para figurões da mídia e do comércio de livros, então a festa de Vivian era, sim, *genial*.

— Já te mostrei minha *tattoo*? — ela continuou, levantando o bíceps magricela, coberto por uma tatuagem temporária em que se lia *Eu ♥ o Chefe*. — Baixei de um site de fãs do Bruce Springsteen. Preciso mostrar para a Viv. — E com isso ela se foi.

Por que eu não havia notado antes que a garota tinha um parafuso a menos? Durante os meses em que se recusara a falar comigo, ela havia me dado a impressão de que era apenas uma cobra venenosa. Mas agora a verdade se revelava com toda a clareza: Lulu era doida, Vivian era doida, e as doidas estavam dominando o hospício.

— Olá, Claire — disse Sonny, circunspecto. Decerto havia chegado logo depois de mim: ainda trazia o sobretudo pendurado ao braço como se pretendesse dar meia-volta e fugir dali assim que possível.

Eu gostava de Sonny. Fora apresentada a ele logo no primeiro mês de trabalho, durante um café-da-manhã realizado para os novatos da empresa, e embora estivéssemos em extremidades opostas da cadeia alimentar da Mather-Hollinger, imediatamente sentimos uma simpatia natural um pelo outro. Além disso, Sonny era acessível e tinha os pés no chão; ninguém diria que ocupava o posto mais alto de um poderoso grupo editorial. Era baixinho, tinha menos de 1,70m, usava os cabelos cortados à escovinha e óculos de aro de tartaruga. Comportava-se de maneira discreta, comedida.

— Você parece tão constrangida quanto eu com tudo isso — ele murmurou.

Eu não sabia exatamente o que dizer. Se Sonny tinha consciência do quanto aquela festa era equivocada e ridícula, por que diabos a havia autorizado? Era o chefe de Vivian; se havia alguém capaz de cortar as asinhas dela, esse alguém era ele.

— Mal posso acreditar no que estou vendo — falei. Num canto escuro da boate, nosso autor comandava um workshop sobre as técnicas do boquete perfeito. Mary, do departamento de Contas a Pagar, tomava notas num bloquinho amarelo. Um dos nossos distribuidores estava sendo coagido a aceitar as investidas de uma dançarina. Era deplorável presenciar tudo aquilo ao lado do presidente do grupo.

Mortificado, Sonny balançou a cabeça e disse:

— Nem eu. — Apesar de tudo, fiquei com pena dele. Sim, Sonny era um covarde, mas sabia disso, e esse era seu maior castigo.

Éramos todos um bando de covardes. Eu não queria perder o emprego, e Sonny não queria bater de frente com a galinha de ovos de ouro do grupo. Afinal, a Grant Books era responsável por cerca de um terço dos lucros da Mather-Hollinger. Levando-se em conta que era apenas um dos doze selos do grupo, essa contribuição era bastante razoável. Vivian, financeiramente falando, carregava nas costas quatro vezes o próprio peso. E por isso a empresa fazia vista grossa para todos os outros aspectos em que ela representava um ônus: as disputas judiciais com ex-funcionários, a realização de lançamentos nos lugares mais inadequados que a cidade tinha a oferecer.

— Sonny, baby! — exclamou Vivian, rebolando em nossa direção. — Essa festa é ou não é a coisa mais sexy que você já viu na vida? Estamos chacoalhando a poeira do mundo editorial! *Não estamos?* — Ela parecia triunfante. Prendera os cabelos cor de morango num rabo-de-cavalo no alto da cabeça, o que lhe conferia um aspecto engraçado, como se ela estivesse eternamente surpresa com algo. O terninho de sempre dera lugar a um corpete de renda vermelha, um boá de penas, meias arrastão e um par de botas pretas acima dos joelhos. Um look bastante inusitado para uma mulher de meia-idade, chefe de boa parte das pessoas que estavam ali.

— Não tenho tanta certeza — respondeu Sonny. Olhei para Vivian. O sorriso escancarado não estava mais lá.

— *Como assim?* — ela devolveu, perplexa. — Esta festa é um arraso! Um tremendo sucesso! E Betsy, por que não veio? Tenho certeza de que ia adorar! — Betsy, esposa de Sonny, era uma senhora ultraconservadora que sempre se isolava nas festas de lançamento. Francamente, "peixe fora d'água" seria pouco para descrevê-la numa boate de striptease.

— Na verdade, ela está me esperando em casa para jantar — disse Sonny. Em seguida, despediu-se rapidamente e saiu.

— Banana! — exclamou Vivian assim que ele nos deu as costas. — *Minha mulher está me esperando em casa para jantar!* Tenha santa paciência. Que espécie de homem é essa, que vai embora de uma boate só porque a mulher cozinhou um empadão? Um bunda-mole desses não devia estar no comando de uma empresa, isso eu posso garantir. Tenho mais colhões do que qualquer um na Mather-Hollinger. — Ela se virou para mim surpresa, como se tivesse esquecido que eu estava ali. Depois, ajeitou os peitos no corpete e voltou para a farra.

— Gostaria de uma dança do colo? — ofereceu-me uma asiática peituda, com a educação típica dos orientais.

— Não, obrigada, já estou indo embora — respondi, e fui buscar meu casaco.

Foi então que o vi: Stanley Prizbecki, de jaqueta de couro e várias correntes de ouro no pescoço. O vice-prefeito e Vivian trocavam olhares lascivos enquanto uma loura tipo Barbie se enroscava no peito dele.

De repente me dei conta de uma coisa: se não saísse logo dali e respirasse um pouco de ar fresco, vomitaria na fonte de champanhe do saguão da boate. Pedi meu casaco de pele de carneiro (presente de Natal de Randall) à moça do balcão e saí às pressas, chegando à calçada um segundo antes de botar para fora o almoço do dia. Pela segunda vez naquela semana.

— Eu falei para você entrar na Lexington! — rugiu Vivian ao motorista, a poucos centímetros da orelha dele, e o sedã Lincoln imediatamente deu uma guinada para a esquerda. Vivian e eu fomos arremessadas para o lado oposto do carro. — Seu filho-da-puta! — ela berrou. — Está tentando me matar, é?

Vi pelo retrovisor quando ele levantou as sobrancelhas, sinal de que a ideia já lhe havia passado pela cabeça.

Eram 8h da sexta-feira de uma semana interminável. Estávamos a caminho de uma reunião com Rachel Barnes, nutricionista que vinha frequentando a mídia depois de ter transformado muitas dondocas do Upper East Side, já magérrimas, nos caniços *fat-free* que elas sonhavam ser. O segredo? Um espartano programa de exercícios inspirado na Marinha americana, acompanhado de uma dieta de 500 calorias diárias que ela jurava ser saudável. Desembolsando a bagatela de dez mil dólares mensais, as clientes de Barnes aprendiam que, passando fome e malhando como atletas olímpicas, elas seriam recompensadas com o corpinho de faquir tão na moda naquela estação.

— Três best sellers só este mês. Não dá para contestar esse tipo de sucesso! — urrou Vivian ao celular enquanto o motorista, que havia sido instruído para chegar a nosso destino o mais rápido possível, costurava o trânsito a uma velocidade alucinante. Eu nem sequer piscava, fazendo o máximo para não dar vexame e botar as tripas para fora mais uma vez. Ultimamente meu estômago não andava nem um pouco confiável.

Notando meu desconforto, Vivian interrompeu a conversa ao celular e disse:

— Que diabos você está fazendo, Claire?

— É que... não estou me sentindo muito bem. Só preciso...

— Eca! Você está doente? Então fique longe de mim! Não tenho *tempo* para ficar doente agora!

— Não estou doente, só um pouquinho enj...

— Doente ou não, não fique aí parada, só olhando pela janela. Não lhe pago para admirar a paisagem! Quero três ideias novas antes de chegarmos à rua 80. Seu expediente já começou, sabia? — Ela voltou ao celular. — Juro para você, nem sei o que minha equipe fica fazendo o dia inteiro! Provavelmente coçando o saco e chupando dedo, caso eu não estalasse o chicote de vez em quando. Um *porre*. Então ficamos assim, querida. Ligo para você na semana que vem. Acha que pode almoçar comigo no Ivy na quarta-feira? Perfeito. Tchau.

Então ela voltaria a Los Angeles na semana seguinte. Ótima notícia. Eu conseguia trabalhar muito mais quando não era obrigada a sair correndo cada vez que ela estalava os dedos. Vivian desligou o telefone e guardou-o na bolsa Fendi.

— Na verdade, recebi algumas propostas sobre as quais gostaria de falar com você — falei, consultando o bloco de anotações e tentando esquecer o enjoo que piorava. — O primeiro é um romance histórico ambientado na Chicago da década de 1920... — Vivian juntou as mãos e deitou o rosto nelas, deixando bem claro que a história lhe dava sono. — Tudo bem, então. Outro projeto que recebi me parece ótimo: é um programa de controle da dor crônica, desenvolvido pela Escola de Medicina de Harvard...

— Meu Deus, Claire, quem precisa controlar a dor crônica sou eu, que sou obrigada a ouvir essas suas ideias de jerico. Você é tão... tão *acadêmica*. Tão soporífera! Igualzinha aos outros zumbis do nosso ramo. Você tem de sair dessa sua torre de marfim e pensar nos livros de um modo mais comercial. Caso contrário nunca vai produzir um best seller. Lixo vende. Goste você ou não, é isso que as pessoas querem ler hoje em dia. Então, veja se mete isso na cabeça de uma vez por todas. Na minha empresa não há lugar para esnobes míopes!

Esnobe míope? Zumbi? Às vezes o veneno de Vivian era despejado com tanta rapidez que a ficha demorava um tempo para cair.

— Veja, por exemplo, essa última aquisição que Lulu fez: um guia supersexy e ousado sobre como trair sem ser descoberto. *Esse* é um livro que sete entre dez pessoas casadas vão querer ler. A Lulu entende, sabe? Pega a coisa no ar. Não tenho como lhe ensinar esse tipo de talento, Claire. — O carro parou diante de um sinal fechado. Vivian imediatamente agarrou o motorista pelo colarinho e sacudiu a cabeça dele, berrando: — Eu te disse que não devíamos ter entrado na Lexington! Porra, será que dirigir a porcaria de um carro é tão difícil assim? Vou ter de lhe ensinar a fazer seu trabalho?

Afundei no banco de trás, e o motorista dobrou a esquina, de volta à Park Avenue.

— Agora preste atenção, Claire. Quando estivermos com Rachel, deixe que eu conduza a conversa. Quero que ela me use como cobaia para o livro. Para provar que a coisa funciona mesmo, vai ser legal se eu me submeter a todos os passos do programa dela pelos próximos dez meses. Os leitores vão amar.

Ah, claro. Eu já devia ter imaginado. Assim como acontecera com o livro de decoração cuja autora havia reformado a casa de Vivian sem cobrar nada e o livro de "auto-ajuda para os cabelos" do famoso *hair designer* que agora ia ao escritório uma vez por mês para atendê-la, Vivian não contava publicar o livro de Rachel sem que isso lhe trouxesse um belo pacote de vantagens pessoais. Fazia anos que mudava de dieta para dieta, à procura da fórmula mágica que a livrasse do desequilíbrio químico *e* do excesso nos quadris. Publicando o livro de Rachel, ela conseguiria se livrar de mais aquela despesa.

Alguns meses antes, Phil havia contado mais uma das peripécias de Vivian: um famoso chef da cidade, logo depois de assinar contrato para um livro de culinária e receber o exorbitante adiantamento de meio milhão de dólares, havia se mudado para o apartamento dela, onde cozinhou até o fim do ano. Teria recebido um salário além do dinheiro do livro? Quem conhecesse Vivian poderia jurar que ela não havia tirado um único centavo do próprio bolso.

— Pode deixar, não vou falar nada — concordei.

O celular vibrou na bolsa: Randall, ligando do banco. Embora tentasse evitar qualquer tipo de conversa pessoal quando Vivian estava por perto, atendi a ligação. Precisava ouvir a voz do meu namorado. A mudança estava programada para o dia seguinte, mas com a viagem dele para Londres e minha sobrecarga de trabalho, nós mal havíamos nos falado nos últimos dias.

— Oi, amor — sussurrei, virando o rosto tanto quanto possível em busca de privacidade.

— Claire? Aqui é a Deirdre, querida. Ligando para avisar que Randall teve de prolongar a estadia dele. Só vai voltar na terça-feira. Disse que sente muito e que vai te ligar mais tarde. Mas isso não afeta em nada sua mudança, Claire, tudo já está acertado para amanhã. O pessoal da transportadora vai chegar em seu apartamento às 10h em ponto. Não se preocupe em embalar nada, eles vão fazer isso por você.

Droga. Meu primeiro fim de semana no apartamento de Randall... e ele não estaria lá. Cogitei pedir a Deirdre que adiasse a mudança, mas ela já havia tido trabalho demais.

— Ah, mais uma coisa. A mãe de Randall se ofereceu para passar o fim de semana com você, ajudando a arrumar suas coisas. Para você não se sentir muito sozinha.

Duas vezes droga. Agradeci Deirdre e desliguei o telefone, já diante do escritório de Rachel. Descemos do carro, Vivian primeiro e eu depois.

— Fazendo planos para o fim de semana, é? — ela perguntou, a voz carregada de sarcasmo. — Puxa, Claire, ainda bem que você não deixa o trabalho interferir na sua vida pessoal... — Bufou com desprezo e entrou no prédio.

Lembrei-me de algo que Phil havia dito na primeira noite em que saímos para um drinque depois do expediente: "Quem trabalha para a Vivian só pensa em duas coisas: homicídio ou suicídio."

Na época achei graça. Agora percebia que ele não estava brincando. Frequentemente eu me pegava pensando ora numa coisa, ora na outra.

CAPÍTULO 13

A VOLTA DO PARAFUSO

Sally Jones era a típica dona de casa dos subúrbios. Pelo menos até o dia em que trocou panelas, faxinas e reuniões de pais e mestres por algemas, consolos e orgias...

Impossível continuar. Eu havia chegado ao escritório com a esperança de pôr em dia boa parte do trabalho acumulado, mas aquilo era deprimente demais. Então olhei para o calendário na parede. Faltavam poucos dias para o fim de semana no Iowa. Quase lá. E Randall chegaria à noitinha, graças a Deus. Eu havia passado as três primeiras noites no apartamento dele com Lucille e Svetlana, não exatamente as companhias ideais para inaugurar esse importante capítulo do nosso relacionamento.

Ding, ding. Novas mensagens no computador.

Incapaz de resistir a qualquer distração, abri o Outlook e lá estava uma mensagem de Mara, perguntando como havia sido a mudança.

Eu morria de saudades de Mara. Fazia pouco que ela havia adquirido os direitos para dois ótimos livros de culinária (um deles, escrito por um finalista do Beard Award, e o outro, por um *darling* de Napa Valley), e portanto andava bem ocupada, coordenando fotógrafos, autores e testes de receitas para que todos os detalhes ficassem perfeitos. Além disso, para grande alívio meu, assumira o livro do chef Mario, imperdoavelmente refugado pela Grant Books. Tínhamos nos encontrado apenas algumas vezes desde minha saída da P&P, mas trocávamos mensagens com frequência, o que nem de longe substituía o prazer de nossas conversas diárias. No entanto, antes isso do que nada.

Eu mal havia começado a digitar minha resposta quando uma segunda mensagem de Mara pipocou na tela.

Para: Claire Truman (ctruman@grantbooks.com)

De: Mara Mendelson (mmendelson@petersandpomfret.com)

Assunto: oh-oh

LEIA A COLUNA DO LLOYD GROVE DE HOJE. Depois proteja-se... Estou com medo por você.

Rapidamente tirei o *Daily News* que havia jogado na bolsa a caminho do trabalho e procurei pela coluna de Grove. Ao longo das últimas semanas, ele vinha acertando contas com Vivian. Ao que parece, sentara-se perto dela durante uma recente festa de gala da PEN, próximo o bastante para ouvir o que ela dizia, o que de modo geral alimenta tanto o fascínio quanto o horror das pessoas. Na semana anterior, escrevera sobre os métodos "pouco ortodoxos" que Vivian empregava para divulgar seus livros, bem como sobre o êxodo de funcionários em seu selo. Desnecessário dizer o efeito que isso havia tido no humor já execrável de Vivian. Nessa última coluna, ele soltava o verbo sobre um dos livros sob a responsabilidade de Lulu.

QUEM TUDO (NÃO) QUER TUDO PERDE

Horace Whitney, esquerdista de renome e fiel escudeiro do governo Clinton, afirma nunca ter visto "comportamento tão sórdido, desonesto, autocentrado e moralmente condenável" em toda sua vida. "Mesmo tendo trabalhado em Washington por 30 anos."

O objeto da fúria de Whitney é ninguém menos que a editora-chefe Vivian Grant, conhecida entre outras coisas pelo temperamento difícil. Segundo informa um e-mail de Tami Simons, agente literária de primeira linha, Grant pediu a Whitney "que escrevesse um livro no prazo de dois meses, o que ele de fato fez. E durante mais ou menos três meses não recebemos uma única notícia da [editora] Lulu Price, nem uma palavra sequer. Por fim, depois de inúmeras ligações não retornadas, recebi uma carta de 20 páginas com comentários de Vivian, ao fim das quais ela dizia, sem meias palavras, que o manuscrito é

> 'impublicável' e que o contrato firmado entre as partes está cancelado, assim como o adiantamento previsto".
>
> Whitney e Simons ficaram ultrajados. Naturalmente, essa não é a primeira vez que Vivian Grant desfaz um contrato ao receber o original concluído. O caso em questão, contudo, ganha alento se levarmos em conta que Simons precisou de menos de duas horas para conseguir novas propostas para a publicação do livro de Whitney, e que Grant, numa surpreendente demonstração de apreço pela obra que ela própria havia qualificado como "um monte de m...", agora está processando a Sampson & Evans pelos direitos de publicação.

Junto do artigo via-se uma antiga foto de divulgação de Vivian em que ela aparecia fazendo biquinho, hipermaquiada, e com os cabelos esvoaçantes de uma modelo de capa de revista.

Resmunguei alguma coisa e busquei ânimo num gole de café.

— Claire? — chamou David pelo interfone. — Candace na linha um. Quer que eu diga que você liga de volta?

— Pode deixar, eu atendo — falei. — Candace, tudo bem? Então, já se decidiu quanto à nossa oferta? — Na véspera eu havia passado a Candace a oferta final para o terceiro livro que ela pretendia escrever, um apimentado relato sobre todos os cafajestes que haviam passado por sua cama durante a carreira de top model. Eu estava louca para tocar o barco adiante e assinar o contrato. Infelizmente, "eu mereço mais" pareciam ser as três palavras prediletas dela, palavras ótimas, suponho, para se ter à mão ao lidar com uma pessoa tão cruel e manipuladora quanto Vivian, mas um tanto frustrantes para uma pobre editora encurralada no fogo cruzado.

Candace e Vivian tinham uma estranha e intensa relação de amor e ódio: certa vez haviam disputado o mesmo homem, e além disso eram igualmente lindas, envolventes e malucas. Ao que tudo indicava, agora estavam num momento de ódio.

— Fale para essa senhora, essa filha-da-mãe que se diz sua chefe, que não aceito, mas *nem fudendo*, essa merreca de adiantamento que ela está propondo — berrou Candace entre os ruídos de uma péssima ligação de celular. Afastei o telefone do ouvido. Elas também falavam a mesma língua, esqueci de dizer. — Por acaso a vaca acha que não sei da fortuna que ela embolsou com meus dois primeiros livros? Cento e setenta e cinco mil dólares chega a ser uma piada! Será que ela acha que não existem outras editoras no mundo? Só porque sou *leal*... porra, só Deus sabe quantos sapos já tive de engolir daquela piranha megalomaníaca... isso não quer dizer que sou *burra*. Não vou dar o rabo dessa vez. Diga-lhe que quero pelo menos duas vezes esse valor, e além disso vou precisar de uma verba extra para cabeleireiro, maquiador, stylist... Ah, e passagens de primeira classe para todo mundo. Essas são as minhas condições, meu amor, se vira. — Isso posto, ela desligou na minha cara.

É..., pensei, *vou ter de caprichar na paráfrase*. Tentei me concentrar novamente no que vinha fazendo. Lidaria com essa dor de cabeça mais tarde.

Mas, antes que eu pudesse escrever outra palavra, a porta da sala se abriu de repente, e Alice, uma mocinha adorável que a agência de temporários havia mandado para substituir Tad, entrou esbaforida, fechando-a em seguida. Uma expressão de pânico desfigurava-lhe o rosto bonito. Sobre a boca esparramava-se um bigode de suor.

— Você tem de me ajudar, Claire — ela suplicou. — Vivian vai me matar. Daqui a vinte minutos ela sairá de casa para pegar o avião para Los Angeles, e acabou de ligar pedindo que eu levasse duas pastas que estão aqui no escritório. Perguntei onde podiam estar essas pastas, e ela quase me degolou. Acontece que não consigo achar as porcarias das pastas *em lugar nenhum*... — Alice conferiu as horas no relógio, o que a deixou ainda mais nervosa. — Por favor, Claire, você vai me ajudar, não vai? Ela me chamou de imbecil, disse que vai reclamar com a agência e que eu nunca mais vou conseguir outro emprego...

Alice secou os olhos, e eu a amparei pelos ombros de modo que ela não desabasse ali mesmo. Por que Vivian tinha de ser tão cruel? Por que não disse onde estavam as malditas pastas como teria feito qualquer pessoa normal?

— Claro que vou ajudá-la — falei. — Olha, não ligue para o que a Vivian diz. Ela é assim com todo mundo. Vai receber as pastas a tempo, não se preocupe. — Phil havia tido esse tipo de conversa comigo um milhão de vezes, e quase sempre conseguia me acalmar. No entanto, por experiência própria, eu sabia o quanto era difícil "não levar as coisas para o lado pessoal" diante de uma saraivada daquelas.

— Por favor, não conte nada para ninguém, tá? — sussurrou Alice assim que entramos na sala de Vivian. — Ela é meio obcecada com essa coisa de privacidade. Vai ter um treco se souber que pedi ajuda a você.

— Não vou abrir o bico, pode deixar. Que pastas são essas, afinal?

— Uma que tem as anotações que a equipe de marketing fez durante a última reunião de vendas. E outra sobre o Prime Publishing Program.

Vasculhando a pilha sobre a mesa, encontrei uma pasta com a etiqueta "Faturamento/Outono".

— Pronto, esta aqui é a do marketing — falei, entregando a pasta a Alice, que de tão aliviada dava a impressão de ter sido resgatada de um prédio em chamas. A outra não estava na mesa, então fui até o arquivo e tentei abrir a gaveta N-P. Trancada.

— Espere aí que vou buscar a chave! — Alice saiu em disparada e num milésimo de segundo voltou com a chave na mão.

Abri a gaveta abarrotada de pastas. "Palestras Institucionais"... "Planilhas Contábeis"... "Política de Preços/Mercado Interno e Externo"... e lá estava: "Prime Publishing". Tratava-se de um projeto para divulgar e vender livros diretamente ao consumidor, fortalecendo nossa marca a ponto de fazer o leitor procurar pelas lombadas da Grant antes de decidir o que comprar numa livraria. Um conceito interessante e ambicioso que Vivian havia ajudado a desenvolver na Mather-Hollinger.

Ao tirar a pasta da gaveta, acabei derrubando as outras que estavam por perto. Alice tomou-a da minha mão e, feito um atleta ao receber o bastão numa prova de revezamento, disparou rumo à porta.

— *Deus te abençoe*, Claire — disse ainda. — E não se esqueça de trancar tudo!

Enquanto guardava as pastas de volta, uma delas me chamou a atenção. Na etiqueta estava escrito: "Prizbecki". Seria possível que Vivian mantinha um arquivo para o namorado casado?

Não é certo bisbilhotar, Claire, repreendi a mim mesma. *Ponha a pasta de volta*. Mas a curiosidade levou a melhor, e rapidamente dei uma espiada no conteúdo. Havia apenas um documento: um e-mail enviado para o endereço de Vivian na editora.

Para: Vivian Grant
(vgrant@grantbooks.com)

De: Stanley Prizbecki
(stanleyprizbecki@nymayor.gov)

Olá, gostosa. Desde quinta não consigo parar de pensar em você. Falei para A. que teria uma conferência sobre transportes públicos em Baltimore neste fim de semana; portanto, sou todo seu. Espero por você na sexta, às 11h, aqui em Downtown. (Vou afanar um par de algemas do almoxarife.) S.

Eeeeeeeca! Esse era meu castigo por ser bisbilhoteira.

Guardei o documento de volta e só então percebi a polaroide anexada com um clipe à capa da pasta. Era de Stanley, usando uma camisola de renda pink, chinelos de salto alto e batom vermelho nos lábios. Batom e barba por fazer: uma combinação deplorável, bem como os pelos peitorais que escapavam sob a delicada renda da camisola.

Um tremor involuntário perpassou-me o corpo inteiro. Joguei a pasta de volta no armário e tranquei a gaveta.

Isso que fiz é tão errado..., pensei, esgueirando-me para fora da sala de Vivian. Eu não devia ter olhado. Mas, francamente, ver Stanley Prizbecki naquele modelito era castigo mais do que suficiente para minha infração.

O telefone tocava quando cheguei à minha sala. Nenhum descanso para os exaustos. Atendi.

— E aí, minha linda... — ronronou Randall do outro lado da linha. Meu coração pulou de alegria. Só mais algumas horas até nos vermos novamente... até nossa primeira noite juntos no apartamento dele.

— Oi, amor. Que surpresa! Você quase nunca telefona durante o dia...

— Bem, infelizmente não tenho boas notícias. Queria te dizer isto já. Você sabe o quanto eu queria ir com você para Iowa este fim de semana, mas um de meus melhores clientes acabou de dar um lance para comprar em leilão seu maior concorrente. As coisas estão acontecendo rápido demais, e sou eu quem está liderando a equipe dessa operação, uma operação muito importante. Simplesmente não posso me ausentar numa hora dessas. Preciso ficar na cidade para desenvolver os detalhes do negócio.

— Então... você não vai comigo? — repeti. Estava passada. Em razão do trabalho, Randall muitas vezes tinha de mudar ou cancelar planos no último minuto, mas ainda assim eu esperava que nossa viagem para o Iowa fosse uma exceção. Tínhamos comprado nossas passagens dois meses antes. Ele sabia o quanto aquele fim de semana era importante para mim.

— Eu sei, meu amor, também estou supertriste — ele disse. — Mas trabalho é trabalho. Prometo que vou recompensá-la em outra ocasião.

Trabalho é trabalho. Trabalho é trabalho. Achei que repetindo mentalmente essas palavras eu encontraria sentido nelas. *Trabalho é trabalho.* Que diabos significava isso? Mordi o lábio, lágrimas brotando dos olhos injetados e exaustos. Era adulta o bastante para admirar a importância que Randall dava à carreira, a gana que ele tinha de deixar uma marca própria fora da sombra projetada por sua poderosa família. Mesmo assim, eu me sentia *arrasada*.

— Tudo bem — consegui dizer apesar do nó na garganta.

— Sinto muito, Claire-bear. Detesto que tenha de ser assim. Pelo menos deixe que eu transfira minha passagem para alguma amiga sua. Mara, sei lá, ou quem você quiser. Fale com Deirdre, que ela providencia tudo, OK? Desculpe, meu amor. Preciso entrar numa reunião, mas não deixe de falar com Deirdre, está bem? E a gente se vê hoje à noite. Mal posso esperar.

Assim que desliguei, senti uma dor de verdade, física, no coração.

Trabalhe, Claire, instruí a mim mesma. *Você não está com tempo para ficar chorando as mágoas durante o expediente*. Por mais que eu me esforçasse, no entanto, minha vontade de trabalhar era quase nula.

David chamou pelo interfone.

— Agora é Luke que está aqui. Puxa, que dia, hein? Você tem um minutinho?

— Claro, David. Peça para ele subir, por favor.

Sem pensar, vasculhei a gaveta em busca de um gloss, soltei o rabo-de-cavalo e dei uma ajeitada básica nos cabelos. Foi então que uma ideia estranha, porém interessante, me passou pela cabeça: *E se eu convidasse Luke para ir comigo a Iowa?*

Seria esquisito demais? Luke e eu havíamos criado uma deliciosa amizade durante o processo de edição de seu livro. Ele aparecia no escritório com regularidade, às vezes para conversar sobre as dificuldades que vinha encontrando com a revisão do texto, ou só para dar um alô. Eu sempre gostava de suas visitas. Tinha certeza de que ele adoraria a festa de papai, e Randall dissera que eu podia convidar quem eu quisesse. No entanto talvez não fosse muito apropriado chamar outro cara para me acompanhar.

— Por que você mudou de sala? — perguntou Luke, entrando em meu armário sem janelas.

— Fiquei cansada daquela vista, sabe? E do sol também.

Ele sorriu e me cumprimentou com um beijo no rosto. Por motivo nenhum, corei.

— Você deu uma olhada nos meus comentários? — perguntei. Finalmente havia conseguido terminá-los, levando alguns dias a mais a fim de evitar possíveis lapsos.

— Estou pela metade, e até agora concordo com todos eles. Obrigado pela ajuda, Claire. Mas hoje vim aqui só para tomar um cafezinho com você. A gente não se fala desde aquela noite no Otheroom.

Ah, sim. Aquela noite em que enchi o pote e aluguei seu ouvido durante horas. Minhas recordações daquela noite permaneciam confusas, mas eu me lembrava de ter falado horas a fio sobre trabalho, família, sonhos, vida amorosa... Talvez fosse melhor não me lembrar de mais detalhes.

— Então, como vai a coabitação? — continuou Luke. — Você se mudou para o apartamento do seu namorado, não foi?

— É, no fim de semana passado. A coabitação, hum, vai bem, obrigada. — Tradução: dois dias seguidos na companhia de uma sogra intrometida e da estonteante Svetlana.

Então, de um segundo a outro, resolvi soltar o freio de mão e mandar a cautela às favas. Luke era meu amigo. Que motivos eu teria para *não* convidar meu amigo Luke para um fim de semana do qual ele certamente iria gostar? Talvez Randall não aprovasse muito a ideia de que outro homem me acompanhasse a uma festa de família; mas talvez devesse ter pensado nisso quando resolveu me trocar pelo trabalho na última hora. Ele que repensasse suas prioridades da próxima vez.

Não que eu estivesse usando Luke para provocar Randall. Claro que não.

— Olha, Luke, por favor fique à vontade para dizer não — comecei. — Sei que é um convite de última hora... talvez você já tenha planos ou não goste muito da ideia... ou talvez tenha de trabalhar, fazer outra coisa, sei lá... Na boa, a última coisa que eu quero é...

— *Bzzzzz* — ele interrompeu, imitando uma campainha. — Você acabou de exceder o limite de preâmbulos para uma única frase. Vai, desembucha.

— Desculpe. Bem, é que eu estava pensando... — Por que meu coração batia forte daquele jeito? Por que eu tinha a sensação de que estava convidando um garoto para o baile de formatura? — Você não gostaria de ir comigo a Iowa este fim de semana, para a festa de meu pai? É uma festa que fazemos todo ano em memória dele. Várias pessoas aparecem lá em casa para ler seus poemas favoritos e... Olha, vou entender perfeitamente se você não puder. Sei lá... Achei que podia ser divertido, só isso.

— Você só pode estar brincando. Claro que eu quero ir! — Luke abriu um sorriso iluminado, deixando claro que seu entusiasmo era verdadeiro. — Não podia ser melhor. Minha namorada vai estar fora também, numa passeata pelo bicho-da-seda, ou qualquer coisa parecida.

— Ótimo! Ah, e não precisa se preocupar com a passagem. Tenho um... um voucher — falei. — Puxa, que bom que você pode ir! Talvez possamos até dar uma adiantada no trabalho! Por que você não leva o livro para darmos uma olhada durante a viagem?

— Ou quem sabe não deixamos o trabalho de lado e simplesmente aproveitamos o fim de semana...

— Melhor ainda!

— Olá, Claire-bear — disse Randall, entreabrindo a porta do quarto agora nosso. *Uau*. Embora ainda não o tivesse perdoado inteiramente pelo cano de última hora, fui obrigada a admitir que ele estava delicioso e lindo, como sempre, no terno ligeiramente amassado depois de um dia de trabalho. Sentei-me na cama e larguei no criado-mudo o original que vinha lendo. Só então ele mostrou o que escondia atrás das costas: uma sacolinha da Cartier. — Sinto muito pelo fim de semana — falou. Aproximou-se da cama e delicadamente afastou os cabelos da minha testa. — Sei que desapontei você, meu anjo. Mas é como eu disse: não posso me ausentar do escritório num momento importante desses. Às vezes detesto os sacrifícios que tenho de fazer em nome do trabalho, Claire, mas são ossos do meu ofício.

Vendo que suas desculpas eram genuínas, decidi que não tinha motivos para continuar com raiva.

— Eu entendo — falei, fazendo um carinho nas costas dele. — Não vão faltar outras oportunidades para você passar uns dias com minha mãe em Iowa. Quanto à festa... quem sabe no ano que vem?

Ano que vem. Examinei o rosto de Randall à procura de algum sinal de desconforto. Nunca falávamos sobre o futuro, e mesmo minha rápida referência ao ano seguinte parecia fora de propósito. Por outro lado, agora morávamos juntos, e o futuro não deveria ser um assunto tabu.

— Ano que vem, claro — ele disse sorrindo, completamente relaxado. — Agora abra isto aqui, meu amor. É um presentinho de desculpas. — Randall me entregou a sacola da Cartier. Abrindo a caixa que estava dentro, deparei-me com uma pulseira de ouro, linda e delicada. Adorei o presente, mas sobretudo fiquei emocionada que ele tivesse se dado àquele trabalho.

Abraçando-o, sussurrei:

— Obrigada, meu amor. A pulseira é linda. Mas você não precisava ter me dado um presente.

— Deixe-me ajudá-la a colocar — ele disse, atrapalhando-se com o fecho. Eu sentia o calor dos dedos dele contra meu pulso. Beijei-o no pescoço. — Achei que você ia gostar — ele continuou, enfim conseguindo fechar a pulseira.

— Adorei, Randall. E adoro *você* também. Puxa, finalmente vamos passar nossa primeira noite juntos!

— Eu sei. Você tem sido muito paciente, Claire. — Ele me beijou. — Ah, Deirdre comentou que você ligou para transferir a passagem para outra pessoa. Quem você chamou, afinal? — ele perguntou.

— Na verdade convidei um de meus autores — respondi sem hesitar. — Luke Mayville, sobrinho de Jackson. — Receando que as coisas começassem a desandar ali mesmo, subitamente me arrependi de não ter pensado melhor.

— É mesmo? Que bom, meu amor. Fico feliz por você.

Como? Nenhuma reação? Em vez de ficar aliviada com a se gurança de Randall em relação a Luke, devo admitir que me senti um tanto desapontada com sua indiferença.

— Vou tirar essa roupa e tomar um banho. Não demoro, prometo. — Com um sorriso sensual nos lábios, Randall afrouxou a gravata e saiu para o banheiro.

Pensando bem, que motivos ele teria para não se sentir seguro? Estávamos morando juntos, tínhamos assumido um compromisso relativamente sério. Por que ele deveria se importar que eu passasse um fim de semana na companhia de um amigo? Randall confiava em mim. E com razão: eu era louca por ele.

Deitando a cabeça no travesseiro de penas, tentei esperar acordada pela volta de Randall. Mas o barulhinho do chuveiro, a incrível maciez daqueles lençóis italianos e o cansaço do dia eram demais para mim.

Vou acender umas velas, pensei, fazendo um esforço para me levantar, *criar um clima para quando ele voltar*. Procurei por fósforos na gaveta do criado-mudo: nada. Selos, uma lâmina de abrir envelopes, alguns papéis de carta... e uma foto de Randall com uma loira linda na praia. Ótimo. A segunda foto indesejável do dia. E nenhum fósforo.

Desistindo do projeto velas, e sem querer xeretar mais do que já havia xeretado, joguei-me novamente sob os lençóis. O chuveiro continuava aberto. Algum tempo depois, virei o corpo na cama e deparei com Randall já deitado, limpinho, cheirosinho e de pijamas. Lia um documento qualquer. Olhando para o relógio, vi que já passava das 2h. O homem não dormia nunca? Era biônico, só podia ser.

— E aí, amor? — sussurrei, aconchegando-me a ele, sentindo o cheirinho gostoso de sabonete. — Desculpe, mas caí no sono.

— Tudo bem, Claire-bear. — Ele me beijou na testa ao mesmo tempo que virou uma página. — Você precisa descansar.

— Boa noite — eu disse, beijando-o no peito. Desde a infância não me sentia assim, tão segura e confortável ao lado de alguém.

— Boa noite, Coral — ele sussurrou de volta, distraído, anotando alguma coisa na margem do documento.

Despertei num piscar de olhos.

— Você me chamou de Coral?

— Claro que não! Eu disse Claire. Boa noite, *Claire*.

Por que, então, eu tinha ouvido Coral? Por acaso ele estava mentindo? Tudo bem, eu *estava* meio grogue de sono. Claire... Coral. Os nomes até que eram parecidos. E mesmo que ele tivesse dito o nome da ex-namorada, que importância tinha isso? Um lapso bobo, dois nomes com quase as mesmas letras.

Novamente me aconcheguei a ele. Randall confiava em mim, e eu precisava confiar nele também.

Mesmo assim, não consegui voltar a dormir.

CAPÍTULO 14

A CASA DA FELICIDADE

Mamãe, claro, esperava por nós no saguão de desembarque, apesar de o aeroporto ficar a uns 40 minutos de nossa casa. Tomar um táxi, para ela, era tão bizarro e "nova-iorquino" quanto pedir uma entrega do restaurante da esquina.

— Mãe! — berrei em meio à multidão. Ela se iluminou quando nos viu. Beatrice e eu corremos em sua direção e por pouco não a derrubamos com nossos abraços. Os rapazes, sobrecarregados com a bagagem, se arrastavam ao nosso encontro.

— Meu amor... — disse mamãe, olhando de esguelha para Bea. — Você não estava brincando, Beatrice, ela está um palito. Já estava magra no réveillon, mas agora...

— *Ela* está bem aqui — lembrei às duas, puxando mamãe para mais um abraço de modo que ela parasse de me examinar de cima a baixo. — Estou tão feliz com esta viagem... Estava contando os dias, desde que você foi embora de Nova York. — Eu estava dizendo a verdade, mas ao mesmo tempo ainda ficava um pouco triste em voltar para casa e não encontrar papai ao lado de minha mãe. Já fazia cinco anos desde sua morte, mas eu não conseguia me acostumar.

— Eu também, querida, estou muito feliz em vê-la. Harry! — Mamãe apertou-o num abraço forte. — Você está ótimo!

— Você também, Trish! E estou vendo que tem trabalhado um bocado. — Harry apontou para as manchas de tinta nos jeans dela.

— Ah, é que hoje acordei inspirada — retrucou mamãe, sorrindo. — E você deve ser Luke! Que bom que você veio, eu estava louca para conhecê-lo. Semanas atrás, Claire mandou uma prova de seu livro para que eu lesse; simplesmente adorei! Você tem muito talento.

— Puxa, obrigado — disse Luke, visivelmente comovido com o elogio. — Acho que está começando a entrar nos eixos, graças aos conselhos e à dedicação de sua filha.

Mamãe ficou radiante.

— Claire teve dois ótimos professores na arte de editar: o pai dela e Jackson, seu tio. Isso significa que você está em boas mãos.

— Para, mãe — eu disse rindo, tomando minha sacola de Luke e conduzindo o grupo para o estacionamento. No que dizia respeito a mim e a papai, mamãe nunca conseguia ser modesta.

— Sabe, sempre fui um grande admirador da obra de seu marido — Luke disse a ela. — Foi por isso, entre outras coisas, que fiquei nas nuvens quando Claire me convidou para vir.

Entre outras coisas? Bea olhou para mim, pasma.

— Obrigada, Luke. Para mim é maravilhoso saber que Charles tocou tanta gente com seu trabalho — disse mamãe, pendurando-se no braço de Luke. — Mas, por favor, me chame de Trish.

— Levei três anos para conquistar esse privilégio — brincou Harry. — Já vi que o negócio é falar de poesia.

Por fim chegamos ao detonado Subaru de mamãe e nos apertamos nos bancos; a essa altura, Luke dava a impressão de que estivera ali desde sempre.

— Desculpe, gente, mas o aquecedor é meio temperamental — avisou mamãe, virando-se para Bea, Harry e Luke, amontoados no banco de trás. — Tem uns cobertores aí atrás, caso vocês estejam morrendo de frio.

Bea imediatamente alcançou os cobertores e os distribuiu entre nós. Eu já havia me esquecido de como o inverno podia ser frio no Iowa. Por uma fração de segundo, fiquei aliviada por Randall não ter vindo conosco. Como ele reagiria àquela carroça sem aquecedor, praticamente a antítese de um Porsche? Difícil imaginá-lo embrulhando-se num dos edredons pessoalmente confeccionados por mamãe.

— Mãe, você não acha que já está na hora de trocar a Nellie? — Tínhamos aquela perua, a Nellie, desde minha infância. Uma aposentadoria seria mais do que merecida.

— Abandonar minha Nellie? Nunca! Você sabe que eu jamais faria uma coisa dessas.

Nem sei por que me dera ao trabalho de sugerir aquilo. Mamãe tinha o hábito ridículo de se afeiçoar às coisas. Casacos velhos sempre podiam ser remendados mais uma vez; pratos lascados tinham "personalidade". Até hoje não sei a que se deve isso: às raízes quatrocentonas dela ou à simplicidade desenvolvida ao longo dos anos em razão do dinheiro curto. De qualquer modo, prefiro pensar que mamãe não acreditava de verdade que a velha perua Subaru tinha sentimentos.

— Quem precisa de aquecedor, afinal? — disse Harry, apertando o edredom contra o corpo.

— Parece que esse ano vem muito mais gente do que esperávamos! — contou mamãe, animada. — Já são 250 pessoas, e vocês sabem que algumas sempre aparecem com um amigo sem avisar. O toldo já está pronto. Harriet e Suzanne estão na cozinha desde quarta-feira, fazendo comida para um batalhão.

Juntas há 30 anos, Harriet e Suzanne haviam sido as melhores amigas de meus pais por cerca de 25. Harriet cozinhava para uma pousada local, e Suzanne fabricava sabão artesanal com produtos orgânicos; eram elas que sempre cuidavam do bufê da nossa festa, cada vez mais elaborado.

Até chegarmos em casa, mamãe nos colocou a par de todos os preparativos. Tudo parecia sob controle, mas ainda havia trabalho a ser feito.

— Você se importa de me dar uma mãozinha? — ela perguntou a Luke.

— Vai ser um prazer — ele respondeu, animado.

Uma hora depois, Luke enxugava o suor da testa e respirava fundo antes de retirar uma pesada mesa de centro de nossa sala de estar. Ele e Harry já tinham arrastado um sofá, duas poltronas grandes e um divã. Eu teria ajudado também caso mamãe não me tivesse incumbido de testar o sistema de som. Sistema de som! Era impressionante como a festa de papai havia crescido desde sua primeira edição, e como mamãe havia caprichado este ano. Bea ocupava-se amarrando fitas à lista de patrocinadores locais; Harriet e Suzanne davam instruções detalhadas à equipe de garçons. Por fim, quando faltavam uns 40 minutos para a chegada dos convidados, estava tudo pronto.

— Você se importaria se eu tomasse um banho? — perguntou Luke, ensopado de suor. — Estou meio vencido — ele disse sorrindo, mostrando a camisa grudada ao peito.

— Claro! Desculpe, Luke, foi mal. Colocá-lo para trabalhar assim, minutos depois de chegarmos em casa. Que espécie de anfitriões você vai...

— Não precisa se desculpar, Claire, para mim foi um prazer ter podido ajudar. Um por todos, todos por um. — Luke se inclinou e me deu um rápido beijo no rosto. Gelei. Ele exalava um cheiro bom. Do outro lado da sala, Bea olhou para nós, os pensamentos estampados no rosto.

Só um beijinho no rosto. Coisa de amigo.

— Vem comigo — falei, conduzindo Luke pelo corredor até o banheiro. Abri o armário e tirei uma toalha limpa.

A meu lado, Luke passava o dedo sobre alguns livros na prateleira. Meus pais haviam espalhado prateleiras por quase todas as paredes da casa, inclusive as do banheiro; sua extraordinária coleção de livros era o único luxo que haviam se permitido na vida. Mamãe costumava dizer que a proximidade daqueles livros que eles haviam lido ao longo dos anos dava-lhe a sensação de que papai ainda estava em casa, e por isso ela nunca se mudaria dali.

— Ei, foi seu pai que escreveu isto aqui? — perguntou Luke.

Olhei para o livro que ele puxara aleatoriamente da prateleira. Estranhei que tivesse escolhido justamente a primeira coletânea de poemas de papai, um livrinho pequeno e encardido, publicado quando ele ainda estava na pós-graduação, por uma editora minúscula que sequer existe mais. Embora papai tivesse publicado uma dezena de outros livros de poesia, esse era de longe o meu favorito.

— Li cada verso pelo menos mil vezes — contei a Luke, sentindo um nó na garganta. — Sei tudo de cor. Ainda bem, porque perdi o único exemplar que eu tinha quando me mudei do dormitório de Princeton. Mamãe quis me dar o dela, mas não aceitei de jeito nenhum. Sei lá, me senti culpada. Afinal, o desleixo foi meu. Foi uma edição bastante limitada, nunca consegui encontrar outra cópia.

— Tenho certeza de que você vai acabar encontrando — disse Luke, tentando me animar.

— Espero que sim. — Esse assunto sempre me deixava triste. Entreguei a toalha a Luke, e ele sorriu, fechando a porta do banheiro.

— As pessoas estão comendo a sopa de abóbora com nozes e creme de sidra? — quis saber Harriet, preocupada. — Eu falei que não devíamos servir sopa, Suzanne. Ninguém consegue carregar tantos pratos e tigelas!

— Pois então estamos quites — retrucou Suz, dando de ombros —, porque eu *falei* que devíamos ter preparado uma quantidade duas vezes maior de crostini de aspargos, prosciutto e fonduta!

— Hein? Que diabos é isso? — perguntei, pegando uma coisinha deliciosa da mesa e jogando na boca. Vinha me empanturrando desde o aeroporto: meu estômago estava relaxado o bastante para apreciar comida outra vez.

— Isso que você acabou de comer — respondeu Suzanne, afastando uma mecha de franja do meu rosto, alojando-a atrás da orelha. — Então, minha linda, como vão as coisas? Sua mãe diz que você anda acorrentada à mesa do trabalho ultimamente. Mas seu namorado é bem bonitão!

— Luke? — Olhei rapidamente para Luke, que conversava com mamãe na mesa ao lado. — Ele não é meu namorado, Suz, é um de meus autores. Na verdade, é um amigo. Meu namorado está trabalhando, por isso não pôde vir. Mas mandou *todas* aquelas flores. Não é uma gracinha? — Apontei para a parede de rosas brancas que Randall havia mandado mais cedo naquele mesmo dia.

— Pode ser — interveio Harriet. — Mas no seu lugar eu ficava com aquele ali. É bonito, engraçado, gentil... e olhe só como ele se dá bem com sua mãe. Não vejo a Trish rindo assim desde... — Ela se afastou sem terminar a frase, simplesmente fazendo um gesto com a mão.

— Luke é ótimo, concordo. Mas Randall também é.

— Tenho certeza que sim, Claire — disse Suzanne. — Não dê ouvidos a Harriet. Ah! Sua mãe está indo para o palco. Silêncio, todo mundo!

Mamãe bateu de leve no microfone.

— Obrigada por terem vindo! — disse. — Tenho uma ótima notícia: com o dinheiro arrecadado este ano, vamos oferecer não uma, mas *duas* bolsas de estudos para a Oficina de Criação Literária. Graças à incrível generosidade de todos vocês. Mais uma vez, muito obrigada. — Aplausos por toda parte. — E agora, gostaria de apresentar minha filha, Claire Truman, que dará início às leituras com o "Kubla Khan" de Coleridge.

Todos os anos eu lia o mesmo poema. Era um dos prediletos de papai, um dos quatro ou cinco que ele costumava recitar quando me botava para dormir. Sempre que lia esse poema, eu tinha a impressão de que ouvia a voz dele; chegava a senti-lo a meu lado, sentado na cama.

Como é bom estar em casa, pensei, subindo ao palco e observando a multidão de pessoas queridas. Sabia que Luke estava sorrindo, mesmo sem olhar para ele.

— Quem dera pudéssemos ficar mais... — lamentou-se Bea.

— Quem dera eu não tivesse 300 páginas de trabalho à minha espera em Nova York... — acrescentei, amuada.

Harry e Luke haviam saído para um passeio ao ar livre; Bea, mamãe e eu tínhamos ficado em casa, de pijamas, conversando na cozinha recém-pintada de verde-hortelã. Fazia meses que eu não me sentia tão feliz e relaxada, a não ser por uma crise aguda de melancolia dominical.

Já havíamos falado da festa, do grande sucesso que havia sido: as pessoas ficaram até as 2h da manhã (o equivalente em Iowa a virar a noite em Nova York), e depois nós cinco ainda ficamos um tempo na sala, diante da lareira, bebendo o vinho que havia sobrado.

— Você já falou mas eu esqueci — disse Bea. — Quantos meses você ainda tem de trabalhar para aquela bruxa?

— Cinco. E uma semana. — Parecia pouco, mas para mim era uma eternidade.

— Sabe de uma coisa? — disse mamãe, calmamente. — Acho que não gosto muito dessa Vivian. — Bea e eu levamos um susto. Mamãe, assim como Jackson, acreditava firmemente no princípio de que "se você não tem nada de bom para falar de alguém, então não fale nada". Achar que não gostava de alguém, para ela, era o máximo da ofensa.

— Pois eu *tenho certeza* de que não gosto dela — falei, subitamente transtornada com a perspectiva de ter de voltar ao trabalho no dia seguinte. Tinha esperado semanas por essa viagem a Iowa, e apesar de maravilhosas, as últimas 24 horas haviam passado num piscar de olhos. Só o que me restava agora era voltar à realidade, a Nova York, à Grant Books. — Minha vontade é telefonar para o escritório, falar que estou doente e ficar aqui mais uma semana. Talvez um ano. Ficar escondida debaixo das cobertas. — Eu estava brincando, claro, mas a ideia até que não era má.

— Você sabe que minhas cobertas estão sempre às ordens, não sabe? — disse mamãe, um sorriso carinhoso nos lábios. Eu sabia que ela queria dizer algo mais, mas preferira se calar e me servir outra fatia de torta de maçã caseira, o especial do café-da-manhã.

— Mudando de assunto — sussurrou Bea, chegando mais perto —, o cara não podia estar mais apaixonado...

— Que cara, Bea? De quem você está falando?

— Do capitão Stubing, do *Barco do amor*, Claire. Do Luke, claro! Por que você não disse que ele era um gato? Você devia ter visto a cara dele enquanto você lia o poema no palco. Parecia saborear cada palavra.

— O poema é lindo, Bea. — Senti as bochechas enrubescerem. — E nós somos apenas amigos. Temos uma ótima... relação de trabalho.

— Bem, eu acho ele um amor — declarou mamãe. — Além de lindo, claro.

— Ora, mamãe, Randall também é ótimo. Talvez o homem *mais* bonito que já vi na vida! Além disso...

— Eu sei, minha querida, ele é ótimo, sim. Estou louca para conhecê-lo melhor.

— A senhora nem imagina como ele ficou chateado quando soube que não poderia vir. Aliás, já mostrei para vocês o que ele me deu de presente como desculpas? — Levantei o punho com a pulseira de ouro e na mesma hora percebi como estava sendo ridícula. Mas a campanha de mamãe e Bea a favor de Luke havia me deixado estranhamente na defensiva. Jamais poderia ter imaginado que elas o vissem como uma possibilidade romântica, sobretudo quando eu tinha Randall, o namorado perfeito, à minha espera em Nova York.

— É linda! — exclamou Bea. — Muito gentil da parte dele.

— Linda mesmo, Claire — concordou mamãe.

— Realmente acho que Randall pode ser... vocês sabem, o homem da minha vida.

— Acha mesmo? — disse mamãe. — Então estou *mais louca* ainda para conhecê-lo melhor! É maravilhoso, Claire, que você esteja sentindo isso. Ele deve ser uma pessoa muito especial.

— Uau — disse Bea, perplexa. — Sabe, às vezes acho difícil acreditar que Randall, nossa paixonite de faculdade, agora seja seu namorado de verdade! Tudo é... sei lá, tão perfeito!

— Também acho — respondi sorrindo.

Mamãe olhou preocupada para o relógio na parede.

— Vocês deviam arrumar suas coisas — falou. — Infelizmente vamos ter de sair daqui a pouco.

Não. Eu não queria ir embora. Logo agora que estava começando a me lembrar do que era respirar, relaxar, saborear uma refeição, jogar conversa fora com os amigos...

— Mãe, você bem que podia ir me visitar em Nova York um fim de semana desses. A mãe de Randall está sempre me pressionando, querendo saber quando você vai aparecer por lá.

— Acho que não é só você que ela anda pressionando. Tem dias que Lucille liga quatro ou cinco vezes aqui para casa. Deve se sentir muito solitária. Seria ótimo se encontrasse alguma coisa para passar o tempo. Sei que ela participa de várias causas beneficentes, mas ainda assim tem muito tempo de sobra.

— Nem consigo imaginar Lucille trabalhando... — comentei.

— Ela era muito esforçada, estava sempre correndo atrás do que queria — disse mamãe. — Mas isso foi há muitos anos, claro.

O celular tocou, e imediatamente fiquei tensa. Mas o número era do escritório de Randall, não de Vivian.

— Oi, amor... — atendi, quase miando.

— E aí, Claire-bear? Olha, estou ligando só para avisar que Freddy vai buscar vocês no aeroporto. Também pedi a Svetlana que preparasse um jantarzinho para nós. Posso dar uma escapulida do trabalho por algumas horas. Achei que podíamos ficar em casa esta noite, só nós dois, juntinhos... Que tal?

Maravilha. O remédio perfeito para a minha tristeza.

— Combinado. Ah, Randall, as rosas são lindas! Como foi que você...

— Deirdre ficou horas no telefone, falando com todas as floriculturas de Iowa.

Harry e Luke irromperam na cozinha, vermelhos por causa do frio.

— Caramba! Está gelado lá fora! Um cafezinho, pelo amor de Deus! — suplicou Harry, puxando uma cadeira para junto da mesa. Mamãe imediatamente tirou duas canecas enormes do armário e despejou café quente em cada uma delas.

— Perfeito, obrigado — disse Luke, esquentando as mãos na caneca e o rosto no calor do café.

— Amor? Ainda está aí? — perguntou Randall.

— Claro — respondi envergonhada. — Então tá... A gente se vê daqui a algumas horas.

— Ótimo. A gente se vê. Te amo, Claire-bear.

Levei alguns segundos para responder:

— Hum... Te amo também, Randall. Tchau.

— Puxa, como é linda essa região! — exclamou Luke. — No Central Park não tem nada parecido! Isso, sim, é qualidade de vida...

— Por favor, não diga uma coisa dessas! — falei com inesperada rispidez. — Já é tão difícil convencer mamãe a ir para Nova York... Além disso, lá tem o Met, a ópera, os melhores restaurantes do mundo... Ninguém pode reclamar da qualidade de vida em Nova York.

— É verdade — concordou Luke, desconcertado. — Só acho que é ótimo respirar um pouco de ar puro.

Subitamente me arrependi de tudo que disse, e sobretudo de como disse. Minha reação havia sido injustificável. Luke estava sendo gentil conosco, só isso.

— Logo, logo vou te visitar — interveio mamãe, alisando meus cabelos. — Você sabe como adoro estar com você.

Fiquei imaginando como ela se sentiria no apartamento de Randall. Mamãe era a pessoa menos moralista do mundo; ainda assim, talvez sentisse certo desconforto no quarto de hóspedes, conosco logo ali, no mesmo corredor. Além disso, nossas maratonas de filmes antigos com sorvete não tinham muito a ver com a impecável *media room* de Randall.

— Muito bem, pessoal — ela disse. — Sinto muito, mas está na hora de vocês partirem. Preparei este lanchinho para a viagem. — Mamãe me entregou uma sacola enorme, recheada com pão de banana caseiro (recém-saído do forno), sanduíches de queijo e presunto de Parma, frutas frescas e suco. Tínhamos acabado de tomar café, mas fiquei com água na boca ao ver o banquete que ela havia preparado.

— Obrigada por tudo, mãe — eu disse, apertando-a num abraço que poderia durar para sempre.

CAPÍTULO 15

O CORAÇÃO DAS TREVAS

— Carl. Vivian, querido. Claire Truman também está conosco em *conference call*. Vai anotar tudo, para que você só tenha de ouvir, está bem, coração?

— Manda bala, Viv — respondeu Carl Howard, na voz roufenha de quem acende um cigarro no outro.

Sozinha em minha sala sem janelas, amparei a cabeça latejante em uma das mãos. Mal acreditava que, menos de 24 horas antes, eu estava sentada à velha mesa de fazenda da cozinha de mamãe, tomando café, sentindo o perfume do pão de banana que assava no forno, ouvindo o falatório distante que vinha do velho rádio. Parecia que havia voltado para o inferno havia uma semana, mas não passava do meio-dia de segunda-feira.

Desembrulhei uma fatia do pão que mamãe nos dera para a viagem e dei uma pequena mordida, esperando que isso trouxesse de volta parte do prazer de estar na companhia dela, em casa. Mas no ar tóxico daquele ambiente o gosto já não era o mesmo. Joguei o pão fora.

— Claire, você está aí? — perguntou Vivian.

— Estou, estou. Oi, Carl.

Domiciliado em Miami, Carl era o *ghostwriter* de quase metade de nossos livros. Tinha um extraordinário talento para encontrar o estilo de cada autor e recontar sua história e de um modo que o próprio autor jamais seria capaz de fazer. Além disso escrevia muito rápido, o que, diante dos prazos insanos da Grant, fazia dele um de nossos mais importantes colaboradores.

Nunca o tinha visto pessoalmente, mas certa vez ele me tirara de uma grande enrascada ao reescrever em tempo recorde um dos livros de urgência sob minha responsabilidade. Como eu, todos os editores da Grant tinham com Carl Howard alguma dívida de gratidão.

No entanto, se você fosse do sexo feminino e minimamente bonita, Carl fazia questão de cobrar suas dívidas. Dizia-se à boca pequena que ele e Vivian tinham um affair de muitos anos, ressuscitado sempre que dava na telha dela, e por causa disso a saia-justa era ainda maior quando uma de nós era alvo de suas cantadas indecentes.

O objetivo daquela reunião por telefone era convencer Carl a escrever, para ontem, a autobiografia de Morgan Rice. Uma história de arrepiar. Rice (roqueira, drogada, garota-propaganda do mau comportamento) havia sido casada com uma figura emblemática do rock, igualmente drogada, que morrera de overdose durante a festa de aniversário de quatro anos do filhinho deles. Ela nunca havia falado em público, nem escrito nada, sobre a morte do marido, mas agora estava disposta a lavar toda a roupa suja em troca de um adiantamento de sete dígitos. Naturalmente, o livro causaria um enorme furor.

Rice enfim dera o ar de sua graça na semana anterior. O agente já havia marcado conosco oito vezes, mas oito vezes tínhamos levado um cano de última hora, acompanhado de uma desculpa esfarrapada. Quando por fim a vimos em carne e osso, ficamos estarrecidos: os cabelos eram uma grenha oxigenada; o batom, um borrão vermelhíssimo espalhado aleatoriamente em torno da boca; dentes e unhas, encardidos; os olhos, vidrados; e, completando o *look*, as indefectíveis marcas de pico nos braços. Morgan Rice era uma tragédia ambulante.

E agora eu era sua editora. A ideia era reproduzir um diário da roqueira, uma espécie de álbum com coisas que ela havia juntado ao longo dos anos, entremeado por trechos de narrativa fluente. E tínhamos quatro semanas para terminar. Vivian queria que o livro fosse lançado antes do aniversário de morte do marido de Rice, um objetivo mais do que justificável do ponto de vista comercial, mas que deixaria a pobre Dawn à beira de um infarto fulminante. Um livro em quatro cores, sem nenhuma palavra escrita ainda, a ser publicado em tempo recorde.

Dawn, claro, encontraria alguma maneira sobre-humana de fazer a coisa acontecer. Como sempre. Então, da próxima vez, Vivian tentaria encurtar ainda mais o prazo de produção. A competência de Dawn era um ônus para si mesma. Por outro lado, dizer não a Vivian simplesmente não era uma alternativa.

Bem, voltando a Carl, precisávamos desesperadamente que ele escrevesse o livro. Sem ele na equipe, as chances de que conseguíssemos cumprir nossa meta eram mínimas, até mesmo Vivian reconhecia isso. Por isso ela estava ao telefone também.

— Então, querido, preciso que você se encontre com a Morgan, arranque a história dela, reúna alguns objetos pessoais... parece que ela tem caixas e caixas de tralha guardada... e produza um original em menos de três semanas — explicou Vivian tranquilamente, como se estivesse pedindo creme para o café.

— Caramba... — disse Carl, assustado. — Não vai ser fácil, coração. Nem mesmo para mim. Ela não estava numa clínica de reabilitação? Será que está falando coisa com coisa?

— Ela está ótima! Estivemos com ela na semana passada. Um doce de pessoa. Seja como for, tenho certeza de que você dará conta do recado. Lembra-se daquele trabalho que fez para a gente? *The crash*? Pois é, depois do fracasso retumbante de quatro escritores, você veio e salvou a pátria. Aquilo foi realmente impressionante, Carl. Você transformou um idiota, um pateta semianalfabeto, num escritor instigante, inteligente. Você é um gênio, meu amigo, sei que vai tirar isso de letra. Seu domínio da língua não tem igual.

Uau.

— Fale devagarzinho, gata — gemeu Carl ao telefone. — Estou quase melando a cueca.

Pelo amor de Deus, não. Mil vezes não. Sabia muito bem aonde aquela conversa estava indo, e, francamente, eu não queria ir junto.

— Querido, ninguém faz melhor que você nesse ramo — ronronou Vivian.

— Ninguém faz *o quê* melhor que eu? — provocou Carl. — Fala que ninguém trepa melhor que eu, fala, e você recebe seu livro em duas semanas e meia.

— Você sabe, meu amor. E não estou falando só desse ramo. Você é a melhor trepada que já tive na vida. — Ela só faltou fingir um orgasmo ali mesmo.

Difícil acreditar que aquilo estivesse mesmo acontecendo, que eu tivesse sido arrastada para um repugnante *ménage à trois* telefônico com minha chefe e um *donjuán* de araque. Um pesadelo dos brabos.

Pigarreei e disse:

— Carl, você quer que eu mande o contrato diretamente para você ou para o seu agente?

— Empata-foda... — reclamou Vivian.

— Mande para mim, benzinho — respondeu Carl, numa voz melosa que me embrulhou o estômago. — E você ouviu o que a Vivian disse. Ninguém faz melhor do que eu. Lembre-se disso e arrume um tempinho para mim da próxima vez que eu estiver em Nova York.

Eu estava prestes a vomitar.

— Na verdade, Claire faz bem o seu tipo — interveio Vivian, em resposta a meu silêncio. — Pernas até o pescoço... Tipo bibliotecária, sabe? Óculos, coque, o pacote completo. Você devia dar umas voltinhas com ela quando aparecer por aqui.

As palavras simplesmente me faltaram. Seria isso mesmo? Minha chefe, dando uma de cafetina para o meu lado? Com o amante sobressalente dela?

— Pernuda, é? Hum, adoro... — disse Carl. — Quem sabe não damos uma escapulida qualquer dia desses? Nós três, hein?

— Preciso atender outra chamada — fui logo dizendo, antes que Vivian pudesse responder. — Eu te mando as anotações e o contrato, Carl.

Ainda pude ouvir a gargalhada retumbante de Vivian ao pousar o fone no gancho.

Apertei as têmporas com os punhos, forte, mais forte ainda... até deixá-las cair, sem vida, sobre a mesa. O que eu estava fazendo? Se quisesse, poderia pedir as contas naquele exato momento e voltar ao mundo livre na mesma tarde.

Mas então vi o manuscrito de Luke, ao lado do telefone.

Faltavam apenas cinco meses para que a versão final estivesse em total segurança na gráfica. Cinco folhas de calendário. Minha fidelidade a Luke era a única coisa que me prendia à Grant Books. Se eu desistisse agora, alguém assumiria meu lugar... e só Deus sabe o que Vivian poderia fazer com o livro em retaliação a minha saída. Eu precisava continuar na briga, pelo bem de Luke, na hipótese de algum embate antes da publicação.

O interfone tocou outra vez, os famigerados quatro números de Vivian. Não, de novo não. Eu havia adquirido um reflexo pavloviano àquele ramal: o estômago apertava, o coração vinha à boca.

— *Claire?!* — ela berrou.

— Pois não, Vivian.

— *Acabei de saber pela Lulu que VOCÊ está pensando em recusar o manuscrito do cafetão adolescente!*

— Isso mesmo — falei sem pressa. — Eu não pagaria um centavo por ele. — Tratava-se da história de um garoto de 16 anos que convencera colegas de escola, algumas com 13 anos, a vender o corpo por dinheiro, uma história horrorosa. Uma coisa seria o livro ter por objetivo alertar pais e adolescentes sobre a possibilidade de uma atrocidade dessas. O autor, no entanto, não demonstrava nenhum remorso pelo que tinha feito e claramente havia escrito seu livro para provocar em vez de educar. Lixo puro, sem qualquer qualidade redentora.

— *Fascinante... Me diga uma coisa, Claire: você é retardada ou muito, muito burra?* — Pude ouvir os risinhos abafados de Lulu, que ouvia nossa conversa.

— Nem uma coisa nem outra — respondi simplesmente, sem querer morder a isca. — Acho que o livro é um lixo, só isso.

— *Lixo para uns, best seller para outros. Lulu disse que está disposta a assumir o projeto. Como eu, ela vê o enorme potencial de vendas que um livro desses tem, potencial inclusive para um programa de televisão. É esse tipo de talento editorial que estou procurando, Claire.*

Eu sabia exatamente o que levara Vivian a conduzir aquela conversa por interfone: maximizar o número de ouvintes possíveis. Era surpreendente que ela ainda não tivesse armado um patíbulo no escritório para humilhar seus funcionários à maneira dos puritanos setecentistas. Os comparsas do RH certamente fariam vista grossa, já que a Grant Books ocupava as três primeiras posições na lista de best sellers do *New York Times*.

— Eu entendo, Vivian — falei, mas o interfone já havia emudecido.

Olhei para o relógio do computador. Nem 13h ainda. As horas de paz que eu tivera em Iowa agora se resumiam a uma lembrança distante.

Conferindo o Outlook, constatei que havia recebido 42 mensagens na última hora. Pedi uma pizza por telefone e mentalmente me preparei para a longa tarde de trabalho que estava por vir.

Quando finalmente levantei a cabeça, faltavam poucos minutos para a meia-noite. Sem as interrupções de costume a cada cinco segundos, eu havia conseguido repor as horas extras de trabalho perdidas em razão da viagem. Ainda assim teria de levar uma prova para casa e trabalhar nela madrugada adentro, mas tudo bem. O que mais me restaria a fazer além de dormir? Randall ainda não havia fechado seu negócio importante e passaria a noite no banco. Deitar no sofá da sala com o laptop no colo, pelo menos, seria mais civilizado que pernoitar no escritório.

Joguei no lixo a caixa da pizza do almoço e desliguei o computador. Já ia me levantando quando avistei um reflexo de cabelos vermelhos no corredor.

A figura parou, e então percebi que era Vivian. Fiquei dura. *Essa não...* Mais um ataque de Vivian era a última coisa que eu desejava naquela hora.

— Ainda aqui? — ela perguntou, à porta.

— É. Terminando umas coisinhas. Você também trabalhou até tarde hoje — falei, sem querer prolongar a conversa.

— Simon foi dormir na casa do inseminador número dois... — ela disse com um ar de fastio. — Por isso eu não estava com pressa nenhuma de voltar para casa, para aquela cobertura vazia. — Para mim era uma surpresa ouvi-la falar em solidão. Ou em qualquer outra emoção humana, diga-se de passagem. Observando-a melhor, achei-a especialmente pequena no terninho de sempre, amarfanhado depois de um longo dia de trabalho.

Como um ser humano se transforma em Vivian Grant?, perguntei a mim mesma. Seguramente ela não havia nascido assim, tão cruel e tirânica. Afinal, tinha dois filhos. Filhos cujos dotes anatômicos ela costumava exaltar aos quatro ventos, para quem se dispusesse a ouvi-la, mas filhos, mesmo assim. Por um instante, vi em Vivian uma pessoa sozinha, perturbada, terrivelmente triste. Quase digna de dó.

Lembrei-me da resposta malcriada que eu havia dado a mamãe quando ela se ofereceu para fazer minha mala. Do pouco tempo que havia passado na companhia de Luke e Bea, tão gentis por terem me acompanhado até o Iowa. Da impaciência que havia sentido naquela manhã diante da água que não fervia nunca para o café. Dos séculos que haviam se passado desde minha última conversa com Mara. Fazia meses que eu não dava as caras na academia e que minhas refeições eram compradas ora por telefone, ora numa dessas maquininhas de moeda. Descontando-se as noites de sono, eu não havia passado mais do que três horas com meu namorado desde minha mudança para o apartamento dele.

— Bem, preciso voltar ao trabalho — disse Vivian, dando um desanimado tapinha no ar antes de seguir pelo corredor. — Alguém tem de fazer as coisas acontecerem por aqui.

Virando o rosto, vi minha triste imagem refletida no computador: o corpo caído na cadeira, os cabelos presos de qualquer jeito num coque.

E então vi algo mais: a paisagem noturna de Manhattan, reluzente, viva e pulsante, que se estendia do outro lado da janela.

"Cinco meses", prometi a mim mesma, *só mais cinco meses, e então volto à vida.*

CAPÍTULO 16

UM CONTO DE DUAS CIDADES

— Já estou descendo! — falei às pressas, sem sequer me despedir de Randall antes de jogar o celular na bolsa. Vasculhei a sacola que havia preparado para o fim de semana, para ver se não havia esquecido nada. Filtro solar e biquínis, OK. Vestido cítrico horroroso (Lily Pulitzer, presente de Lucille), OK. Raquete e roupas de tênis, OK. Um par de shorts, camisetas limpas... OK, tudo estava ali. Ah, exceto algo para ler. Peguei o livro de Luke e saí. Ultimamente essa era a única coisa em que eu conseguia me concentrar.

Ao receber o telefonema de Randall naquela tarde, chamando para uma escapulida de fim de semana, eu havia pulado de alegria. Aquilo era tudo de que eu precisava: dois dias inteiros na companhia dele, não só os momentos finais de um extenuante dia de trabalho. Andávamos tão preocupados com nossas carreiras que havíamos caído na rotina bastante insípida de trocar meia dúzia de palavras antes de dormir. Por isso adorei quando ele sugeriu aquela viagem improvisada, mesmo que isso implicasse algumas horas a menos de trabalho: namorar um pouco num lugar romântico, só nós dois e mais ninguém, era causa mais do que justa.

Mas então ele disse que queria visitar os pais em Palm Beach.

— E aí, meu amor? — Randall me cumprimentou com uma bicota no rosto assim que me acomodei a seu lado no sedã. — Pronta para um pouquinho de sol? Esse tempo está um horror. — A chuva fustigava as janelas do carro. A noite estava lúgubre, fria, epílogo de um dia cinzento e chuvoso.

— Verdade — falei. A ideia de passar o fim de semana com Lucille havia diminuído meu entusiasmo significativamente. Apesar da convivência durante suas visitas ocasionais à cidade, nosso relacionamento continuava tenso. Para início de conversa, Lucille monitorava cada pedaço de comida que eu colocava na boca, ainda que eu estivesse magra feito um palito, graças ao estresse do dia-a-dia. Difícil entender por que alguém se dispunha a pagar 40 pratas num mini-hambúrguer no Swifty's para separar o pão e dar duas ou três mordiscadas na carne.

Também havia o problema das compras. Sempre achei que *gostasse* de fazer compras. Quando nos mudamos para Nova York, Bea e eu costumávamos atacar a Bloomingdale's sempre que o salário pingava em nossas contas bancárias. Mas com Lucille, fazer compras parecia trabalho, um trabalho que ela levava muito, muito a sério. Sua grande missão durante as estadias na cidade era revirar a Madison Avenue à procura de roupas das quais ela precisava "desesperadamente": tailleurs Chanel, vestidos Valentino, caxemira Loro Piana e mais Manolo Blahniks do que éramos capazes de carregar. Lucille tinha conta em todas as lojas importantes. Numa única tarde de sábado, em dezembro, ela havia consumido praticamente o mesmo valor da minha renda anual.

— Para as festas de fim de ano — explicara.

O mais estressante de tudo, no entanto, eram as referências nada sutis a meu futuro com o filho dela. Nosso casamento era uma espécie de ideia fixa para Lucille, mas, em vez de lisonjeada, eu me sentia terrivelmente pressionada.

— Qual desses você prefere? — ela havia perguntado certa vez, inocentemente, quando paramos diante de uma vitrina da Harry Winston, repleta de anéis de diamante.

— Ah, são todos lindos — eu desconversara, aflita com a saia-justa.

— Bem, isso não tem a menor importância, já que Randall herdou o anel da avó, um solitário de quatro quilates... uma beleza, não há outro igual no mundo.

— Sei. — Eu não tinha o que dizer. Nunca havia conversado com Randall sobre nosso futuro distante, e não seria com a mãe dele que eu faria isso.

— Papai e mamãe planejaram o fim de semana inteiro para nós — informou Randall, com um tapinha em meu joelho. — Almoço no Bath and Tennis, uma velejada durante a tarde, e depois mamãe vai adorar se você fizer umas comprinhas com ela na Worth Avenue.

— Puxa, vai ser ótimo! — retruquei, esforçando-me por demonstrar um mínimo de entusiasmo. A família Cox não brincava em serviço quando se tratava da manutenção de seus hábitos burgueses.

— Fico tão feliz por você estar se dando bem com os velhos...

— Eles são tão... dedicados — respondi, procurando dizer coisas que fossem ao mesmo tempo sinceras e lisonjeiras. — Sua mãe tem uma energia inesgotável. Dá de dez em mim. E seu pai é tão atento...

Deixemos de lado minha suspeita de que a energia inesgotável de Lucille tinha alguma coisa a ver com os comprimidinhos verdes que ela tomava de hora em hora, bem como a última vez que eu estivera com o Sr. Cox e ele passara o jantar inteiro olhando para minhas pernas. À sua maneira, os pais de Randall eram *mesmo* dedicados ao filho. Muito embora essa dedicação fosse bem diferente da que eu havia recebido de meus pais.

— Claire, eu te amo — disse Randall, com mais um beijinho em meu rosto.

Olhando para ele, tão lindo naquele sobretudo de caxemira, senti o coração transbordar de afeto. Randall era um fofo, um filho exemplar. Às vezes eu ainda custava a acreditar que estivéssemos juntos, ainda o via no uniforme de rúgbi, entregando-me a latinha de Pabst Blue Ribbon.

— Também te amo — devolvi.

— Freddy — ele disse ao motorista —, você se importa de mudar a estação de rádio? Quero saber como o mercado fechou, na 1010 WINS. Ah, Claire, esqueci de falar: vamos para Palm Beach no Citation 10 que papai acabou de comprar. Ele ainda está apaixonado. Ficou seis meses na lista de espera, mas agora é um dos primeiros proprietários do modelo novo.

— Uau, bacana. — Eu sabia que deveria ter parecido mais entusiasmada, mais impressionada. Mas, ao que parecia, brinquedinhos daquela magnitude eram entregues à porta dos Cox com a mesma frequência do *Times* de domingo.

Menos de uma hora depois estávamos a bordo do amado jatinho: cobertores de caxemira no colo, amêndoas em tigelas de porcelana ao nosso lado.

— Parece uma volta da vitória, sobrevoar Nova York neste avião — comentou Randall, segurando minha mão enquanto decolávamos do aeroporto de Teterboro, aos poucos ganhando altitude na reluzente paisagem urbana. — Ah, já ia me esquecendo. Tenho um presentinho para você, meu amor. — Da bolsa de couro acomodada a seu lado, ele tirou uma enorme caixa branca envolvida em um laço preto.

— Você está me deixando mimada, Randall. Lembra-se do que combinamos? Nada de presentes?

Na semana anterior, durante uma de nossas raras caminhadas noturnas rumo a um restaurante qualquer, ele havia tentado me puxar para a Mikimoto a fim de me presentear, sem nenhum motivo especial, com um colar de pérolas. Tive de lutar com ele para que não parássemos.

Talvez devesse aceitar os presentes de Randall com mais naturalidade. Tinha consciência do prazer que lhe dava ser generoso, mas detestava não ser capaz de retribuir à altura. De início até que tentei, mas, por questões orçamentárias, meus presentes eram infinitamente mais modestos: um livro de ginástica, uma caixa do chá desintoxicante de que ele gostava, uma echarpe. Além disso, via que o entusiasmo de Randall ao recebê-los beirava a encenação. Afinal, que entusiasmo poderia causar uma echarpe a um homem que sobrevoava Nova York num jatinho zero-quilômetro?

— Abra, meu amor — ele disse, colocando a caixa em meu colo, feliz como se fosse ele quem estivesse recebendo o presente.

— Puxa, Randall. É lindo! — A caixa continha um vestido de coquetel Chanel, de renda preta, a mais delicada que eu já vira.

— Espere aí. Tem mais. — Da mesma bolsa ele sacou outra caixa, dessa vez menor; dentro dela, um maravilhoso par de sapatos Christian Louboutin.

— Randall! Nem sei o que dizer... — O vestido e os sapatos mereciam um armário hermeticamente fechado só para eles, bem longe de meus surrados escarpins e terninhos Banana Republic. Eu nunca tinha visto um conjunto tão sofisticado quanto aquele.

— Gostou? — perguntou Randall, esperançoso. Arqueou as sobrancelhas de tal modo que parecia um garotinho louco para me fazer feliz.

— Amei! — respondi. — Muito obrigada.

Presentes caros do namorado lindo e maravilhoso... Eu sabia que esse era o sonho de muitas mulheres, mas ainda assim desejava que Randall fosse capaz de demonstrar afeto sem ter de sacar o Amex preto da carteira.

— Por acaso há algum evento formal previsto para esse fim de semana? — perguntei. — Alguma coisa de que eu não esteja sabendo?

— Por acaso tem. Um jantarzinho amanhã. Com amigos de meus pais. Achei que você gostaria de vestir alguma coisa especial, então despachei a Deirdre na hora do almoço.

— Muita gentileza sua... e dela — falei, resmungando por dentro. A turma de Lucille em Palm Beach era mais difícil de suportar que uma síndrome de abstinência de chocolate.

Eu havia conhecido algumas dessas mulheres durante a última visita de Lucille a Nova York, num chazinho de fim de tarde que havia durado três horas. Tinha feito o possível e o impossível para encontrar um assunto de interesse comum, mas, francamente, que assunto poderia haver? Hedonistas de carteirinha, as peruas terceirizavam tudo que lhes subtraísse as horas de lazer, desde a decoração da casa até a preparação do banho. Uma delas chegara ao cúmulo de contratar uma babá em tempo integral de modo que estivesse "preparada" quando o neto recém-nascido aparecesse para uma visitinha... com a própria babá.

— O menino é um doce — ela havia dito —, mas não posso largar tudo só para ficar sacudindo um bebê por algumas horas.

Fosse esse o elenco escalado para o fim de semana, eu teria de ficar esperta. Com um pouco de sorte encontraria uma maneira de me isolar e trabalhar sossegada no manuscrito de Luke.

— Trouxe umas coisinhas do escritório — comentei com Randall, já preparando o terreno. — Acha que vou ter tempo de dar uma adiantada no trabalho?

— Tomara que sim, meu amor. — Beijo na testa. — Minha formiguinha trabalhadora... — Ele tirou o *Wall Street Journal* da bolsa e começou a ler.

— Por que não aproveitamos para conversar um pouco? — sugeri com delicadeza, espiando sobre o jornal. — Mal nos falamos essa semana...

Randall refletiu um instante e aquiesceu.

— Claro, meu anjo. Sobre o que você quer conversar? Alguma coisa em especial?

— Não, nada. É que raramente temos a oportunidade de relaxar e jogar conversa fora, sabe? Fazemos um rápido resumo do dia antes de dormir e... sei lá, gostaria de saber mais um pouquinho sobre como era sua vida antes de nos conhecermos.

— Claro. Bem, o que eu posso dizer? Acho que você já sabe de tudo, meu amor. Cresci em Nova York, veraneava em Southampton, invernava em Palm Beach...

Em algum momento de nosso futuro eu teria de convencê-lo a abrir mão desses verbos sazonais.

— Isso eu sei, mas...

— Também sabe que fiz o segundo grau em Groton, onde participei da equipe de remo e fui eleito representante de turma. Depois fui para Princeton, onde continuei a remar e criei um fundo estudantil de investimentos. E conheci você, claro. — Ele sorriu e fez um carinho na ponta do meu nariz. — Depois trabalhei como analista na Goldman, parei dois anos para o MBA em Harvard e logo em seguida voltei para a Goldman, onde estou até hoje. Que mais você quer saber, meu amor?

Eu não sabia exatamente o quê. Queria saber mais, só isso.

— Sei lá... Como foram essas experiências para você? Você gostava da escola? Ia para colônias de férias no verão? Quais são os lugares mais bonitos que você já viu na vida? — As perguntas eram fracas, mas talvez uma delas servisse para animar a conversa.

Randall respirou fundo e tirou os óculos.

— Eu adorava Groton. E nas férias ia para uma colônia em Windridge, que eu adorava também. Os lugares mais bonitos que já vi na vida são, provavelmente, Quisiana, em Capri, e Eden Roc, em Cap d'Antibes. Eu adoraria levá-la a esses lugares, meu amor. São lindos, todos os dois... Mais alguma coisa?

Fiquei me perguntando se Randall jamais baixava a guarda. Não queria entrevistá-lo, apenas me sentir mais próxima dele. Queria ter a sensação de que o conhecia pelo avesso.

— Já foi loucamente apaixonado por alguém? — perguntei afinal, pousando minha mão na dele.

Randall ficou subitamente tenso.

— Bem... estou apaixonado por *você*, claro.

— Mas e antes de mim? E aquela Alex da faculdade? E a ex que sua mãe mencionou, a Coral?

— Olha, Claire, não estou vendo nenhum propósito nessa conversa. Nunca interroguei você a respeito do passado e...

— Desculpe, Randall. Eu não queria...

— Amo *você*, Claire, é só isso que importa.

Procurei me aconchegar ao lado dele. Nossa conversa havia tomado outro rumo, não fora o desnudamento de almas que eu havia previsto. Ainda assim, vi com bons olhos aquela recusa antiquada de ressuscitar os amores do passado. Havia algo de romântico nisso, como se Randall quisesse fazer de conta que nossas vidas amorosas tivessem começado a partir de nosso encontro.

— Meu amor — ele sussurrou, beijando-me no rosto —, você se importa se eu voltar a ler? Há um artigo sensacional sobre os mercados emergentes na China.

— Claro que não — respondi. Tirei da bolsa o livro de Luke, convencida de que levaria muito mais tempo para fazer Randall se abrir.

O livro já estava bem próximo da perfeição, mas "próximo" não bastava: eu queria que estivesse absolutamente perfeito. Assim como os poemas de papai, que eu havia lido um milhão de vezes, o livro de Luke produzia em mim uma estranha sensação de conforto; como se eu soubesse de cor cada palavra escrita ali.

Trabalhei por mais de uma hora quando senti as pálpebras pesarem. Embalada pelo ronronar das turbinas e pela maciez do cobertor, não demorei a dormir.

Só recobrei os sentidos quando Randall me acarinhou o braço e disse:

— Já estamos pousando...

Estiquei os dedos dos pés, inchados e doloridos. Depois daquele sono tão profundo e agradável, apenas uma rápida viagem de carro me separava de Lucille e sua turma.

Guardei o livro na bolsa e calcei os sapatos.

— Sugiro que a senhorita vista isto também — disse a comissária, apontando para o casaco que eu havia embolado no bagageiro. — Está fazendo menos de zero grau lá fora, e o vento na pista é terrível.

— Ouviu isso? — perguntei a Randall, que estava ocupado pegando suas coisas. — Deve haver uma terrível tempestade sobre Palm Beach.

— Hum — resmungou ele.

Só quando desci as escadas foi que percebi que não estávamos em Palm Beach.

— *Bonjour, mademoiselle* — disse um rapaz num elegante uniforme azul e vermelho. — *Bienvenue à Paris. Puis-je prendre votre bagage?*

— Nós estamos em Paris? — perguntei, perplexa. Randall sorriu para mim com malícia.

— Surpresa! Temos trabalhado demais, então achei que seria uma boa ideia passarmos um fim de semana sozinhos, num lugar bem romântico. E não existe lugar mais romântico do que Paris, existe?

— Randall! Não acredito! Que surpresa *maravilhosa*!

Difícil de acreditar: eu, Claire Truman, havia sido abduzida para um fim de semana em Paris. Nem sabia o que dizer. Randall não só havia percebido que precisávamos passar mais tempo juntos como também havia planejado um fim de semana incrivelmente romântico como prova de seu amor.

— Encontrei seu passaporte, e Svetlana fez sua mala — ele explicou, orgulhoso. — Vamos ficar na melhor suíte do Ritz; para você, Claire, só o melhor. Não temos muito tempo, então tudo será perfeito, prometo. Você não tem de fazer nada, só aproveitar.

— Acho que não vai ser difícil — murmurei, tonta de emoção. Paris. A cidade-inspiração de Hemingway, Gertrude Stein, Henry James. O lugar mais romântico do mundo. E lá estávamos nós, Randall e eu. Mais perfeito, impossível.

— Quer dizer então que você gostou da massagem... Que bom, meu amor — disse Randall, sorrindo, mexendo o *café au lait*. Estávamos almoçando no Les Deux Magots, no sétimo *arrondissement*, café em que Sartre e George Sand costumavam comer seus croissants quando não estavam filosofando. O lugar era um tanto espalhafatoso e caro, mas a turista em mim estava adorando.

— Foi a melhor massagem que já tive na vida — respondi, ainda meio inebriada com a experiência. Naquela manhã, havia sido delicadamente acordada por uma camareira, que me conduzira até o spa do hotel, onde fui atendida por duas massagistas.

Nem sequer sabia que aquele nível de relaxamento era possível. — Não posso imaginar maneira melhor de começar o dia. — Alcancei a mão de Randall e apertei-a na minha. — Bem, talvez só *uma*... mas nenhuma outra.

Randall abriu um sorriso largo. Depois da aristocrática massagem, eu o havia arrastado do laptop de volta à cama.

— Pensei que depois do almoço podíamos fazer umas comprinhas no Faubourg Saint-Honoré — ele disse. — É pertinho do hotel, e lá ficam as melhores lojas do mundo: Hermès, Lacroix, St. Laurent... Depois planejei uma noite muito especial para nós dois. Ocasião perfeita para você usar seu vestido.

O vestido! Agora, sim, ele fazia sentido. Randall de fato havia pensado em tudo, até em me presentear com um visual adequado a Paris.

O dia passou voando. Eu poderia passar uma vida inteira naquela cidade e ainda assim querer mais. Fizemos uma adorável caminhada de braços dados ao longo do faubourg (até andar ali parecia caro) e em seguida demos uma passada rápida pelo Museu Rodin, antes que tivéssemos de voltar ao Ritz e nos prepararmos para o jantar.

De volta ao hotel, nos aprontamos em silêncio. Randall meticulosamente se barbeava e passava gel nos cabelos enquanto eu me maquiava e prendia um coque despojado no alto da cabeça. Diante do espelho, só de anágua, percebi pela primeira vez o quanto havia emagrecido desde que começara a trabalhar na Grant. Mamãe tinha razão: eu estava um palito. Como eu não havia notado antes? Os braços eram dois caniços, e o abdômen, uma tábua; os ossos dos quadris se projetavam para fora como se eu tivesse doze anos. A dieta do estresse, dos engulhos e da falta de tempo para comer finalmente havia mostrado os resultados: eu parecia malnutrida.

— Ponha o vestido, meu amor — sugeriu Randall.

Obedeci, e ele fechou o zíper atrás. Para uma garota de Iowa, medindo pouco mais de 1,55m, era difícil dar uma de Audrey Hepburn, mas o vestido aparentemente tinha poderes mágicos. Transformara-me numa pessoa completamente diferente: em alguém que de fato deveria estar namorando Randall Cox.

— Você está linda, Claire — ele sussurrou, abraçando-me por trás enquanto eu me admirava no espelho, ajeitando os cabelos. Então tirou algo do bolso: o colar de pérolas que tínhamos visto na vitrina da Mikimoto na semana anterior.

— Randall! Falei para você não...

— *Shhh*... — ele murmurou em meu ouvido. — Agora vamos, fiz uma reserva para as 21h no Alain Ducasse. Temos um horário a cumprir, meu amor!

O jantar foi mais uma suntuosa festa para os sentidos. Os salões rococó do restaurante, surpreendentemente aconchegantes, tinham cortinas de organza metálica, e numa das paredes, um relógio parado simbolizava a atemporalidade do que se passava ali. A comida não podia ser mais deslumbrante: pedi uma sopa de lagostas como entrada, e depois um *poulet de Bresse* com trufas; nem mesmo Randall conseguiu resistir, e deixou a dieta de lado.

— Quando em Roma... — ele brincou, examinando o cardápio. — Amanhã compenso na corrida.

Assim que terminamos de comer, limpou a garganta ruidosamente. E limpou de novo. Dobrou e desdobrou o guardanapo. Passou a mão pelos cabelos.

Nunca o vi agitado dessa maneira, pensei, e só então me dei conta de que...

Mesmo antes que ele se levantasse e se ajoelhasse no chão a meu lado, perguntando com uma expressão doce e vulnerável se eu lhe daria a honra de ser sua esposa...

Sua esposa?!

Porque ele sabia, simplesmente *sabia*, que seríamos muito, muito felizes juntos. Tinha voado até o Iowa na véspera e pedido, com sucesso, minha mão a mamãe. Ele me amava. E queria saber se eu me casaria com ele.

Se eu me casaria com ele?!

Metade do restaurante havia se virado para admirar aquele homem maravilhoso, tão bem vestido que poderia se passar por europeu, com um holofote de diamante sobre a palma da mão, pedindo-me em casamento.

Se eu me casaria com ele?!

A pergunta pairava no ar. Eu mal conseguia respirar. Um pedido de casamento? Assim, do nada? E tão cedo?

— Claire — sussurrou Randall —, por favor, diga que sim.

Olhei em seus olhos. Eu amava Randall. De verdade. Desde os 18 anos.

— Sim — respondi, e segundos depois tinha um enorme diamante no anular direito.

CAPÍTULO 17

ESTE LADO DO PARAÍSO

— Segunda-feira negra — disse David, entrando em minha sala com um exemplar do *New York Post* escondido sob o paletó. — Vivian está atirando para todos os lados. Já despediu um assistente e fez dois relações-públicas chorarem. E nem são 9h ainda. Você já viu isto aqui?

Quase engasguei quando vi o jornal. Stanley Prizbecki, de camisola pink e batom vermelho, encarava-me na primeira página. A foto que eu havia descoberto nos arquivos de Vivian. "VICE-PREFEITO EM MOMENTO DE GLÓRIA", dizia a manchete.

— Parece que eles brigaram na semana passada — explicou David. — A esposa de Prizbecki descobriu que ele e Vivian estavam tendo um caso, e o vice-prefeito preferiu salvar o casamento. Dá para acreditar numa foto surreal dessas? Todos os jornais estão dizendo que a carreira dele chegou ao fim. Prizbecki virou motivo de piada para todo mundo. Nem mesmo o prefeito pode ficar do lado dele, isso seria suicídio político.

No inferno não há fúria maior que a da mulher rejeitada, pensei com meus botões, imediatamente me lembrando de William Congreve. Então era por isso que ela mantinha a foto no arquivo. Claro.

— A semana vai ser um *horror* — previ, desanimada. Além disso, semana pior não haveria para anunciar meu noivado no escritório. Mesmo nos tempos de calmaria, nada irritava Vivian mais que a felicidade dos subordinados. Depois daquela briga escandalosa, então, ela soltaria todos os demônios em meu encalço. Discretamente, enquanto David lia o artigo, tirei o anel de noivado e guardei-o na gaveta.

— Diz aqui que foi Vivian quem brigou com Prizbecki, depois de pegá-lo colocando um de seus vestidos!

— A mulher é fogo.

— Fico só pensando nos filhos do cara... coitados. Bem, e o fim de semana com os sogros, como foi?

— Ah, legal — respondi rapidamente. — E o seu?

— Foi bom. Dei uma boa adiantada naquela pilha de originais enviados. E preparei vários relatórios para você ler, com a opinião dos leitores. Você foi para a Flórida, não foi? Perdeu uma terrível nevasca. Segundo li, a maior em dez anos para um mês de março.

Na verdade, a tal nevasca havia desempenhado um papel importante em minhas últimas 24 horas. Em primeiro lugar, por causa dela só pudéramos pousar em Nova York por volta das 2h da madrugada. Randall ficara aflitíssimo, andando de um lado para o outro no avião, praguejando a noite maldormida justo no início de uma semana sobrecarregada de trabalho. Decidíramos voltar mais cedo de Paris para evitar o risco de qualquer atraso. Randall tinha uma reunião marcada com o CEO e o conselho de um cliente importantíssimo na manhã daquela segunda-feira. Algumas horas adicionais em Paris, ele argumentara, não compensariam o risco de não comparecer à reunião.

Sua aflição, na verdade, era bastante compreensível. Um noivado não era motivo para que alguém deixasse de se importar com os demais aspectos de sua vida. O trabalho ainda era importante, as responsabilidades ainda estavam lá. Eu não podia esperar que *tudo* fosse perfeito e romântico e cintilante *o tempo todo*. Além disso, também teria uma semana pesada pela frente, sabia que voltar mais cedo era a coisa mais sensata a fazer.

Ainda assim, devo admitir: desejava que o gostinho daquele noivado tivesse durado mais que algumas horas.

O jantar havia sido uma festa. Ainda no restaurante, ligamos para todos os conhecidos, rindo um para o outro enquanto amigos e parentes berravam votos de felicidade do outro lado do Atlântico. Randall havia pedido uma segunda garrafa de champanhe. Um dos garçons trouxera um buquê de rosas. Eu me sentia nas nuvens, mal acreditando que havia ficado noiva de Randall Cox. "É um sonho que se torna realidade!", dissera Bea, coberta de razão. Por fim, às três da manhã, voltamos bêbados para o hotel e nos jogamos na cama gigantesca.

— Deixe-me ajudá-la a tirar esse vestido — engrolou Randall, levantando-se de repente.

— Randall! — exclamei às gargalhadas, enquanto ele se atrapalhava com o zíper. Nunca o tinha visto bêbado antes, nem tão desinibido. Com cuidado, mas também com determinação, ele foi puxando o vestido sobre minha silhueta agora magra até tirá-lo por completo. Esparramada na cama, fechei os olhos esperando sentir o corpo dele contra o meu, os lábios...

Mas ele se afastou da cama. Abri os olhos e vi Randall levando o vestido de volta para o armário. Carregava-o nos braços como se carregasse a própria noiva.

— Pronto... — ele falou com o vestido tão logo encontrou um cabide de cetim.

Procurei fazer uma pose supostamente sexy.

— Acho que bebi demais... — disse Randall, enrolando a língua, pouco antes de desabar inerte sobre mim. Em poucos segundos estava roncando. Imóvel até então, empurrei-o cuidadosamente para o lado.

Quando acordei na manhã seguinte, ele já havia saído. Sua metade das cobertas estava perfeitamente arrumada. Uma camareira fazia minha mala em silêncio.

— *Gymnastique* — ela disse, apontando para o espaço vazio a meu lado. Eu achava que uma bela ressaca, e sobretudo um noivado, fosse motivo suficiente para que Randall permanecesse na cama. Engano meu: não havia nada que o separasse da esteira. — Monsieur Cox pediu que eu fizesse a mala da senhora, já que vocês vão embora daqui a pouco — explicou a camareira.

Confusa, peguei o telefone e pedi o café, admirando o enorme diamante no dedo enquanto discava os números.

Era muito estranho. Noiva de primeira viagem, eu não fazia ideia de como *deveria* me sentir. Mas a sensação era a de que uma pedra havia sido jogada num lago sereno: um *plop* inicial, algumas marolas... e depois a água ficou lisa de novo, muito rapidamente. Quando Randall voltou ao quarto, beijando-me no rosto e torcendo o nariz para os ovos com bacon que eu devorava avidamente, era como se nada tivesse acontecido na noite anterior. E dali a duas horas já estávamos de volta ao avião, à vida real, ao *Wall Street Journal*, ao trabalho, à meia dúzia de palavras trocadas.

Não fosse pelo anel, eu poderia achar que tudo não havia passado de um sonho. E talvez fosse por isso que não me importava de esconder a notícia no escritório. A ficha ainda não havia caído em minha própria cabeça.

— David, você tem tempo para dar uma olhada na arte do livro de *pinups*? — perguntei, despertando-me das elucubrações sobre o noivado. — Queria passar isso adiante antes de quarta-feira.

— Claro. Se você quiser, volto daqui a uma hora com tudo pronto.

— Perfeito, obrigada. — Ultimamente vinha delegando cada vez mais a David. Sabia que ele dava conta do recado e, para falar a verdade, não via outra forma de me manter à superfície.

— Tudo bem. Se precisar de mim, estou na sala do xerox. Quer que eu chame alguém para controlar suas ligações?

Disse a David que eu mesma filtraria os telefonemas. Depois me recostei na cadeira e dei um gole no café quente, tão quente que me queimou o céu da boca.

Essa ficha ainda vai demorar alguns dias para cair, refleti. *Fim de semana que vem já vou estar maluca com o casamento, devorando cada página das revistas para noivas, exibindo meu anel para todo mundo num raio de dez quarteirões, fazendo força para não parar as pessoas na rua e dizer que encontrei o Príncipe Encantado, levando as amigas à náusea depois de contar a história de Paris pela centésima vez.*

Isso. Alguns dias a mais, e eu me acostumaria à situação. Aí, sim, os sinos começariam a tocar.

Peguei o livro de Luke e joguei-o sobre a mesa. Dera uma boa adiantada na revisão durante a viagem de volta a Nova York, e seria ótimo se tivesse um pouco de paz para chegar ao fim.

— *Claire, na minha sala, JÁ!* — estrilou o interfone antes que eu pudesse ler o que quer que fosse. A raiva onipresente na voz de Vivian havia alcançado novo patamar. Adeus paz, adeus livro do Luke.

Mal recuperada do *jet lag*, zonza demais para temer o massacre que estava por vir, atravessei o corredor rumo ao campo de batalha.

— Oi, Vivian, e aí? — disse calmamente, entrando na sala.

— E aí? — ela berrou de volta, já a pleno vapor. — E aí pergunto eu! Ou será que agora sou *eu* quem tem de prestar contas a *você*?

Caramba. A manhã prometia. Fiquei me perguntando se tinha mesmo pisado na bola ou se aquilo não passava de mais uma demonstração gratuita de poder. Só me restava esperar para descobrir. Acomodei-me na cadeira. Sentia-me estranhamente calma, do mesmo modo como havia me sentido naquela primeira reunião com Dawn e Graham. Talvez meu sistema nervoso, depois de enfrentar uma quantidade suficiente de assédio verbal, tivesse alcançado um ponto de saturação e não registrasse mais as farpas de Vivian.

— Em que ponto está aquela proposta que pedi para você analisar na sexta-feira? — ela perguntou.

— Bem, já li umas 100 páginas do original, que parece muito bom... O agente disse que teríamos exclusividade durante uma semana, então...

— Ah?! O agente disse?! — ironizou Vivian, os lábios crispados de desgosto. — Porra, Claire, quando é que você vai crescer? Por acaso não te ocorre que esse agente tão bonzinho esteja *mentindo*? Que neste exato momento esteja rodando sua bolsinha por aí até encontrar uma editora interessada? Os homens *mentem*, Claire. Falam tudo que você quer ouvir só para conseguir o que querem. Pois eu quero uma resposta sua até o meio-dia. Não vamos fazer o jogo desse filho-da-puta. Não vamos lhe dar o tempo para cortejar outras editoras e...

A porta se entreabriu, e Lulu entrou na sala.

— Sinto muito interromper — ela mentiu. — Só queria deixar os layouts do *Vida de stripper: a realidade nua e crua*. — Largou as capas na mesa de Vivian e esperou um instante, torcendo para ter a oportunidade de assistir à minha surra.

— Você não está interrompendo nada, Lulu — disse Vivian, com uma delicadeza artificial. — Ainda bem que você veio. Ao contrário de você, Claire, a *Lulu* imediatamente faz o que peço a ela para fazer. Sabe trabalhar em equipe. Observe o que ela faz, e talvez você aprenda alguma coisa.

Aprender o quê? A ser uma bajuladora medrosa e traiçoeira? Não, obrigada.

— Lulu dá conta de muito mais do que você jamais daria — continuou Vivian, olhando-me de cima a baixo com o mais absoluto desprezo. — Não vejo você fazendo outra coisa além de ficar babando naquele manuscrito de Luke Mayville, feito uma boboca apaixonada! — Aparentemente inspirada com a imagem, ela esbugalhou os olhos com fúria. — Sabe, eu devia cancelar esse livro, só para te dar uma lição! Gastar tanto tempo numa porcaria que cinco pessoas vão ler... É um *absurdo*!

Nem eu consegui chegar ao final, e olha que sou eu quem vai publicar essa merda!

Engoli em seco, subitamente apavorada. Fazia meses que eu temia exatamente isto: que Vivian se irritasse comigo e decidisse descontar no livro de Luke. Eu não podia deixar que isso acontecesse.

— Por favor, Vivian — implorei. — Olha, viro quantas noites for preciso para colocar todos os meus projetos em dia. Prometo. Faço o que você quiser. — Inclusive me rastejar. Preservar o livro de Luke era mais importante do que preservar minha própria dignidade.

Vivian se esparramou na cadeira.

— Sabe... eu bem que podia mandar esse livreco para p...

— Eu sei, eu sei — interrompi, desesperada. — Mas não faça isso. É só você dizer o que quer que eu faça, e eu faço.

— Pode deixar — disse Vivian, um sorriso de gato de Alice nos lábios. — Pode deixar que eu digo, sim.

— Então, mulher? — berrou Bea quando por fim liguei-lhe de volta; ela já havia telefonado cinco vezes. — Estou me coçando de curiosidade, Claire! Quero saber de todos os detalhes! Nem acredito que ele te levou para Paris! Mais romântico, impossível! — Ela praticamente pulava do outro lado da linha. — E você? Já parou para pensar que vai se *casar* com Randall Cox? Lembra-se daquelas noites todas em que ficávamos sonhando com isso, esborrachadas no meu futon velho? Lembra?

Tão logo ela perguntou, a lembrança me veio fresca à cabeça, muito embora já tivessem se passado dez anos. Bea e eu costumávamos passar horas a fio deitadas no futon, olhando para as manchas de infiltração no teto, inventando cada detalhe da minha vida imaginária ao lado de Randall. Começando pela singela cerimônia de casamento na fazenda de meus pais, à sombra da macieira preferida deles, plantada no dia em que eles se mudaram para lá. Randall e eu escreveríamos nossos próprios votos matrimoniais, lindos e comoventes, destinados a arrancar lágrimas de todos os convidados. Eu levaria nas mãos um buquê de lírios colhidos do jardim de mamãe.

Tentei imaginar Randall e eu recitando nossos votos. Achei que seria um pouco... bem, um pouco esquisito. Randall fazia um tipo mais tradicional.

— Então, quando posso vê-la pessoalmente? — perguntou Bea. — Que tal agora?

Olhei preocupada para a pilha de pastas que havia se acumulado em minha mesa. Era de dar medo a carga de trabalho que me aguardava naquela semana, e a ameaça de Vivian tornava tudo ainda mais urgente. Mas eu estava desesperada para encontrar Bea. E Mara também, que havia sido um amor quando ligamos de Paris. Tínhamos combinado, ela e eu, de almoçarmos juntas no dia seguinte. Minha esperança era a de que, na presença das amigas, meu noivado se tornasse mais real.

— Que tal hoje à noite? Posso passar na sua casa depois do trabalho?

— Claro que pode! E Randall, vai também?

Randall havia começado o dia bem cedo e decerto vararia a madrugada trabalhando.

— Acho que não — respondi. — Por causa do trabalho. Sinto muito, mas hoje você terá apenas a minha companhia.

— A única que eu quero, sua boba. Vou pedir ao Harry para comprar uma comidinha chinesa.

Alguém bateu à porta da sala. Despedi-me de Bea e disse que chegaria por volta das nove.

— Claire Truman? — disse uma senhora rechonchuda, entreabrindo a porta. Vestia um tailleur Chanel claro e emoldurava o rosto redondo com cabelos cor de trigo, repicados em camadas espessas. Entre os braços apertava quatro álbuns cor-de-rosa, enormes, recheados até o limite.

— Sim, sou eu — respondi.

O rosto da mulher se iluminou.

— Claire! Ah, você é tão linda! Acho que vamos nos dar muito bem!

— Desculpe, mas já nos conhecemos? — Seria ela uma de minhas autoras? Teríamos marcado uma reunião, e eu havia esquecido?

— Ah, desculpe. Foi Lucille Cox quem pediu que eu a procurasse, lembra? Mandy Turner? Chefe de cerimonial de casamentos? Escritórios em Palm Beach e Nova York? — Mandy foi dando dicas como se a qualquer instante eu pudesse me lembrar dela.

Rapidamente pedi que ela entrasse, antes que alguém a ouvisse do corredor. Chefe de cerimonial, já? Só podia ser coisa de Lucille. Tínhamos voltado para Nova York menos de 12 horas antes, e ela já estava enlouquecida com o planejamento da cerimônia.

— Mandy, muito obrigada por ter vindo, mas acho que Randall e eu não vamos precisar de uma chefe de cerimonial. Vamos fazer um casamento bem simples em minha cidade... assim que eu tiver um tempo livre para pensar no assunto. — Com um sorriso amarelo, apontei para a pilha de pastas sobre a mesa.

— É mesmo? — retrucou Mandy, visivelmente surpresa. — E sua cidade, qual é?

— Iowa City. Mais ou menos.

— Sei, sei... Entendo. Então por que não fazemos o seguinte? Deixo meus portfólios aqui e você dá uma olhada, caso mude de ideia, OK?

— Muita gentileza sua, Mandy, mas acho que não será necessário.

Mandy e eu discutimos por mais alguns instantes, com toda cordialidade do mundo, até que por fim cedi e fiquei com os quatro álbuns. Precisava trabalhar e, mais importante ainda, não queria que meus colegas ouvissem nossa conversa.

— E seu anel, minha linda, onde está? — ela perguntou enquanto eu praticamente a empurrava na direção dos elevadores.

— Ah... Mandei apertar — sussurrei.

Mal havia dado as costas a Mandy Turner e entrado de volta na sala quando o telefone tocou. Dessa vez era a própria Lucille.

— Claire, querida — ela começou, com certa frieza na voz —, fiquei sabendo que você despachou a Mandy! Ela acabou de me telefonar! O que foi que deu em você, minha flor? Quanto ao lugar do casamento... que tal conversarmos um pouquinho sobre isso? Tenho umas ideias. E quanto à data... por que prolongar esse noivado mais que o necessário? O St. Regis tem uma data disponível no fim de junho! Não é uma maravilha? Não é perfeito, querida?

— Mas faltam só três meses para junho! Além disso, Sra. Cox...

— Lucille, meu anjo. Pode me chamar de Lucille.

— Lucille... preciso de um tempo antes de começar a planejar o que quer que seja. Sabe, aproveitar o noivado um pouquinho e...

— *Bingo!* — ela exclamou. — É *só isso* que Mandy e eu queremos. Que você aproveite o noivado e deixe todo o trabalho maçante para a gente!

— Como assim, maçante? Eu jamais pediria para você planejar meu...

— Você não está pedindo nada, coração. Somos nós que estamos *oferecendo*. Cuidar do planejamento, arcar com os custos, tirar toda essa dor de cabeça de suas mãos! Que tal, hein? Você já trabalha demais, meu amor... Não vai querer mais essa função, vai?

Engraçado. Eu nunca havia pensado em meu casamento como uma função. Mas discuti-lo com Lucille estava me dando uma verdadeira dor de cabeça, e das boas.

Alguém bipou na extensão: o ramal de Vivian. Não havia nada que a irritasse mais do que ser direcionada para a caixa de mensagens, então perguntei a Lucille se podia ligar-lhe de volta mais tarde.

— Claro que pode, querida. Mas não deixe de pensar no que acabei de dizer. Imagine só, não ter de levantar um único dedo para organizar seu casamento!

Atendi a ligação de Vivian.

— *Claire!* Por que ainda não fechamos o contrato com Candace?

— Porque ela não ficou satisfeita com sua oferta. — Eu já havia repetido isso umas três vezes. — Então? Vai ser pegar ou largar, ou você está disposta a oferecer mais?

— Ofereça mais 15, e aí sim, é pegar ou largar. Antes que eu me esqueça: quero que você me substitua em cinco ou seis reuniões na semana que vem. Vou estar em Los Angeles, mas não quero cancelar nada. E... quer saber? Venha à minha sala, tenho alguns livros para você. Mas não é para amanhã, muito menos para semana que vem. É para *já*.

Olhei para a pilha de pastas, sabendo de antemão que ela estava prestes a duplicar. Então pensei na proposta de Lucille. Até que a ideia não era má.

Que importância tinha, afinal, que meu sonho de um casamento pequeno, em um pomar de macieiras, não se realizasse? O noivo seria o homem com quem eu havia sonhado durante aqueles anos todos: o homem perfeito.

CAPÍTULO 18

A NOIVA CONSCIENTE*

— *Tish-Tish!*

Irrompendo de uma saleta lateral, Lucille atacou de surpresa minha pobre mãe, que acabara de entrar comigo na mansão dos Cox no Upper East Side. Feito um polvo, abraçou-a com tamanha força que fui obrigada a intervir para separá-las, com a ajuda de Carlotta.

— Quanto tempo, *quanto tempo*, Tish-Tish! Até que enfim, minha amiga, você deu as caras em Nova York! Tenho tentado te arrastar para cá desde que os meninos se conheceram!

— Eu sei — disse mamãe, ainda um pouco tonta com a investida de Lucille. — Estou muito feliz em vê-la, Luce. Você está ótima. Não mudou nada.

**The conscious bride*: manual para noivas, de Sheryl Paul, sem tradução no Brasil. (*N. do T.*)

— O milagre do Botox, Tish! Se você quiser, posso marcar uma horinha com o melhor médico da cidade. De vez em quando ele atende em casa, mas só para mim!

— Ah, não precisa... — agradeceu mamãe. — Até porque já estamos ocupadas demais com todas as provas de vestido que você agendou. Aliás, muito obrigada por ter se incumbido de todo o planejamento da festa. Foi muita generosidade da sua parte.

O badalado casamento no Hotel St. Regis agora estava a meras seis semanas de distância, fato assombroso e preocupante, e a única coisa que ainda restava a fazer era também uma das mais importantes: encontrar o vestido de noiva perfeito.

— Generosidade nada! — retrucou Lucille. — Adorei cada minuto, Tish. E você está certa, temos um dia cheio pela frente. Você nem vai acreditar no que sua filha fez! Conseguiu faltar a todas as provas que marquei para ela, pode?

— Bem, parece que o trabalho tem consumido todas as...

— Ah, trabalho, trabalho, trabalho... — interrompeu Lucille, claramente irritada com o assunto. — Bem, pelo menos isso serviu para trazer *você* até aqui.

A frustração de Lucille não era de todo injustificável: encontrar o vestido era a única tarefa sob minha responsabilidade, e eu não havia conseguido cumpri-la. Em minha defesa, ou semidefesa, posso alegar que minha carga de trabalho havia atingido um nível crítico. Desde que soubera do noivado, Vivian vinha requisitando minha presença constante no escritório. Além disso, o destino do livro de Luke, a dois longos meses da publicação, ainda podia ser considerado incerto.

Por sorte, eu havia conseguido recuperar meu prestígio com Lucille quando lhe disse que mamãe estava vindo para a cidade a fim de ajudar. A companhia de mamãe era um presente dos deuses, especialmente levando-se em conta que Bea havia ido para Los Angeles a trabalho. Sair à procura de um vestido com Lucille era estressante o suficiente; sair *sozinha* com ela poderia deixar cicatrizes permanentes.

— Então, vamos? — propus, pegando minha bolsa e o itinerário que Lucille havia imprimido em papel rosa. Tinha uma folga de seis horas, e o tempo já estava correndo.

— Não é a realização de um sonho, Tish-Tish? — miou Lucille, pendurada ao braço de mamãe enquanto descíamos a Madison rumo ao primeiro compromisso. — Meu filho, sua filha... Já pensou nisto, Tishie? Vamos ter os mesmos netos!

— É uma maravilha, Lucille — disse mamãe, sorrindo. — Eu não poderia estar mais feliz por eles.

— Ah, Tish, fique mais um pouco em Nova York. Um fim de semana é quase nada. Aquela casa é tão grande, e Randall vai passar a semana inteira fora, a negócios. Vai ser como nos velhos tempos! Colegas de quarto outra vez, que tal? A gente tem tanta conversa para pôr em dia...

— Seria ótimo se eu pudesse, Luce, seu convite é muito gentil — respondeu mamãe. — Mas tenho um quadro para terminar... Prometi a uma galeria de Pittsburgh que o entregaria semana que vem, então estou meio apertada de tempo.

— Pittsburgh? — repetiu Lucille, torcendo o nariz. — Tive uma ideia: por que você não vende esse quadro para mim? Aí você pode terminá-lo quando quiser e passar mais uma semaninha conosco! Então, negócio fechado?

— Sinto muito, Luce, mas já dei minha palavra à galeria. Mas posso lhe mostrar outros trabalhos depois, e você escolhe o que quiser. Presente de uma velha amiga.

Lucille ficou radiante. Nunca parecera tão feliz.

— E futura parente! — bradou.

— Eu quero uma coisa bem simples! — repeti pela sexta vez, com um pouco de desespero na voz. — Como este aqui. — Desdobrei a foto de um vestido reto e justinho, com um decote delicadamente bordado com contas. A página havia sido arrancada de um dos milhares de catálogos que Lucille despejava toda semana em nosso apartamento: a pilha de lixo matrimonial só fazia crescer.

Eram 15h, e já havíamos passado, a uma velocidade alucinante, por diversos ateliês e lojas: Angel Sanchez, Carolina Herrera, Bergdorf, Saks, Reem Acra. Eu estava exausta, faminta e prestes a torcer o pescoço da sogra. A cada vestido que eu experimentava, Lucille encontrava uma parte nova de meu corpo para criticar.

— Nós já sabemos disso, Claire — ela disse, revirando os olhos em direção a mamãe, a essa altura muda. — Você quer um vestido *simples*. Mas, cá entre nós, quem você acha que está enganando? Que mulher não deseja arrasar no dia do seu casamento? Esse é o vestido *mais* importante da sua *vida*, Claire! Foco, minha flor, foco! É só o que estou pedindo. O tubinho até que não é mau, mas é tão... *sem graça*!

— Espere aí, Lucille — interveio mamãe, no tom mais diplomático possível, pondo panos quentes. — A Claire *vai* arrasar, só que o estilo dela é bem mais discreto do que...

— É o dia do casamento dela, Tish-Tish! — choramingou Lucille, uma criancinha birrenta. — O dia mais importante da vida de uma mulher! Puxa, será que tenho de fazer tudo sozinha? Desde empurrar Randall... na direção certa, conseguir uma reserva no Ritz de Paris na *ultimíssima* hora, planejar cada detalhe da festa, até convencer os estilistas mais requisitados do planeta a fazer um vestido de noiva em menos de dois meses (o que é um absurdo, podem acreditar, só *por mim* eles fariam uma coisa dessas) para que Randall e Claire possam se casar no St. Regis em junho?

Ouvir aquilo teve o mesmo efeito de um soco no estômago. *Lucille* não só havia orquestrado nosso fim de semana em Paris como também havia forçado Randall a me pedir em casamento.

— Achei que Randall tivesse planejado a viagem — falei calmamente, tentando esconder o turbilhão de emoções que me consumia por dentro.

— Claire, querida, ele é homem! — respondeu Lucille, rindo de minha ingenuidade. — Não podemos ficar esperando que eles *planejem* alguma coisa, não é? A secretária ajuda com os presentes, claro, mas não é qualquer um que consegue a melhor suíte do Ritz e reservas no Alain Ducasse com apenas algumas horas de antecedência. — Ela mal conseguia disfarçar o orgulho que sentia de suas pequenas intervenções.

Mamãe simplesmente balançou a cabeça. A mensagem não podia ser mais clara: a garota que ela havia conhecido na universidade em nada lembrava a mulher miúda, elétrica e invasiva que agora distribuía ordens a torto e a direito. Mas, pensando no meu bem, ela fazia o melhor que podia.

— Próxima parada, Vera Wang! — declarou Lucille. — Meninas, avante!

— Gostei muito daquele primeiro vestido que vimos — eu disse, tomando-a pelo bracinho fino a fim de refreá-la um pouco. — No Angel Sanchez... Era um vestido delicado, quase etéreo... Você também gostou, não gostou, Lucille? É esse o vestido que eu quero.

— Ficou lindo em você, Claire — reforçou mamãe.

Lucille nos encarou com frieza e desdém.

— O vestido era bonito, concordo. Muito embora realçasse os quadris um pouco demais, não é? Mas precisamos ver tudo que esta cidade tem a oferecer! Me diga uma coisa, minha linda, você não ficaria noiva do primeiro homem que aparecesse na sua frente, ficaria?

Sem ver muito sentido na analogia, continuei me deixando arrastar por Lucille. Estava exausta, mas não cogitava jogar a toalha depois daquela maratona toda, que *tinha que* estar chegando ao fim. Já experimentara uns cinquenta vestidos! Mamãe olhou para mim de relance, silenciosamente perguntando se devia dar um basta naquela expedição.

— Estou bem... — falei baixinho, Lucille já alguns passos à nossa frente.

— Meninas! Que moleza é essa? Venham! Não temos muito tempo!

Rezei para que Vera Wang nos livrasse daquele martírio.

No ateliê, aproveitei o momento em que Lucille se distraiu com algumas tiaras e sorrateiramente passei à atendente a foto do vestido que trazia comigo.

— Você me traz algo parecido com isto? — falei.

— Claro.

Assim que ela saiu, mamãe e eu nos acomodamos no provador.

— Então, minha filha, como você está?

— Por um fio. Um fio de alta-costura! Na verdade, é bom poder descansar aqui um pouquinho.

— Mãe! — berrou alguém no provador vizinho. — Eu *sei* que custa dez mil dólares, mas esse é o dia *mais* importante da minha vida *inteira*! Você não quer que eu fique um *lixo* no dia do meu casamento, quer? Hein, mãe? Quer?

— Claro que não, filha — disse a mãe da garota, extenuada.

— Então é esse o vestido que eu quero!

— Tudo bem, meu amor.

— E os sapatos Jimmy Choo com cristais incrustados no salto!

Silêncio. E depois:

— Está bem, está bem...

Argh... O que a pobre mulher poderia ter feito para merecer uma filha insuportável daquelas? Mamãe revirou os olhos, lendo meus pensamentos.

— Srta. Truman? Trouxe algumas coisas de que você talvez goste. — A atendente puxou a cortina de tafetá, trazendo uma arara com diversos vestidos bordados. Lucille esgueirou-se no provador, esfregando as mãos de excitação.

E lá estava ele. O primeiro vestido da fila. Reto, champanhe-claro, uma sobreposição de tule com cristais e flores miúdas de lantejoula. Na parte de trás, uma cauda longa, bem romântica. Nada daqueles frufrus de vestido de princesa, mas ainda assim sofisticado, exuberante. Lucille tinha que gostar.

— Experimente — ela ordenou, aflita. Mamãe também parecia contente. Entrei no vestido, e ela o abotoou para mim.

Olhei-me no espelho. Lindo. Tudo que eu podia esperar de um vestido de noiva. O momento era aquele: o momento de encarnar

A Noiva, de pular de alegria por ter encontrado o vestido dos meus sonhos. O vestido com o qual eu deixaria meu noivo de queixo caído quando se abrissem as portas da igreja. O vestido que me daria vontade de gritar "Sim! Sim! Sim!" na frente de centenas de pessoas.

— É este! — exclamou Lucille.

— Você está linda — disse mamãe, observando-me atentamente. — O que você acha, Claire?

Eu havia adorado o vestido.

Mas não estava dando pulos de alegria. Eu era uma espécie alienígena de noiva. Ainda não sentia a euforia irrefreável que vinha esperando sentir desde a volta de Paris. Não havia sentido nada parecido ao folhear as revistas de casamento. Nem quando contara às amigas sobre o noivado. Nem agora, embrulhada no vestido mais maravilhoso que já tinha visto na vida. Havia algo de muito errado em mim.

— É claro que ela gostou! — interveio Lucille. — Esse vestido está um escândalo em você, Claire.

— Também adorei. — Aquilo estava me deixando bastante confusa. Por que eu não ouvia os sininhos da alegria? Cheguei a sentir inveja da garota insuportável no provador ao lado. Pelo menos ela sabia exatamente o que queria.

Antes que eu me desse conta, Lucille já havia chamado a costureira e agora a bombardeava com um sem-número de ordens: mais bordados na cauda... Maison Lesage... nada de economias... amiga pessoal de Vera... Totalmente fora do ar, eu simplesmente me olhava no espelho, terminando mais duas taças de champanhe.

— É isso mesmo que você quer, minha filha? — perguntou mamãe, um pouco preocupada. — Você não parece muito entusiasmada com esse vestido. Se não estiver gostando...

— Não, não. Estou gostando, sim. De verdade. Estou muito cansada, só isso. Essa semana não foi muito fácil.

Mamãe não parecia convencida, mas deixou passar.

— Agora, véus — continuou Lucille, assim que a costureira saiu. — Pensei num véu bem longo, com muita pedraria nas bordas. Vera tem várias opções, cada uma mais linda que a outra.

Conferi as horas no relógio. Àquela altura eu já teria pelo menos uns cinco recados furiosos de Vivian na secretária eletrônica. Agora que Stanley saíra de cena, não havia nada que a distraísse do trabalho durante as 24 horas do dia. E os fins de semana não eram exceção.

— Sinto muito, Lucille, mas preciso voltar para o escritório.

— Você trabalha demais — ela resmungou, ajudando-me a sair do vestido. — Bem, vou comprar um véu, só para garantir.

Só para garantir? Os véus de Vera Wang não saíam por menos de três mil dólares, nada que alguém comprasse daquela maneira, obedecendo a um impulso. Insisti com Lucille que preferia esperar, e para minha surpresa ela aquiesceu. Enquanto deixávamos o ateliê, contudo, ela repentinamente "se lembrou" de mais uma instrução que precisava passar à costureira e deu meia-volta, dizendo que se encontraria conosco dali a pouco.

— Você sabe que ela foi comprar o véu, não sabe? — disse mamãe assim que Lucille saiu. — Ela é muito generosa, mas eu não sabia que tinha ficado assim, tão dominadora...

— Claire? Trish? — disse uma voz conhecida atrás de nós.

Luke. Meu estômago subiu à boca. Ele havia passado por nós e freado de repente. Fiquei paralisada por alguns instantes, sem saber o que dizer, nem como tocar no assunto em que já devia ter tocado tanto tempo antes...

— Luke! — exclamou mamãe, cumprimentando-o com dois beijinhos. — Que bom ver você! Estava mesmo torcendo para encontrá-lo esse fim de semana...

— Que ótima surpresa! O que a traz a Nova York? Só uma visitinha?

— Hum, é — respondeu mamãe, olhando para o chão. Ela e Bea vinham insistindo durante semanas para que eu contasse a Luke sobre o noivado, como se eu tivesse de provar a mim mesma — e a elas — alguma coisa misteriosa. Eu não sabia dizer por que ainda não lhe havia contado nada. Nos falávamos quase diariamente por causa do livro... mas eu me esquivara de mencionar o noivado nas primeiras conversas, e depois fiquei achando que seria esquisito tocar no assunto, então simplesmente não toquei e... Bem, de fato não havia uma explicação razoável para meu comportamento.

— Compreeeeeei! — A voz estridente de Lucille fez com que meu estômago novamente saltasse à boca. Essa não. Ela balançava uma sacola Vera Wang quase de seu tamanho. — Seu véu! Sei que você preferia esperar, Claire, mas não pude resistir. Você pode experimentar em casa e depois devolver ao ateliê para que eles mandem a Paris para reforçar os bordados. Eles prometeram fazer tudo a tempo do casamento.

Mamãe virou-se para ela e disse, rápido:

— Preciso encontrar um par de sapatos, Lucille. Você vem comigo, não vem? — ela praticamente ordenou, tomando-a pelo braço. Lucille, felicíssima com o repentino interesse de mamãe pela moda, entregou-me a sacola e se deixou levar.

— Foi ótimo ver você, Luke! — disse mamãe por sobre os ombros. — Até breve, eu espero! — E com isso elas nos deixaram sozinhos, Luke e eu, na calçada.

— Seu *véu*? — ele perguntou, coçando a cabeça.

— Puxa, sou mesmo uma idiota! — resmunguei, castigando-me com um tapinha na testa. — Naquela confusão toda do trabalho, na pressa de mandar seu livro para a gráfica, acabei me esquecendo de... de te dar esta notícia maravilhosa. Randall e eu vamos nos casar.

Observando a expressão em seu rosto me arrependi de não ter contado tudo antes.

— Você vai se... Espere aí. Então é por isso que tio Jack e tia Carie virão a Nova York em junho? Eles falaram que iam passar uma semana aqui... Também falaram alguma coisa sobre seu "grande dia", mas foi uma conversa tão rápida, e havia tantas crianças berrando em volta, que não me dei conta do que eles disseram. Caramba, você vai *se casar*?

Eu queria morrer. Não só havia deixado de dar a notícia a Luke como também me esquecera de que Mandy havia mandado um convite para Jackson e Carie. Onde eu estava com a cabeça? Tinha convidado Luke para uma festinha familiar no Iowa, mas não para um casamento com 700 convidados em Manhattan?

Mamãe e Bea estavam certas. A verdade era que, por algum motivo, algum motivo que eu evitava a todo custo enfrentar, eu havia me *recusado* a contar a Luke sobre o casamento.

— Não sei o que me deu, Luke — falei. — Por favor, diga que você vai ao casamento! E também ao jantar de ensaio na sexta-feira, no University Club. Você vai, não vai? E sua namorada também, claro.

— Nós terminamos — ele disse, sem responder ao que eu havia perguntado.

— Ah! — Levei um susto. — Sinto muito, Luke. Mas, claro, você pode ir sozinho, não tem problema nenhum...

— Não creio que seja uma boa ideia.

— Como assim? Você não... Luke, *desculpe*. Eu devia ter contado antes. Por favor, não fique...

— Olha, o negócio é o seguinte — ele começou, a testa franzida Depois me tomou pelo braço e me puxou do fluxo de pedestres até a entrada tranquila de uma loja de bordados. Larguei a sacola no chão e esfreguei os braços um pouco. Era uma tarde ensolarada de maio, mas subitamente senti arrepios em cada centímetro quadrado do corpo. *Que negócio era o seguinte?*, pensei. E por que ele estava daquele jeito, mais sério do que nunca? — Por um lado, eu adoraria festejar qualquer coisa que lhe trouxesse felicidade. Puxa, Claire... Mas por outro lado... — Ele se calou por um instante, examinando as linhas na palma da própria mão. — Acontece que eu gosto de você. Mais do que isso. Faz tempo que quero te falar. Fiquei mexido desde aquele dia em que nos encontramos na rua. Mas nunca encontrei a hora certa de me abrir com você. Bem, agora também não é a melhor hora, mas... Acho que estou apaixonado por você, Claire.

Encaramos um ao outro, ambos perplexos com o que ele acabara de dizer. Assim, na lata.

— Caramba, isso é esquisito — ele disse, forçando uma risada. — Desculpe. Talvez eu devesse ter ficado na minha. Encontro você com um véu na mão, você diz que vai se casar, e eu vou dando com a língua nos dentes dessa maneira...

— Não. Você fez bem em falar, Luke. É que... bem, só não sei o que dizer.

Ele mordeu o lábio, depois disse:

— Você *realmente* se esqueceu de me contar sobre o casamento, ou...

— Eu, é... Não sei, eu...

Para uma editora e um escritor, as palavras nos faltavam muito mais do que deviam.

— Não acredito que você não sinta nada por mim — Luke disse com serenidade, sem parar de me olhar. Assim que tomou minha mão, senti a mesma descarga elétrica que havia sentido naquela noite em que ele beijou meu rosto na frente do meu prédio.

— Preciso ir — falei de repente, desvencilhando-me. Então senti o corpo se mexer, afastando-se da loja e de Luke, descendo pela Madison, perpassando vultos de pedestres e lojas, o calor da tarde se fazendo sentir.

Eu precisava de tempo para pensar. Talvez uns cinco anos numa ilha deserta. Tudo parecia tão confuso e embaralhado...

— Claire! — Era Luke. Tinha corrido atrás de mim.

— Olha, não posso falar sobre isso agora... — cuspi, atropelando as palavras. — Vou me casar, Luke, e mesmo que por algum motivo tenha preferido não te contar nada... o que foi um erro da minha parte... ainda assim vou me casar. Em seis semanas. Menos de dois meses. Com um cara legal... — as lágrimas começaram a rolar — um cara muito legal... — e agora pingavam do queixo — então não posso... você sabe...

— Você esqueceu o véu — disse Luke, entregando-me a sacola.

— Ah. — Fiquei terrivelmente envergonhada, as lágrimas ainda jorrando. Uma mulher atulhada de sacolas de compras parou na calçada, olhando-me com compaixão. — Obrigada.

— Só quero que você seja feliz. — O rosto de Luke estava bem próximo ao meu. Tentei não olhar para seus lábios, nem para a linha do nariz, nem para aqueles olhos negros e brilhantes. Baixei a cabeça para encarar o chão. — O mais feliz que você puder. E se Randall é o cara que vai te dar essa felicidade, toda a felicidade que você *merece*, então você tem de ficar com ele.

— Obrigada — repeti, sem saber o que dizer, completamente zonza.

Então Luke me surpreendeu com um beijo. Um único beijo, um beijo perfeito. Por um breve instante, tive a impressão de que tudo fazia sentido outra vez, muito embora nada fizesse sentido realmente. Se ele não tivesse tomado a iniciativa, eu não teria encontrado forças para me afastar.

Passei as semanas seguintes feito um zumbi. Tudo me era indiferente: os preparativos do casamento, os chiliques de Vivian, as preocupações de Bea, a ausência cada vez maior de Randall. Mara e eu nos encontramos para um drinque certa noite, e ela me perguntou se eu estava tomando sedativos. Minha vida se reduzira a uma grande neblina. Eu não havia voltado a falar com Luke desde o beijo; pensava nele a todo instante, mas ainda não chegara perto de compreender o que estava sentindo, nem de saber o que devia fazer a respeito. De certa forma achava bom aquele torpor, pois não me via em condições de enfrentar a vida com um mínimo de razão que fosse.

Certa noite, no início de junho, decidi voltar a pé para casa e terminar lá o trabalho do dia. Fui caminhando pela Madison, coalhada de nova-iorquinos embevecidos com o calorzinho daquele início de verão. Sem nenhum vestígio de culpa, parei numa delicatessen para comprar um maço de cigarros. Estava prestes a acender o isqueiro diante do La Goulue quando a avistei.

A loura do retrato guardado na gaveta de Randall.

Lá estava ela, do outro lado da rua, vestindo um suéter de lã fina e uma saia de verão que deixava à mostra pernas bem torneadas. Era incrivelmente linda. Quando um táxi reduziu a velocidade para deixá-la passar, ela acenou para o motorista com sincera gratidão. Alguma coisa nela me cativou mesmo sem querer.

Atravessou a rua e caminhou rumo ao La Goulue. Segui em seu encalço; afinal, estava indo na mesma direção, pensei. Ela abriu a porta do restaurante.

Foi então que vi Randall do outro lado das janelas, abertas por causa do calor. Ele se levantou assim que a viu. Olhou para ela de um jeito que nunca olhara para outra mulher, pelo menos na minha frente. Beijou-a no rosto, e os dois se sentaram.

É a Coral, pensei tranquilamente e continuei andando. Outra mulher teria invadido o restaurante para tomar satisfações. Outra mulher teria roído as unhas de aflição e esperado em casa pela volta do noivo, fosse para ouvir uma explicação ou soltar os cachorros em cima dele.

Todavia outra mulher não teria beijado outro homem semanas antes. Outra mulher não ficaria reprisando o filme daquele beijo idiota um milhão de vezes na cabeça.

Mais um pensamento a ser varrido para debaixo do tapete. Mais um fato a ser esquecido como se nunca tivesse acontecido.

Segui em frente, observando meu reflexo nas vitrinas das lojas e mal reconhecendo o vulto combalido que me olhava de volta.

Horas depois, na cama, calmamente perguntei a Randall sobre seu jantar. E sim, ele admitiu na mesma hora que havia jantado com Coral no La Goulue. Desculpou-se por não ter me avisado; disse que não havia nada entre eles, mas que queria contar sobre o noivado pessoalmente, achava que devia isso a ela. Não queria me preocupar à toa, já que aquilo não significava nada e eu andava meio tensa ultimamente.

Falei que acreditava nele. Tinha de acreditar. Não dispunha de energia para interrogar, discutir, brigar, pôr as coisas a limpo. Ao cabo de quase 11 meses de trabalho na Grant Books, a seis semanas do casamento, eu me sentia tão extenuada, tanto física quanto emocionalmente, que não estava em condições de oferecer qualquer resistência. Só me restava aceitar a explicação de Randall e afugentar da cabeça as lembranças de Luke. Por fim, desabei no travesseiro, sentindo-me vazia.

CAPÍTULO 19

MUDANÇAS DRÁSTICAS NO ÚLTIMO MINUTO*

— Agora chega. Tenho de sair para a igreja neste minuto, senão vou perder meu próprio casamento — falei decidida para Vivian, tampando a caneta.

Ela levantou o rosto, arregalando os olhos como se não tivesse percebido que eu estava para me casar. Talvez não tivesse percebido mesmo. Dado o baixíssimo nível de interesse que ela tinha pela vida das pessoas que a cercavam, era bem possível que ainda não tivesse notado que eu estava vestida de noiva, carregando atrás de mim um enorme véu cravejado de pedras.

Fazia 45 minutos que ela estava ali, plantada na suíte nupcial, totalmente indiferente aos cinco minutos combinados. Mandy e

***Enormous changes at the last minute*: coletânea de contos de Grace Paley, sem tradução no Brasil. (*N. do T.*)

Lucille nos rodeavam como dois cães selvagens prestes a atacar. Mamãe rabiscava um caderno num dos cantos do quarto, algo que fazia sempre que precisava se acalmar. Para passar o tempo, Bea havia dado conta de meia dúzia de taças de Veuve Clicquot e já começava a trocar as pernas. Senti inveja dela.

— Tudo bem — concordou Vivian, para minha surpresa. Dispensou-me feito uma rainha, abanando a mão com desprezo.

— Até que enfim! Muito obrigada! — berrou Lucille, arremessando o casaco de Vivian em cima dela e empurrando o grupo inteiro rumo à porta.

— Santo Deus! Onde já se viu uma coisa dessas? — perguntava Mandy, horrorizada.

— Você vai trabalhar na segunda, certo? — perguntou Vivian quando entramos no elevador.

— Vou — respondi. Segundos depois, emendei: — Você sabe que foi convidada para o casamento, não sabe? — Lucille havia mandado o convite sem me consultar; queria o maior número possível de celebridades nova-iorquinas na cerimônia.

— Vi o convite — respondeu Vivian com pouco-caso, sem se dar ao trabalho de explicar por que não compareceria, nem por que havia ignorado o RSVP. — Segunda-feira, assim que chegar ao escritório, quero que você me ligue, ouviu bem? Temos muita coisa a resolver. E eu aqui, catando você cidade afora. Minha vida não gira em torno da sua, você sabe disso, não sabe?

— Vocês duas são malucas! — declarou Lucille, apertando o botão para fechar as portas do elevador. Pela primeira vez na vida achei que ela tinha razão.

Descemos até o lobby no mais absoluto silêncio. Tensão igual eu só havia sentido em outro elevador, meses antes, depois que

Lulu tentara puxar meu tapete na reunião de marketing. Fiquei me perguntando o que ela estaria fazendo naquele fim de semana, se estaria encurralada no escritório. Sabia que não devia me importar, afinal Lulu havia sido uma dor de cabeça desde meu primeiro dia na Grant, mas sentia pena dela. Bem, uma peninha.

Assim que saímos do hotel, Vivian marchou direto para o Lincoln e entrou no banco de trás, sem sequer se despedir.

— Lulu, porra, onde foi que você se meteu? — rugiu ao celular, a janela do carro aberta. — Preciso repassar algumas coisas com você imediatamente. Me ligue de volta *assim* que receber este recado! — Ela desligou e rapidamente discou outro número. — Anda, criatura! — berrou ao motorista, e lá se foi o Lincoln, cantando pneus.

Bea e mamãe me ajudaram a embarcar num dos Bentleys brancos estacionados diante do hotel; Lucille e Mandy iriam juntas em outro carro, de modo que pudessem discutir detalhes de última hora. Mãos surgiram do nada para ajeitar meu vestido, evitando que ele se amarrotasse.

— *Trop* pálida, *trop* pálida... — resmungou o maquiador Jacques, mergulhando através da porta para me fincar nas bochechas um pincel de blush. — Ago*rrr*a, sim! — Despediu-se com dois beijinhos no ar e se foi.

Todas as noivas ficam nervosas, pensei, enquanto Bea nos servia taças de champanhe para a viagem até a igreja. Mamãe, que raramente bebe, enxugou a sua em tempo recorde.

Casamento é um passo muito sério. Eu ficaria nervosa de qualquer modo, independentemente de quem estivesse à minha espera no altar.

O carro arrancou rumo à igreja. Vinte quarteirões. Rezei para que todos os sinais estivessem fechados. Precisava de tempo para pensar. Alguns minutos a mais, e eu conseguiria desatar aquele nó. Tudo havia acontecido rápido demais. Era natural que eu entrasse em pânico. Afinal, em um ano, minha vida tinha virado pelo avesso.

Quem diria, um ano antes, que eu estaria me casando com Randall Cox, o homem mais bonito e bem-sucedido do planeta, objeto de meus sonhos desde os tempos de faculdade?

E quem diria que a essa altura estaria trabalhando como editora em títulos de tanta visibilidade? Tudo bem, eu havia editado muita porcaria e engolido uma infinidade de sapos na Grant Books, mas também havia emplacado quatro best sellers na lista do *New York Times* e editado uma verdadeira pérola literária. *Luke*... Rapidamente apaguei-o do pensamento, assim como vinha fazendo ao longo das últimas seis semanas... na verdade, mais.

O que havia de errado comigo? A vida tinha sido muito mais generosa do que eu poderia ter imaginado um ano antes. Então, por que isso agora? Esse medo de começar a chorar e não parar nunca mais?

Nervosismo, só isso. Doze quarteirões. Onze. O tempo corria. *Respira fundo, Claire, e aguenta firme. Tudo vai dar certo no final. Todas as noivas ficam nervosas.*

Um táxi parou à nossa frente para deixar um passageiro, e me senti grata por aquela pausa inesperada.

— Eu... eu... — gaguejei, sem saber o que dizer. Bea e mamãe se viraram para mim aflitas, esperançosas. Tomei mais um gole de champanhe.

— O que foi, Claire? — perguntou mamãe, com delicadeza. — Está tudo bem com você? Porque se *não* estiver, minha querida, agora é uma boa hora para você dizer. Pode falar, minha filha. Estamos ao seu lado para o que der e vier.

— Isso mesmo — disse Bea, enrolando a língua. — Porque daqui a duas horas... Babau. Inês é morta.

Oito quarteirões. Lembrei-me de papai, de quando ainda menina eu subia em seu colo e pedia para ouvir a história de como ele e mamãe haviam se conhecido. Terminada a história, pedia para ouvir tudo de novo. Porque a gente nunca se cansa de uma bela história de amor. Porque, como filha, eu adorava ver a luz que se acendia em seu rosto quando ele dizia: "E então sua mãe entrou na sala..."

— Tome — disse mamãe, entregando-me um lenço. Jacques teria uma síncope se visse minhas bochechas encharcadas daquele jeito. — Por que você está chorando, filha?

— Estou nervosa, só isso — consegui dizer, espremendo as palavras pela garganta. Tarde demais para qualquer outra resposta. As coisas não deviam ter chegado àquele ponto. Minha vida se transformara num trem descarrilado, e a culpa era toda minha.

O carro parou nos fundos da igreja. Sem me dar conta do que estava acontecendo, deixei que mamãe e Bea me ajudassem a descer e atravessar o caminho de cascalhos. Tinha uma vaga consciência de que o segundo Bentley também havia chegado, Lucille e Mandy tagarelando atrás de mim. Entramos, todas nós, mamãe puxando-me pela mão. E então...

Um grito de estourar os tímpanos.

Lucille.

Uns dez passos à minha frente, sentado numa cadeira no vestíbulo dos fundos, estava o noivo.

— *Isso dá azar!* — uivou a mãe dele, feito uma carpideira, o rosto crispado de terror. — *Muito azar! Ele... não... pode... ver... você... antes... do... casamento!* — Ela começou a ofegar como se estivesse prestes a empacotar ali mesmo.

— Luce, você está exagerando — disse mamãe calmamente, sobraçando-a, conduzindo-a para a saleta vizinha. — Procure se acalmar, minha amiga. Está tudo bem.

— Mas... isso... dá... azar! Eles... não... *podiam*...

— Eu, sei, Luce. Mas tente se acalmar — sussurrou mamãe. Beatrice rapidamente esvaziou no chão um saco de papel que continha pétalas de rosas e seguiu no encalço de mamãe e Lucille, puxando Mandy consigo e fechando a porta da saleta.

Randall e eu ficamos sozinhos no vestíbulo.

Por um instante apenas nos entreolhamos, sem dizer palavra. Randall parecia Cary Grant, elegantérrimo em seu smoking.

— Você está linda — ele disse baixinho.

— Obrigada — respondi. — Você também. Quer dizer, você também está lindo.

Éramos o casal perfeito, minutos antes de seu casamento perfeito, com uma vida perfeita pela frente. Mais uma vez nos entreolhamos, em lados opostos do pequeno vestíbulo.

— Acho que fizemos mamãe surtar. *Isso*, sim, é azar — brincou Randall, rindo de leve, sem contudo conseguir disfarçar a tristeza na voz.

— Pode deixar que minha mãe cuida dela — falei.

Mais silêncio.

— Bem, acho que devo ir para o meu lugar. — Ele sorriu, e eu fiz que sim com a cabeça.

Então era isto. Nossa última chance para...

— Não é suficiente — disse uma voz espantosamente parecida com a minha.

— O quê? — perguntou Randall.

— Não é suficiente — repetiu a voz.

— Como assim, Claire? — ele insistiu, agora claramente preocupado. — *O que* não é suficiente?

Santo Deus. Aquelas palavras... minha voz dizendo coisas sem minha permissão... como uma espécie de fenômeno sobrenatural... minha voz subitamente dizendo coisas que eu havia remoído durante semanas, meses até.

— O que não é suficiente, Claire? — repetiu Randall, aproximando-se, apertando-me os braços.

Parecia aterrorizado. Os nós dos dedos estavam brancos.

Fale, Claire, pensei. *Antes que seja tarde demais.*

Mas eu tinha de acreditar que, de algum modo, Randall queria que eu fizesse aquilo. Vira o brilho em seus olhos quando Coral entrou no restaurante. O mesmo brilho que emanava dos olhos de papai sempre que mamãe surgia à sua frente. O mesmo brilho que eu percebera nos olhos de Luke em nossos encontros.

Eu poderia colocar ambos os trens, o meu e o dele, de volta aos trilhos.

— Randall, você sabe que gosto muito de você. Você é o máximo. Uma pessoa incrível, um homem sensacional. Mas isso que temos entre nós... não é suficiente, sabe? E acho que você sente a mesma coisa que eu...

— O quê? Que história é essa agora, Claire? Vamos nos casar daqui a pouco! Você está nervosa, é isso! A gente se ama, Claire. A gente se ama e se *respeita*. Dois ótimos motivos para que duas pessoas se casem, pelo menos para mim.

Randall estava coberto de razão. Amor e respeito eram excelentes bases para um casamento. Olhando bem no fundo de seus olhos, vi pela primeira vez o que poderia ser uma vida compartilhada com aquele homem. Sempre teríamos carinho um pelo outro. Ele sempre me daria tudo que eu quisesse ou de que precisasse. Teria respeito por mim. Seria fiel a nosso compromisso.

Mas nunca seria verdadeiramente, profundamente apaixonado. Nem ele, nem eu. E isso para mim não era suficiente.

— Randall — falei, calma —, por que você terminou com a Coral?

— *O quê?!* Que diabos a Coral tem a ver com isso? Águas passadas, Claire! Realmente não sei o que...

— Quando ela entrou naquele restaurante, Randall, vi a maneira como você reagiu, a expressão em seu rosto. Só queria saber por que você terminou com ela.

Randall ficou vermelho feito um camarão.

— Claire, já falei, não aconteceu nada aquele dia! Nada que pudesse ter qualquer importância! Eu só queria contar a ela sobre nosso noivado pessoalmente. Você tem de acreditar, Claire! Foi só isso que aconteceu, nada mais!

— Confio em você, Randall. Mas preciso saber: do fundo do seu coração, por que você terminou com a Coral?

— Bem, é que... ela não se encaixava, sei lá. Não sei direito, mas as coisas não deram certo!

— Você estava apaixonado, não estava? Então *por que* as coisas não deram certo?

— Claire, francamente... por que essa conversa agora? A Coral pertence ao passado, você não tem mot...

— Por favor, responda com toda franqueza, e prometo nunca mais tocar no assunto. Por que as coisas não deram certo entre vocês?

Randall abaixou a cabeça. Depois de um instante, falou:

— Não deram certo porque... bem, porque mamãe não gostava de Coral... ou das origens dela, eu acho. Não achava que ela fosse a mulher certa para mim. E eu confio na opinião de minha mãe. Ela quer o meu melhor, sempre quis.

— E você mais uma vez confiou em Lucille quando ela disse que *eu* era a mulher certa.

— Eu... ouça, Claire, não é como se eu fizesse tudo que ela manda, feito um cachorrinho. Tenho minhas próprias opiniões, claro. E eu gosto muito de você, te amo de verdade, você me faz muito feliz e...

— Randall, pense no sentimento que a Coral desperta em você.

Ele balançou a cabeça, impaciente.

— Então está bem: pense no sentimento que ela *despertava* em você.

Por alguns minutos ambos ficamos calados, muito embora nosso olhar dissesse tudo.

— Era diferente, só isso — ele admitiu, afinal. — Não sei por quê. Mas eu te amo, Claire. De verdade.

— Randall, a gente realmente se gosta, e esse ano que passamos juntos foi maravilhoso... mas isso não é suficiente. E a culpa não é sua... O problema não é só você e Coral. Também estou balançada por outra pessoa. Não aconteceu porque eu quis. Aconteceu, só isso. — Sentamos um ao lado do outro nos degraus da igreja. — Esse casamento vai ser uma encenação, Randall. Você não merece isso, nem eu. — Respirei fundo, buscando fôlego para continuar. — Não podemos nos casar. Sinto muito, sobretudo por ter chegado a essa conclusão só no último minuto. Mas sei que essa é a decisão certa.

Sabia mesmo. Depois de um ano de confusão e muitas dúvidas, enfim recobrara o juízo e sabia exatamente o que fazer. Randall concordou sem dizer nada: apenas se inclinou para me beijar o rosto, novamente encharcado de lágrimas. Foi então que Lucille abriu a porta da saleta e irrompeu no vestíbulo.

— *Que* decisão certa é esta? — quis saber. — Por que você está chorando, Claire? O que houve?

Olhei para Randall, tentando descobrir se ele queria deixar para mim o fardo de dar a má notícia. Pôs a mão em meu ombro e disse:

— Mãe... Claire e eu decidimos que não vamos mais nos casar.

— O quê? — ela disse, boquiaberta. — *O quê?* Mas é claro que vocês vão se casar! Por acaso não estão ouvindo o órgão tocando lá dentro? Isso só pode ser uma brincadeira! E de péssimo gosto!

— Sinto muito, mãe, sei o quanto a senhora trabalhou para organizar tudo isso... Mas Claire e eu sabemos que este casamento não faz sentido. Não vamos levá-lo adiante.

Estupefata, Lucille praticamente desabou dos saltos e por sorte foi amparada por mamãe.

Retirei o anel de noivado e o devolvi a Randall. Foi um grande alívio me desvencilhar da joia, por mais linda que fosse. Quanto a Randall, teria muitas saudades dele, mas não havia outro jeito.

— Inacreditável — sussurrou Mandy antes de sair para avisar o padre.

— Obrigado — disse Randall, beijando-me com carinho.

CAPÍTULO 20

O DESPERTAR

— Luke! Ouvi dizer que você e Oprah têm conversado! Acha que ela vai incluir seu livro na lista de recomendações?

O grupo de eminências literárias em torno de Luke só fazia crescer, numa roda compacta como um novelo de lã. A festa de lançamento de seu livro começara uns vinte minutos antes, e eu ainda não havia conseguido cumprimentá-lo.

— Primeira página do *New York Times Book Review*! Parabéns!

O romance de Luke chegara às prateleiras exatamente uma semana antes e já era saudado como um dos melhores da temporada. Vivian, felicíssima com o sucesso imediato, não havia poupado despesas na organização de um elegante coquetel no National Arts Club do Gramercy Park. Dessa vez, nada de dançarinas seminuas rebolando no colo das pessoas.

Vi quando David Remnick e Graydon Carter se acotovelaram para chamar a atenção de Luke. Quase dava para ouvir Sara

Nelson mentalmente redigindo seu próximo editorial para a *Publishers Weekly*. A resposta ao livro de Luke havia excedido as expectativas de todos, até as minhas, que já eram bem altas.

— Claire! — exclamou uma voz atrás de mim.

— Jackson! — Cumprimentei-o com um forte abraço, surpresa e encantada com sua presença. Difícil acreditar que apenas um ano antes eu era sua assistente: minha impressão era a de que haviam se passado dez anos. — Achei que você não poderia vir! Luke falou que um de seus netos ia estrelar uma peça na escola e que você teria de ficar para assistir!

— Infelizmente, o Hamlet do meu pequeno Joshua não era para ser. Ele está acamado, pobrezinho; pegou uma gripe terrível. Então decidi dar uma escapulida para Nova York. Hoje é um grande dia para Luke! Você fez um belo trabalho com o livro dele, Claire. Fiquei muito impressionado. Não tive de usar a caneta vermelha nenhuma vez.

— Puxa, obrigada. É que tive o melhor dos professores, sabe? Na verdade não fiz muita coisa. O original já estava quase perfeito.

— Claire está exagerando na modéstia! — interveio Luke, materializando-se a meu lado e beijando-me no rosto. Acho que fiquei corada.

— Ah, lá está a Mara — disse Jackson, nunca sutil. — Vou falar com ela e deixá-los sozinhos.

— Caramba, olhe só para isso! — disse Luke assim que Jackson nos deu as costas. Era a primeira vez que nos víamos desde o meu não-casamento, e eu passara o dia inteiro na maior ansiedade. — Mal acredito que essa gente toda está aqui só para festejar meu livro. Nada disso teria acontecido se não fosse por você, Claire. Espere aí, tenho uma coisinha para você: um presente de agradecimento. — Do bolso interno do paletó ele tirou um pequeno e simpático embrulho.

— Luke, você não precisava...

— Apenas abra.

Lentamente fui abrindo o papel prateado, até me deparar com um livrinho miúdo e fino.

— A primeira coletânea de papai! — sussurrei, lágrimas imediatamente brotando dos olhos. — Onde foi que você encontrou?

— Essa é uma história longa e chata que pode ficar para outro dia — ele respondeu, rindo, os olhos cintilando. — Achei que você ia gostar.

— Gostar? Eu amei! Obrigada, Luke. Foi muito gentil da sua parte. Eu, hum...

— Alô! Alô! Um minuto de sua atenção, por favor! — disse Vivian ao microfone roubado do quarteto de jazz que tocava num dos cantos do salão. — Pessoal! Alô!

Todos se calaram, olhos voltados para ela.

— Naturalmente hoje é uma noite de muita alegria para a Grant Books. Estamos muito orgulhosos do sucesso e do talento de Luke Mayville. Como muitos já devem saber — ela baixou os olhos numa falsa demonstração de modéstia —, tive um papel importante na descoberta desse talento. Para um editor, é uma gratificação enorme quando temos a oportunidade de resgatar um autor... bem, de resgatar um autor da obscuridade e ajudá-lo a dividir seu talento com o resto do mundo.

Como assim? Vivian estava tomando para si todo o crédito pelo sucesso de Luke? Logo ela, que só havia lido o livro depois de pronto!

— Mas esta noite também é especial por outro motivo — continuou Vivian. — É com grande prazer que anuncio a vocês meu desligamento da Mather-Hollinger. Minha nova empresa, a Grant Enterprises, será uma entidade totalmente independente. Para mim é um alívio *enorme* finalmente estar livre dos grilhões da Mather-Hollinger, daquela burocracia ridícula. A Grant Enterprises não só dará continuidade à minha longa história de sucesso no mundo editorial, como também terá um espaço importante dedicado a projetos de televisão e cinema. Não tenho dúvidas de que serei tão bem-sucedida neste novo terreno quanto tenho sido com os livros.

Acho que até então eu nunca havia sentido tanto ódio daquela mulher. Lá estava ela, na grande noite de Luke, primeiro roubando para si todo o crédito pelo sucesso do livro, e *depois* roubando do autor todos os holofotes que lhe eram de direito.

Vivian, livre da Mather-Hollinger? Eu nem queria imaginar. A empresa pouco havia feito para nos proteger dos abusos da megera; ainda assim, pouco era melhor do que nada. Eu sentia arrepios só de pensar em como ela se comportaria na ausência de qualquer amarra, inteiramente dona de seus próprios recursos.

— Uau — disse Luke. — Isso vai ser interessante.

— Uma catástrofe, isso sim. — Minha cabeça latejava.

— Luke! Você gostaria de vir até aqui e dizer uma palavrinha a seus novos admiradores? — continuou Vivian, com a voz roufenha e afetada de uma cantora de cabaré. Luke inicialmente se mostrou resistente à ideia, mas depois criou coragem, foi até o microfone e tomou-o de Vivian, que o recebeu com dois beijos arrebatados, apertando-o pelos braços e piscando os olhos afetadamente.

— Obrigado, Vivian. Muito obrigado também a todos que vieram aqui me prestigiar. — Uma sonora rodada de aplausos, meu coração inflado de orgulho. — Há uma pessoa, contudo, que merece um agradecimento especial, a primeira que viu o potencial deste livro e trabalhou incansavelmente para trazê-lo à luz. Este livro é tanto dela quanto meu. Claire Truman, minha editora e amiga. Ei, Claire, venha até aqui, por favor.

Gelei, petrificada, enquanto o mar de pessoas se abria para que eu passasse.

— Venha, Claire — repetiu Luke, acenando para me dar coragem. E lá fui eu, ainda que a contragosto.

No meio do caminho percebi que Vivian me fulminava com o olhar, braços cruzados numa evidente postura de indignação. À esquerda do palco, Lulu também não fazia o menor esforço para reprimir o ar de censura, e Dawn, na fila do gargarejo, assistia a tudo com preocupação. Apenas David demonstrou apoio, erguendo o polegar em sinal de aprovação.

— Como eu ia dizendo — prosseguiu Luke —, eu não estaria aqui hoje se não fosse pela dedicação e pelo olhar atencioso de...

Esbocei um sorriso, mas não pude deixar de ouvir Vivian bufar a meu lado.

— Dê o fora daqui — ela sussurrou em seguida. Mas o microfone amplificou seu veneno de modo que toda a plateia, muda, pudesse ouvir.

Minhas bochechas arderam em fogo. Luke ficou sem ação. Meus pés não saíam do lugar.

— Dê o fora daqui, já disse! — repetiu Vivian, agora mais alto. — Não percebe que está pagando um mico? Teve uma pequena participação no livro, tudo bem, mas nada que mereça o exagero desses elogios. Você devia pelo menos ter a dignidade de não aceitá-los. — Ela sorriu para a plateia, como se pedisse desculpas pelo meu comportamento, como se eu fosse uma criancinha mimada, ávida por atenção.

— Vivian — disse Luke com firmeza —, Claire teve uma participação *fundamental* no...

— Pode deixar — falei baixinho, e Luke cedeu, contrariado. Fitei Vivian diretamente nos olhos, subitamente tomada de coragem. Já havia terminado um noivado na igreja, não tinha por que me intimidar agora. — Luke, o protagonista hoje é você, não eu. Mas antes de voltar a meu papel de coadjuvante, tenho só uma coisinha a dizer: de agora em diante não trabalho mais para a Grant Books. Vivian, eu me demito.

Voltei apressadamente para meu lugar na plateia. Perplexas, as pessoas permaneceram onde estavam, deixando livre o caminho que me ligava a Vivian. Umas olhavam para mim, outras para ela. Para um filme de bangue-bangue faltava pouco: um par de pistolas, um *saloon*, bolas de capim seco sopradas pelo vento, e a contagem regressiva para nosso duelo poderia começar ali mesmo.

— Já vai tarde! — desferiu Vivian, tomando o microfone das mãos de Luke. — Você nunca prestou para nada, Claire. Sempre foi um peso morto, desde o primeiro dia em que pôs os pés naquele escritório. Vocês aí, que pensam em contratar essa mosca-morta, depois não digam que não foram avisados! — Jogou a juba vermelha para trás e irrompeu numa gargalhada malévola.

Meu primeiro impulso foi atirar de volta. Não podia deixar que aquela mulher me aviltasse assim, sobretudo diante daquelas pessoas que eu tanto respeitava! Berraria aos quatro ventos que ela não passava de uma tirana miserável, certa de que poucos ali discordariam de mim.

Mas depois baixei os olhos. Ainda carregava comigo o livrinho de papai.

— Adeus, Vivian — disse calmamente, virando-me para sair.

Já dera alguns passos quando alguém me segurou pelo ombro.

— Meu cartão — disse um importante editor da Knopf, a quem eu havia sido apresentada mais cedo.

— E aqui está o meu — disse outro, ao lado dele. — Por favor, me ligue.

Antes que eu chegasse à porta, quase todos os editores importantes ali presentes me deram um cartão de visita. Doze deles, pelo menos. Olhei mais uma vez para Luke. Ele estava radiante. E eu também.

Vinte minutos depois, já no escritório da Grant, eu freneticamente colocava meus arquivos em ordem quando dois homens de preto, do departamento de RH, apareceram à minha porta. Eram mais de 22h.

— Vivian deduziu que você vinha para cá — disse um dos capangas, encarando-me. — Viemos assim que ela ligou.

— Queremos esta sala vazia imediatamente — instruiu o outro.

— Sem problema — falei. — Só queria dar uma arrumada em minhas anotações, para que os autores não se sintam perdidos quando...

— *Imediatamente*, eu disse. Você tem dois minutos para recolher seus objetos pessoais; depois disso, a polícia será notificada, e você terá de deixar o prédio sob escolta armada.

Cheguei a pensar que ser escorraçada pela polícia seria o fim mais adequado para aquele capítulo da minha vida. Mas depois concluí que minha cota de resignação para o abuso já havia se esgotado. Joguei a agenda e os sapatos sobressalentes numa caixa de papelão e rapidamente fui arrumar minhas coisas. Só queria sair dali com a dignidade intacta.

Os gorilas do RH trocaram olhares de desconfiança.

— Chega de enrolação — sentenciou um deles. — O tempo acabou. — Eles examinaram o conteúdo da caixa que eu equilibrava na cintura. Hora de partir.

Adeus, sala de reuniões, palco de tantas confidências indecorosas de Vivian... Adeus, porta da sala de reuniões, tantas vezes vitimada pelos acessos de fúria da megera... Adeus, máquina de café, fiel amiga nas horas mais difíceis... Acho que é de você que vou sentir mais saudades.

— Ande logo! — latiu um dos homens.

— Não sei por que vocês ainda estão fazendo o jogo dela — falei. — Vivian está deixando a Mather-Hollinger. Acabou de anunciar. Mas aposto que não disse nada quando ligou para vocês, disse?

E então, cercada pelos gorilas de preto, vi as portas do elevador se fecharem à minha frente.

Finalmente.

EPÍLOGO

PARA TER E GUARDAR*

— Que bom que você pôde vir — disse Phil, abrindo a porta de seu apartamento. — Temos muito o que festejar!

— Phil! Você parece outra pessoa! — Fazia semanas que eu não o via, pelo menos desde sua contratação como editor sênior pela Simon & Schuster. Ele havia perdido uns sete quilos, e as bolsas sob os olhos sumiram como por milagre. Parecia dez anos mais jovem.

— Ah, estou bem melhor, pode acreditar. O estresse na Grant me deixou inchado feito um carrapato. — Phil me conduziu à sala, onde estavam umas dez pessoas, acomodadas nos sofás e em almofadas esparramadas pelo chão. — Pessoal, esta aqui é Claire Truman. Deixou a Grant no mês passado. — Todos os rostos se

***To have and to hold*: romance de Mary Johnston, com título extraído dos votos matrimoniais da Igreja Católica. (*N. do T.*)

viraram para mim, sorrindo com carinho. Alguns eu já havia visto em meus primeiros meses na Grant, outros não.

Duas semanas antes, Phil havia me convidado para uma reunião do grupo de apoio para ex-funcionários da Grant, e num primeiro instante achei que ele estivesse brincando. Como? Um grupo de apoio para os ex-escravos de Vivian Grant? As reuniões, explicara Phil, tinham como objetivo dar às pessoas a oportunidade de extravasar suas queixas e lembranças, histórias das mais cabeludas, inacreditáveis para quem não as tivesse vivido em carne e osso.

Eu havia hesitado em aceitar o convite. Ainda estava bastante abalada, mas não me sentia disposta a trocar histórias de horror com desconhecidos.

— Sei que parece estranho — admitira Phil —, mas é como se fôssemos companheiros de guerra. Todos nós, em algum momento, dividimos nossas histórias com parentes e amigos, e eles ouviram com paciência, tentando entender. Mas só quem esteve no campo de batalha pode realmente compreender.

Phil não havia perdido a inclinação para o drama, pelo que eu pudera constatar. Enfim concordei em dar uma passadinha na casa dele. E agora, olhando para os demais convidados, senti um estranho consolo ao saber que eles haviam cumprido sua pena na Grant Books e sobrevivido para contar a história. Pareciam novamente ajustados, mas, como eu, sabiam como era a vida nas trincheiras: uma hora você está lá com os companheiros, depois dá uma escapulida até a latrina e, quando volta, encontra tudo destruído a seu redor, e nenhum sinal dos companheiros. Essas pessoas sabiam o que era trabalhar numa zona de guerra profissional, esquivando-se das balas de Vivian Grant, dos campos minados de

Lulu e Graham. Haviam sido obrigadas a cumprir ordens cuja mera lembrança agora lhes causava arrepios.

— Bem-vinda à liberdade, Claire — disse uma mulher bonita, que usava um vestido de verão. — E parabéns pela atitude!

— Meu nome é Marvin — disse o homem à minha esquerda. — Era diretor de arte na Grant, até que um dia Vivian me chamou de "traveco bola-murcha" diante da equipe inteira. Acabei de vencer o processo, e com o dinheiro comprei um apartamento no Upper West Side, junto com minha namorada.

— Descobri que tinha sido despedida quando minha chave-cartão foi desativada — comentou uma morena. — Alguém do RH mandou entregar minhas coisas em casa. Só porque tive a ousadia de discordar de Vivian durante uma reunião editorial.

— Ela adora fazer isso — emendou o homem ao lado. — O truque da chave é um dos joguetes prediletos dela.

Um senhor mais velho limpou a garganta e tomou a palavra:

— Eu fui um dos poucos funcionários que chegaram à Grant com mais de uma década de experiência no ramo editorial. Tinha trabalhado na Random House por seis anos, e na Penguin antes disso. Durei dez dias na Grant Books. Nunca vi nada igual, nem antes de Vivian nem depois dela.

— Então, como foi que aconteceu? — quis saber Phil. — Ela perdeu o chão quando você pediu as contas?

— Nem sei ao certo, para falar a verdade. David, meu ex-assistente, também se demitiu no dia seguinte, e desde então não falei com mais ninguém da Grant. Estava precisando esfriar a cabeça, sabe?

— Bem, sorte sua ela não ter plantado alguma barbaridade a seu respeito nas colunas de fofoca — disse Mike Hudson, um cara relativamente jovem que durante um tempo ocupara o cargo de diretor de marketing do selo. — Vivian espalhou para todo mundo que eu era viciado em crack e desfalcava o orçamento de marketing para financiar meu vício. Ou algo assim. A história não tinha pé nem cabeça, e muito menos qualquer fundo de verdade. Mas isso não a impediu de contá-la por aí.

Phil foi até a cozinha e voltou com uma bandeja repleta de taças de champanhe.

— Proponho um brinde! — ele falou animado, distribuindo as taças. — A Vivian! Que finalmente teve o fim que merece!

— Como assim? — perguntei.

— Você não leu o *Daily News* de hoje? Espere aí, Linda trouxe uns dez exemplares para a gente. Deve ter algum dando sopa por aí. — Num cesto ao lado do sofá, ele encontrou um dos jornais e me entregou: — Dê uma olhada.

E NO FIM SOBRARAM TRÊS

Vivian Grant, uma das locomotivas do setor editorial, oficialmente se dissociou da holding Mather-Hollinger e, como sede para a recém-criada Grant Enterprises, escolheu um loft de 2.000 m^2 em Tribeca, na fachada do qual estampou o próprio nome em letras garrafais, ao estilo Trump. Como noticiado na semana passada, Grant espera que essa nova independência lhe dê “mais tempo para conquistar os mundos do cinema e da televisão” (a gente entende, Viv, o lado chato da vida de uma editora-chefe é que editar livros toma um tempo danado, não é?), mas até agora a cartada resultou tão-somente na inde-

> pendência *alheia*, isto é, de sua equipe. Ao que parece, todos os membros da equipe de Grant, exceto duas pessoas, se demitiram ontem depois de um acesso particularmente inflamado de sua chefe.
>
> Quem foram os fiéis lacaios, quer dizer, escudeiros? Fontes internas descrevem a editora sênior Lulu Price e o diretor editorial Graham Fisher como "asseclas lobotomizados", "tão cruéis quanto a própria Vivian". Seja como for, Vivian Grant agora tem espaço de sobra para arremessar suas cadeiras, mas nem tantos subordinados para usar como alvo.

— Não acredito... — falei, largando o jornal. — Dawn também se demitiu?

— Sim. Parece que foi ela quem liderou o motim. Também foi convidada para vir esta noite, mas ainda está muito abalada. Da próxima vez, quem sabe, conseguimos trazê-la.

— Fico feliz pela Dawn. Finalmente chegou a seu limite. Caramba, imagine como deve estar aquilo lá... — Senti um calafrio, apesar do calor de verão.

— Aqueles três se merecem — disse Phil. — Agora tem uma coisa: estamos falando de Vivian Grant, não vamos nos iludir. Sabemos que, com aquele tino diabólico, ela não vai demorar muito para estar nadando em dinheiro outra vez, em condições de aliciar mais uma safra de desavisados para refazer sua equipe. E aí vai começar tudo de novo. Ela ainda está no páreo.

Pode ser, pensei comigo mesma. Era bem possível que Vivian encontrasse um jeito de se reerguer, de ficar mais forte do que nunca. Phil tinha razão: a mulher era mesmo um gênio. Possuía um talento inigualável para identificar oportunidades antes de todo mundo, além de uma disposição insana para o trabalho; até a egolatria podia ser considerada um atributo em determinadas circunstâncias. Era bonita, inteligentíssima. Tinha tudo a seu favor. No entanto eu não conhecia outra pessoa que transpirasse tanta raiva, tanto amargor. Nisso residia a verdadeira tragédia. O que aconteceria se uma mulher tão capaz quanto Vivian se dispusesse a tratar seus funcionários com um mínimo de respeito e consideração? Não haveria quem a segurasse.

— Agora chega de Vivian — decretou Phil. — E então, como vão as coisas? Já encontrou algum trabalho?

— Recebi algumas ofertas, mas estou colhendo o máximo de informações. Desta vez quero ter certeza de onde estou pisando antes de me comprometer. — Felizmente, graças a Mara, eu havia conseguido uma ótima colocação para David na P&P. Ele estava trabalhando com um editor bastante respeitado de lá, felicíssimo da vida com as novas perspectivas.

— Tem falado com Randall?

— Na verdade, tenho. Ele está bem. Segurando um pouco mais a onda, tentando trabalhar menos. Parece mais feliz do que antes.

— Ótimo. Você também, Claire, parece muito mais feliz.

Eu *estava* feliz. Voltara a ser quem eu era antes, o que para mim era um grande alívio. O último mês havia sido muito bom. Entre outras coisas, eu havia encontrado um apartamento bem charmoso em Williamsburg, que Bea me ajudara a transformar num lar de verdade. Nada muito especial, mas aquele espaço era só meu, e o aluguel, bastante razoável. Mamãe viera passar uma semana comigo, e na véspera tínhamos batizado o apartamento com a primeira sessão de filmes antigos com sorvete.

À tarde, antes de ir para o aeroporto, ela me levara para fazer uma visita a Lucille. Eu estava nervosa, claro, apesar das notícias que recebia de mamãe e Randall, de que ela se recuperava bem do choque sofrido com o não-casamento. Mas nosso encontro se revelara surpreendentemente agradável. Se ainda guardava alguma mágoa, Lucille conseguiu disfarçar muito bem. Sorrindo de orelha a orelha, nos recebera para um chá, chegando ao ponto de me felicitar por ter enfrentado "aquela criatura detestável, a tal de Vivian".

Ao que parecia, encontrara nova ocupação: seguindo os conselhos de mamãe, concordara em se associar a Mandy na organização de festas de casamento, apenas um trabalho de meio expediente, mas algo que a mantinha com a cabeça suficientemente ocupada. Assim que nos sentamos, viera nos mostrar os planos que havia concebido para uma badalada cerimônia de inverno em Palm Beach.

— Desculpe, Lucille, nem tive a oportunidade de agradecer por todo o trabalho que você teve com o casamento — falei. Andava tão preocupada com meus próprios problemas que não dera o devido valor ao capricho e à beleza que ela havia imprimido em cada detalhe. Meu estilo não era bem aquele, mas o bom gosto de Lucille era inquestionável.

— Não precisa agradecer nada, minha linda — ela retrucou, alisando minha mão. — Posso planejar o próximo também, se você quiser.

Pouco provável. Mas essa havia sido sua maneira de dizer que me perdoava, o que me deixava bastante feliz. A nova carreira e o reencontro com mamãe aparentemente haviam despertado nela uma propensão à bondade.

— Um brinde à coragem de mudar para melhor! — propôs Phil, batendo sua taça na minha, trazendo-me de volta à realidade da festa. — Naturalmente, Claire, você ainda vai levar um tempo antes de começar a namorar outra vez...

— Claro, claro — respondi, séria.

— Mudando de assunto, há poucos dias recebi um original bem interessante de um amigo seu. Luke Mayville. O agente me disse que foi ideia sua mandar esse livro para mim, já que o compromisso de Mayville com a Grant acabou. Ainda bem que ele seguiu seu conselho: fiquei muito impressionado com o que li. É só o começo da história, mais ou menos uns cinco capítulos, mas o texto é excelente. O que não chega a ser surpresa, dado o sucesso do livro de estreia dele. Evidente que fizemos uma oferta na mesma hora. Vamos torcer para que Dominick aceite. — Dominick Peters era o buldogue da agência literária William Morris, a quem eu havia apresentado Luke algumas semanas antes. — Acho que ele vai aceitar, foi uma oferta bem generosa.

— Também li os capítulos. Sei que você vai ser o editor perfeito para esse trabalho, Phil.

— Puxa, obrigado. Todos nós achamos que Luke tem uma carreira brilhante pela frente.

— Também acho — concordei, olhando para o relógio o mais discretamente possível. Já passava das 20h. — Phil, eu adoraria ficar mais um pouco, mas tenho um compromisso. Também adoraria receber você e Linda para jantar qualquer dia desses, agora que tenho mesa em casa. — Bea e eu praticamente havíamos pilhado a Ikea no fim de semana.

— Vai ser um prazer. Faz tempo que não vou ao Brooklyn. É só marcar.

Despedi-me do resto do grupo, recebi alguns cartões de visita e fui embora. A noite estava quente, e as pessoas enchiam as ruas. Eram quatro quarteirões até o Mimi's. Apertei o passo, adorando o carinho que a brisa de verão me fazia na pele.

— Desculpe, demorei muito? — fui logo dizendo, antes de beijar Luke e me acomodar à mesa.

— Demorou. Mas a espera valeu a pena — ele respondeu sorrindo.

— Luke! Claire! Meu casal predileto! — exclamou Mimi, disparando em nossa direção. — Querem saber quais são os especiais do dia?

Enquanto ela recitava seu rol de delícias, Luke pousou a mão na minha. Eu não conseguia evitar o sorriso quando estava na companhia dele. Por sorte, minha alegria parecia correspondida.

— Vocês, hein? — brincou Mimi assim que terminou. — Meus dois pombinhos!

Refestelei-me na cadeira, felicíssima com a noite que estava por vir. Começava mais um capítulo da minha vida... mas dessa vez, seria eu quem o escreveria.

AGRADECIMENTOS

Sinceros agradecimentos são devidos a Jamie Raab, por ter recebido este livro sob suas asas. A Karen Kosztolnyik, minha diplomática e sagaz editora, com quem foi um delicioso privilégio trabalhar. A Rick Wolff, pelo apoio e pelos conselhos, neste trabalho e em geral. A Daniel Greenberg, meu agente, amigo e criterioso leitor. A toda a equipe da Warner Books, em especial Michele Bidelspach, Harvey-Jane Kowal, Lisa Sciambra, Anne Twomey, Heather Kilpatrick e Jennifer Romanello.

A Marisa Brown, Mariah Chase, Dan Clark, Grace Clark, Kelly Collins, Stephanie Harris, David Kanuth, Carey Mangriotis, Elizabeth McGloin, Colleen McGuinness, Daria Natan, Ashley Phipps, Lindley Pless, Massy Tadjedin, Elisabeth Wild, Alexandra Wilkis, Andra Winokur-Newman, Chris Wolff e Laura Zukerman. Sobretudo a John Loverro, a quem serei eternamente grata.

Como sempre, agradeço a meus pais e avós pelo apoio incondicional, pelo exemplo, pela inspiração e pelos braços sempre abertos.

Este livro foi composto na tipologia Garamond Premier Pro, em corpo 12,2/16.3 e impresso no papel offwhite 80g/m² pelo Sistema Cameron da Divisão Gráfica da Distribuidora Record.